剑录

寒鞍 著

江苏凤凰文艺出版社

图书在版编目（CIP）数据

拭剑录 / 寒靸著. -- 南京：江苏凤凰文艺出版社，
2025. 1. -- ISBN 978-7-5594-9094-0

Ⅰ. I247.7

中国国家版本馆CIP数据核字第2024AJ6995号

拭剑录

寒靸 著

责任编辑	杨威威
责任印制	杨　丹
出版发行	江苏凤凰文艺出版社
	南京市中央路165号，邮编：210009
网　　址	http://www.jswenyi.com
印　　刷	江苏凤凰通达印刷有限公司
开　　本	787毫米×1092毫米　1/32
印　　张	8
字　　数	190千字
版　　次	2025年1月第1版
印　　次	2025年1月第1次印刷
书　　号	ISBN 978-7-5594-9094-0
定　　价	49.80元

江苏凤凰文艺版图书凡印刷、装订错误，可向出版社调换，联系电话 025 - 83280257

迁客登榆塞,流霞印冻泉。
寒霜侵废邑,溟月枕长天。
疏勒扶丘醉,萧关拭剑眠。
欲随湘水祭,归梦鼎炉烟。

目 录

1. 杀手与茶女 / 001
2. 退隐江湖 / 005
3. 血影罗刹 / 010
4. 雪殇 / 014
5. 埋伏 / 019
6. 雪鹦鹉 / 024
7. 竹林外 / 028
8. 狐先生 / 033
9. 十日一杀 / 036
10. 断矶头 / 041
11. 思悦谱 / 044
12. 琴侠 / 048
13. 长堤柳岸 / 054
14. 惘然 / 058
15. 吃螃蟹的天才 / 063
16. 飞舟记 / 067
17. 七夕劫 / 072
18. 鬼公子 / 077
19. 蝶梦夫人 / 081
20. 淮水逆流 / 087
21. 白衣剑 / 090
22. 红袖楼头 / 094
23. 白泽苑 / 100

24. 试手 / 106

25. 壶中仙 / 113

26. 燎沉香 / 118

27. 千里烟波 / 121

28. 东方马车谋杀案 / 126

29. 狂禅 / 132

30. 长恨钩 / 137

31. 捕心 / 141

32. 中间人 / 146

33. 巫峡·玥 / 156

34. 传国玉玺 / 160

35. 山海匣 / 166

36. 迎亲 / 171

37. 乌江诀 / 175

38. 凤凰台 / 180

39. 林下之风 / 186

40. 雨恨 / 190

41. 云愁 / 194

42. 东风恶 / 199

43. 海波平 / 205

44. 惊鸿一剑 / 212

45. 赴清池 / 218

46. 有为法 / 224

47. 飞翼刀 / 229

48. 孟城驿 / 236

49. 毒手 / 242

1. 杀手与茶女

"杀还是不杀?"

这个问题极少在武拦江心头浮现。

因为他是一个杀手,很可怕的杀手。

他效命的是最让江湖中人闻风丧胆的杀手组织,名曰"杀风景"。

连风景都能杀得死,更何况是人?

武拦江正是组织中的顶级杀手。

他杀人从未失手。

惊蛰这一天,巨鲸帮花一千两黄金请他杀一个人。

他不禁为之侧目,近来已很少有人肯出这样的价钱。

更特别的是,目标竟是名女子。

什么女子值这么多钱,又为何要杀她?

武拦江当然没有贸然出手,而是先调查情况。

女子姓凌,仅有十八九岁。其父在扬州开了一间茶楼。虽然不是诗书簪缨之族,家境倒也十分殷实,且是知书识礼的好人家。

"杀她并不难。"

武拦江在初次照面的时候这样想着。

然后他就发现,她很美。

她虽称不上大家闺秀,但却有种清丽不可方物之感。特别是在与家人调笑之际,那种娇羞可人、眼波流转,无不让他不饮自醉、沉湎其中。

如果只是美色,他自忖还能把持得住、狠得下心。

要命的是,她精于茶。

001

从古到今，世人总觉得杀手都喜欢狂赌滥饮、秦楼楚馆。但是，武拦江偏偏是一个另类的杀手。

他不好色（杀手好色太危险），也不好酒（杀手喝醉了同样危险），更不好赌（把杀人挣来的钱拿去输掉，简直是疯了），唯好茶。

他觉得，酒只会让人沉醉，茶却能让人清醒。

干这一行的，尤其需要清醒。

久而久之，他对茶道真的有了些研究。

他发现，她在自己闺中居然会用古法煮茶。

中国煮茶之法，由来已久，是最古老的一种饮茶方式。到了中晚唐时期，因为"茶圣"陆羽的批评和煎茶法的勃兴，该法已经不太普遍。到了大明，更是如此。唐朝人煮茶，多加入葱、姜、枣、橘皮、茱萸、薄荷等物。这样煮出的茶，形如羹汤。而她却喜欢不加佐料，只用茶叶慢慢温煮。时间久了，便有阵阵淡香传出。

她的闺阁位于园林深处，叫作"知鱼轩"，毗邻一方池塘而建。

黄昏，他就隐身在轩外的树丛中。

她平时喜穿白衣，在煮茶时全神贯注，周遭事物似乎都已忘却。

武拦江心中第一次掠过一个念头：这样让他生怜的女子，不如放过她吧。

这个念头令他自己都大为讶异，背脊生汗。

放过她，然后呢？

不如借机把她掳走，谎称已经杀了，以后就能……

武拦江狠命掐了自己一下，禁止自己继续想下去。

欺骗组织的后果，他不是不知道。

杀手是不应该有负累，更不应该有弱点的。

眼前的她，像是刚煮好一炉茶，神思有些倦怠，右手支着香腮，怔怔地望着火苗。

她莫非是在想未来的如意郎君？

忽然，天边一暗。

武拦江如鹰隼般划过檐角,持剑落在她身侧,面沉如水。

一旁的侍女已经吓昏在地。

她倚着桌子,没有昏厥,也没有尖叫。

虽然眼前的男子仪表堂堂、威风凛凛,但此刻她眼中只有惊惧。

他暗自咬了咬牙,提剑对准她的咽喉,却不敢细看她的眼睛。

"再美丽的女子,也不过是一具尸体。"事到如今,他只能这样安慰自己。

长剑即将刺下。

可他刺不下。

因为泪。

泪自丝绒般的双靥滑落。

一滴泪砸在他的剑刃之上,发出一声细微的脆响。

武拦江陡然觉得,此刻比被砍了一刀更难受。

时间仿佛停滞,四周只剩下呼吸声。

又有泪水坠落虚空。

他真想用吻接住那一滴滴泪。

猛然间,他发现她右手还攥着那杯热茶。因为紧张用力,指节都有些发白。

坠落的泪水擦着杯沿,混入茶水中消隐于无形,透着某种不可名状。

他鼓起勇气,第一次与她对视。她的眼中饱含哀怜,宛如一只掉入陷阱受伤挣扎的小兽。

武拦江的呼吸愈来愈重,但他依然能听见她喉咙中发出的轻颤。

她的脖颈修长白皙如天鹅……

武拦江一声长叹。

他本来至死都不相信,自己这辈子还能发出这种叹息。

剑已垂下,重重地插在地上。

他轻拥住她，像在把玩一件古瓷般轻抚她的柔肩。

她的身躯还有些颤抖，感觉如新茶般火热滚烫。

他有些语无伦次："别怕，有人让我杀你，但我不会杀。对不起……"

她的脸上恢复了一点血色，右手离开茶杯，紧紧抓住裙角。

这个动作使他越加歉疚、越加疼惜，杀手的生涯恍如已成前世。

茶香犹漫。

紧接着，他感到后腰微痛，全身一阵酸麻。惊骇之下，他不及拔剑，前冲七尺终究力竭，只得靠着栏杆徐徐倒下，眼里满是不可置信。

她满脸艳笑，神态依旧娇憨妩媚，但眼底则是怨毒，道："我就是女杀手'一笑城倾'季嫣然，这就是他们让你杀我的原因。"

2. 退隐江湖

他准备杀了妻子。

他恨透了她,也恨透了"退隐江湖"四个字。

十五年前,他是南宫世家的大公子,凭着一套"三十六式遏云剑法",成为江湖上年轻一代中的翘楚。那时,四海九州提起"南宫楚"的大名,可谓无人不晓。

他曾孤身仗剑,破了陕西响马"黑灵寨";也曾深入沙漠八百里,将"大漠孤狼"斩于马下;还曾东渡扶桑,让柳生派掌门败在他技高一筹的剑法之下。

可现在呢?他只能坐在长安城的一家小酒馆里,喝着两钱银子一壶的烧酒,手边的长剑早已换成了猎户的铁叉。

为什么?因为退隐江湖。

他苦笑着,又给自己倒了一杯酒,一面回想起自己当年最后的也是最为辉煌的一战。

十五年前,西方魔教大举来攻,连败峨眉、青城、巴山三派。在危急的形势下,武林盟主萧戬号召天下正道共同抵抗。谁也没想到,后来这一仗,却几乎完全成了他个人的舞台。

巫峡绝壁之上,万众瞩目之间,他白衣如雪,轻弹长剑,笑着对远处的武林同道说了一句:"男儿到死心如铁,看试手、补天裂!"话毕,就与魔教七大高手战成一团。

这一战,伴随着脚下惊天动地的水声,从正午一直打到子夜。最终,魔教五大长老被他杀死两个,重伤三个。两大护法,一个身死,另一个坠落长江,后来侥幸捡了一条命。

当他停下来,白衣近乎全部染成血衣的时候,已是月挂中天。

中原群豪们都不敢相信自己的眼睛，随即迸发出一阵惊天动地的喊声，长久不息。他轻轻收剑还鞘，神色落寞，举头望天。此时月光一片澄澈，照耀着底下奔腾回旋的江水。于是，后来人们传说"巫峡之战"，都形容为"江流有声，断岸千尺；山高月小，剑落尸出"。

从此之后，他成了武林中新的传奇。不管走到哪里，都是香花、宝马、醇酒、美人，可当时的他个性倨傲，并不在意这些，隐隐觉得，有其他的东西更值得追求。

无意沉溺于温柔乡中，他只好去寻找更强的对手挑战。他来到云南，想找到神秘莫测的五毒教，却在一条溪水边邂逅正在晒药草的柔儿。

她是那么地清艳，他只看了一眼，就完全被吸引住了。

柔儿是彝人，父亲是当地的名医，颇受百姓敬爱。自从见到柔儿，他就把什么五毒教丢到了爪哇国。他在云南待了好几个月，最终向他的父母求亲，顺利把她带回了中原。

接下来发生的事，几百年来千篇一律。南宫世家门第高贵，对柔儿自然颇有微词。他年轻气盛，为情痴狂，哪里受得了这个？柔儿也闷闷不乐，反复劝他退隐江湖，过逍遥自在的生活。一年后，他愤然离开了家族，放弃了继承家业的权力，宣布退隐。人们在惋惜他的同时，又暗暗佩服他的深情。

自那个时候，他从活着的传奇变成了遥远的传说。

他们隐居在终南山上，柔儿采药，他则捕猎，以此维持生计。记得刚刚定居的时候，他有一次看到柔儿出神地望着窗外，便好奇地询问。柔儿看着他，平静地说了一句："楚郎，我在想你会不会后悔，会不会恨我？"他微怔，随即笑着将她搂进怀里低声安慰。

天色渐暗，他默默地坐着，握住酒杯的手越来越紧。现在想来，妻子是聪慧的，他的确后悔了。当一个人失去一些东西的时候，才会有珍惜的感觉。他慢慢觉得自己其实是喜欢被人追捧、被人羡慕的感觉的，当初和家族决裂，在壮年退隐江湖，实在是愚蠢的行为。

尤其是上个月，当他在长安城里饿着肚子，沿街叫卖野猪肉的时候，看到一群江湖中人簇拥着一顶华丽的轿子过去时——轿中坐的是关中名侠穆子良。他无比悲凉地想到，十五年前他成名的时候，此人不过是巨鲸帮中的一个小旗主。

纵然妻子依然美丽、依然温柔，他也无法平复压抑的心情。另一个原因是，成亲多年，他竟还没有一个孩子，这让他更为迁怒于妻子。

他不想再等了，他的武功不是为了打猎而练，他已经荒废了最好的十五年。他想摆脱妻子，日复一日，年复一年，他看厌了同一张脸，曾经的盟誓早就成了无聊的回忆，他渴望着另一些更加年轻的女人。

所以，他准备杀了他的妻子。

本来杀人最简洁的方式应该是下毒，但是妻子深通医理，心思细腻，用毒恐怕反而有变。他想到妻子不懂武功，这么多年，也只不过积累了点浅薄的内力，要杀她并不困难。想到妻子临死前会有的眼神，他一阵战栗，但是想到自己的出手速度，想来也只是一瞬间的事。

他在山路上边想边走，很快来到了茅屋前。透过窗子，看到妻子点着灯坐在桌边等候，不由得紧了紧手中的铁叉。他甚至不敢用挂在墙上的佩剑，因为觉得那样是一种玷污。

他推门进去，柔儿转过身，露出了笑容："回来了，吃饭吧。"他不答，盯着地面，向前走了几步，离对方大约还有三步的样子，猛然抬起臂，铁叉对准了她的咽喉。听到妻子惊呼了一声，粗糙的碗碟在地上摔碎，他几乎闭上了双眼，不忍看她那一刻的神情。

可是，正在那一刹那，他全身忽然一阵酸软，所有的内力都在转瞬间失去。

他惊讶地睁开眼睛，不由自主倒在了地上，柔儿一步步地走过来，他这才感觉到失算了。

柔儿的嘴角带着讥嘲的微笑,还有深深的无奈:"楚郎,你终究还是后悔了,而且你还要杀我。唉,再浓的情爱总归敌不过时间,男人的话,果真还是信不得的。"

南宫楚看着走近的妻子,厉声喊道:"你早知道……你做了什么?!"

柔儿用手拢了拢鬓发,说道:"我很久以前就对你下了痴情蛊,它隐伏在你体内。当你对我的恨意、杀意达到极致的时候,就会听我操控瞬时发作。"

南宫楚惨笑道:"你为什么会这个?"

柔儿轻咬着嘴唇,回答道:"其实,我是西方圣教教主最小的女儿。"

"魔教!"南宫楚似乎明白了什么,"你……"

"我不是柔儿,我叫独孤湄。自从你在巫峡重挫本教之后,教主一直想除掉你,于是特意安排我与你在云南相识。"

"那你……这么多年为什么不动手?莫非……"南宫楚徒劳地挣扎了一下,睁大着眼睛。

独孤湄笑了笑,眼里流露出倦态:"楚郎,过了十五年你竟还要问我吗……当年,我远赴西域,跪在教主宝座前三昼夜,求他老人家让我劝你退隐江湖,饶你不死。他沉默了很久,才点头应允了。我当时的心情,真是欣喜若狂。"

南宫楚觉得意识开始模糊,像要昏迷过去,他勉强抬眼说道:"柔儿,看来我杀你……倒也不算冤枉……"

独孤湄不以为意,淡淡地说:"你说不算,便不算吧。我当年在教主面前发誓,有朝一日若你想重出江湖,为本教百年大计,必须杀你,否则死后万劫不复,我的父母也会被教主处死。楚郎,你不会想到,这十五年来我几乎每天祷告上苍,让你能安心退隐。结果还是……唉,你知道我为什么多年来一直偷偷服药,不敢要孩子吗?就是怕他看到今天的情景啊。"

南宫楚头越来越晕,喃喃说道:"原来如此……这样也好……

至少……我不用背负着罪孽活下去……"最后一刻,他感到一滴水珠,跌落在了他的脸上,静静滑下。

  恍惚之间,他回到了十五年前,在一条山花烂漫、群莺乱飞的溪水旁,一个少女穿着浅绿色的裙衫,头上戴着五彩的花环,仿佛仙女般不可方物。他放下佩剑,笑着走了过去,轻轻把她拥在怀里。少女抬起头,一脸娇媚,眨着眼睛,幽幽地笑着问道:

  "楚郎,你……真的愿意为我退隐江湖吗?"

  "嗯,我当然愿意!"

3. 血影罗刹

十月初九,微雨。宿州"刘伶居"酒楼,二楼雅间,三人。

望着满桌的酒菜,梁飞穹却没有多少食欲,虽然这已经是两个月以来吃的最像样的一顿饭了。

不过这也难怪,江湖上谁要是被"血影罗刹"盯上,只怕都会茶饭不想。

"血影罗刹"是江湖上罕有的独脚大盗。谁也不知道他的师承来历,正如谁也不了解他的武功路数。近年来,他足迹遍布多省,烧杀抢掠无恶不作。不光是江湖白道立志把他铲除,就连刑部也屡屡派遣好手缉拿。其中还包括号称"捕魁"的名捕聂长恨,可是先后都无功而返。江湖传言,连"洞庭双侠"之一的曲怒涛都死在他的刀下。

这无疑让"血影罗刹"变得更加嚣张。

梁飞穹则是个小人物。

他出道多年,苦练武功,最终还只能是个二流武师。倒不仅仅是因为武功一般,而是现如今的武林和当年那些世家门阀一样,武功还在其次,要想扬名必须多讲门第出身、师承派别。像他这样一无所有的人,在江湖上没有一万也有八千。

本来,他做梦都没想到,自己能和"血影罗刹"扯上关系。说句不好听的,就是求人家对付自己,对方恐怕也懒得出手。

一切都因为近两个月前的那件事。

有时候偶然的一件事,就足以改变一个人的命运。

那一天,中秋前的一个傍晚,他独自走过虎头溪畔,却听见齐腰深的草丛中传来不少哀嚎和呻吟声,于是急忙上前查看。

只见草丛里横七竖八躺着十几个人，附近还散落着不少包袱和乐器。细细观瞧，似乎是一个戏班子的成员。此时此刻，这些人也不管什么生、旦、净、末，还是鼓、笛、拍板的乐师，全都面有淤青，衣带血迹地倒在地上惨呼。

然后他就听见了旁边传来一个女子的尖叫，声音随即被什么东西压住，接着是男子的淫笑。

梁飞穹这下全明白了，瞬间怒火中烧。光天化日，这还有王法吗？

于是他想都没想，提着雁翎刀就冲了过去。

这名凶手年纪不大，武功却是不弱。只不过他刚才见色起意，又是赤手空拳，难免狼狈不堪。在激斗中，梁飞穹一招"凭栏望月"正中其胸口，立马让对方见了阎王。

按照评书戏文的情节，接下来应是那位险被侮辱、唱花旦的姑娘对他千恩万谢，从而以身相许，然后他也可以回乡置办点房屋田产……

可惜，现实完全不是这样。

见死了江湖中人，戏班子上下都慌得六神无主。班主只硬着头皮道了声谢，便让所有人用最快的速度收拾东西，随即扬长而去。

他们离开之前，花旦确实看了他几眼。如果梁飞穹还是个初出江湖的毛头小伙，大概会认为她的眼神中饱含感激和爱慕。可是，他早已经过了做梦的年纪，所以还是觉得只是惊恐。

他埋好尸体的几天之后，才发觉大事不好。

不知是不是戏班子的泄露，反正事发了，尸体好像也被找到。

最麻烦的是，他杀的竟是"血影罗刹"的徒弟！

梁飞穹顿时觉得他简直像是与猛兽同笼，还砍断了它的尾巴。

"血影罗刹"遍传江湖，不管梁飞穹怎么逃，两个月内必要他的脑袋。

如果梁飞穹是少林、武当，或者华山、昆仑弟子，那他还有师门庇佑。可惜他不是，于是他只有逃。

江湖上很多人佩服他的侠义，也有人嗤笑他的愚蠢。

一连逃亡了两千多里，总算有人肯在宿州出手相助。

此时，坐在他身边的两人，方脸长须的是昔日"洞庭双侠"之一的田晚轩大侠。另一位圆脸阔鼻、粗腰鼓腹的，是山东名侠管泆，他的侄儿数月前也死在"血影罗刹"手中。

眼看菜肴渐渐没了热气，田晚轩举杯道："梁兄不必过虑，有我和管兄在此，想必那'血影罗刹'也要忌惮几分。"

管泆拍了拍腰上护手处镶金的长剑，道："不错。什么罗刹鬼，他要是敢来，我先在他身上戳三个窟窿……嗯？这酒怎么比关外的还有力气？我的手脚……"一言未毕，便软倒在桌边。

梁飞穹的神色完全变了。从刚才的惶恐，变成了讥嘲。

田晚轩脸色一白，双手齐出。一掌拍向梁飞穹胸口，另一只手凿他右边太阳穴。无奈招式明显慢了，梁飞穹也早有防备，右手后发先至，已闪电般点中了他三处穴道。

接着，梁飞穹就像没事人一样继续斟了杯酒，一饮而尽。

管泆动弹不得，嘴上却不闲着，大叫道："你奶奶的，咱们是为助拳而来，你竟然恩将仇报？"

梁飞穹冷笑几声，道："助拳？哈哈哈，枉你们成名多年，今日死到临头，还猜不到我是谁？"

田晚轩眉头一皱，沉声道："莫非……你就是'血影罗刹'？"

梁飞穹眼中精光一闪，道："好心智，难怪传闻都说你谋略无双。在江湖上，越是无名之人才越安全。所以我有一明一暗两个身份，就连聂长恨那个鹰爪孙也万万想不到'血影罗刹'只是一名普通武师。"

田晚轩皱眉道："那你的徒弟是怎么回事？"

梁飞穹恨声道："当日他确实死于一个多管闲事的过路镖师之手，我已杀了他。随后我想到，如果江湖上传开是'梁飞穹'杀了他，而且又被'血影罗刹'追杀。那我就正好能趁机不费吹灰之力骗出几个大敌，再杀个干干净净。"

田晚轩冷汗涔涔而下,道:"若我们都死了,'梁飞穹'武功低微却能独活,你不怕惹人怀疑?"

梁飞穹笑道:"这有何难?我再随便抓一人,然后将你们三个烧成灰烬。这样一来,'血影罗刹'势必名声更盛。到那时我再易容乔装,改名换姓即可高枕无忧。"

管泺忽然如杀猪般嚎叫道:"罗刹大爷,求你高抬贵手放小的一马,小的愿出黄金千两……"话音才起,梁飞穹已露出厌烦之色,一掌切在他后颈,管泺登时闷哼一声,翻倒于地。

梁飞穹伸手抽出管泺的长剑,转身道:"这胖子不足惧,你倒真是个麻烦。事到如今,我也告诉你句实话。曲怒涛虽是我的大敌,但不是我杀的,也不知是哪个黑道中人干的嫁祸到我头上。不过既然顺便帮老子扬了名,老子还真想和他交个朋友。"

田晚轩脸上半红半白,瞥了一眼不省人事的管泺,涩声道:"罗刹兄,其实曲大哥……曲怒涛是我下的手。"

梁飞穹握剑的手微微一颤,道:"哦?这是为何?"

田晚轩咬牙道:"因为我觊觎他的名声和小妾。罗刹兄,不如这次你就饶我一命,就当还个人情。在下起誓立即坐船出海,一辈子不再履足中原。"

"哈哈哈哈!"

田晚轩刚说到此处,忽见刚才还瘫软如死猪的管泺无风自动,腾空三尺,稳稳地坐回了座位,一脸鄙夷地看向自己。

"梁飞穹"放下剑,眼神清亮地道:"我是刑部聂长恨。其实梁飞穹被'血影罗刹'追杀是事实。只不过真的'血影罗刹'半个月前与我第三次交手,终被生擒。而我一直怀疑曲大侠的死因,于是就顺便想出了这个计策,冒充梁飞穹诱你招供,并邀管大侠来当人证。"

管泺盯着万念俱灰的田晚轩,慢慢道:"像你这样的伪君子,比'血影罗刹'更可恨!"

4. 雪　殇

十一月初一，"大雪"，入夜。

虽然节气如此，但这一天秣陵才是初雪。

然而温檠仍然不太满意。他希望今天最好不要下雪，因为一旦有雪，即使轻功再好，也很难完全不留足迹。

就是现在，他要去做一件大多数人看来很可怕的事情：杀人。

表面上，他是青城派两大长老之一的首徒，江湖中年轻一辈的翘楚。即使未来掌门的位子，也并非高不可攀。但是一段心结，二十年来始终在他的心湖中暗流汹涌，未曾止息。

"幸好今夜就能了结！"

他在垂虹山庄外已经潜伏了半个时辰，准备起身时默默念道。

今夜他要杀的人，正是这座山庄的庄主邹时行。

二十年前，他是一个江南小镇上的幼童，父亲是当地某帮派的香主。一次，两个帮派为了抢夺地盘，数十人在长街上刀剑相向、玩命厮杀。这种事情在江湖上可谓司空见惯，似乎不值一提。可那天他躲在临街的房内，透过窗棂亲眼目睹了父亲的死亡。

很多年后，当他的身手已经在同辈弟子中无出其右时，才不得不暗自承认父亲的武功着实算不上高明。但是，在当时一个孩子的眼中，他挥舞鬼头刀的样子，却如同金甲神人般高大辉煌。

直到那道青光泛起……

后来拜入师门的第一件事，就是向师父询问这件事。师父虽然在叹息，但望着弟子执拗的眼神，还是详细地说明了那种名为"环刃"的外门兵器。记得父亲的身体被切成两半的时候，环刃转动的速度慢了下来，他甚至可以清晰地看到那件青铜的兵器上雕刻着一只栩栩如生的狻猊。一瞬间,它张牙舞爪、凶态毕露,宛如要变成真的活物,从半空中降临狂吼噬人。

这幅画面,成了他多年挥之不去的噩梦。

成年之后,他下山游历江湖,暗中不断打听当年凶手的身份和所在。老实说,若不是那件兵器十分罕见,再给他十年时间也未必能查到蛛丝马迹。

垂虹山庄庄主邹时行,正是他的杀父仇人。只不过这么多年之后,邹时行早已金盆洗手,隐居坊间做了田舍翁。整日除了养花品酒,就是弄孙为乐,丝毫不复当年的悍勇。

温檠知道,他的私仇是不能公开的。正派和白道一定会搬出"帮派争斗、死伤难免""时过境迁、得饶人处且饶人"之类的说辞阻止。同门之间,也会从此对他侧目而视。

所以他决定暗杀复仇。

邹时行已到垂暮之年,庄中也没有其他高手,所以他并不害怕。

但是他毕竟出自正派,一想到这种事,内心还是不自觉地陷入矛盾。

雪已经停了,他蒙上黑巾,提着一把长剑,潜入了垂虹山庄。

二更时分,他刚翻过围墙,就看到守夜的家丁倒在墙边人事不知。然后就看到院中光华闪动,似有几人正在交手。定睛一看,原来邹时行只披了一件外衣,正手执环刃与七个黑衣人战成一团,隐隐随风还传来呼喝之声。

"大哥,我看这老头快不行了!"

"老家伙,不怕告诉你,这一庄上下都中了我们'七鬼煞'的'闷仙酥'。待会儿宰了你,咱们兄弟就去找那大姑娘小媳妇,快活快活!"

"老五小心些,提防他的'无环一式'!"

邹时行到底年事已高,气得满脸涨红,动手间已顾不得回话。

温檠听到这里,大喝一声,已经挥剑冲了上去。

冲到一半，他才发觉自己还没想好到底应不应该帮邹时行。然而"七鬼煞"冷不丁看到有人如此行事，不疑有他，已经有三四人各持兵器围了过来。

这一场厮杀，比温檠想象中难。不光因为以寡击众，更重要的是他的佩剑"飞霜"未曾带来，拿着十两银子买来的路边货，实在是事倍功半。他本不想下重手，无奈"七鬼煞"都是亡命之徒，出手狠辣，只得以命搏命。

待他刺倒了四个人，腰间和左腿已添了两道血痕，幸好天气严寒，倒也没有多痛。那边厢邹时行也砍倒两人，剩下一人见势不好，眼珠一转，忽然抬手打出一枚锥形暗器，然后转头扑向一间厢房，高声道："老匹夫，看你的孙儿……"

他只说到这里，忽然在阶前的雪地里一声惨呼，直挺挺倒在地上，后背上嵌着那把狻猊环刃。同一时刻，邹时行面色痛苦地捂着小腹，倚着院子中间的梅花树缓缓坐下。

温檠目睹了全过程。

刚才的一霎，他本可以上前帮忙，但身形未动。

他看到邹时行一见那人要冲进房间，便对那枚暗器不管不顾，双手一晃，环刃流星般划出，竟是两败俱伤之举。

院子忽然静了。

唯有血染红了雪。

温檠四周倒是还好，可是被邹时行砍倒的三人鲜血喷涌，死状凄惨。如果不是腥味弥漫，几乎如同一幅大泼墨的山水画。

更令人作呕的是，雪与血的混合还冒着热气。一如温檠二十多年前的记忆中，那个冬天的长街同样积着雪。

温檠默默看着邹时行点穴止血，在这样的寒衣中，若没能及时回屋敷药，仍旧难逃一死。他慢慢踱步过去，没等邹时行开口说些"恩重如山"的话，就冷冷地表明了身份。

邹时行的表情瞬时僵住，然后紧皱双眉，似乎想要解释什么，又颓然停住。

温檠看着他须发已全白,冷冷道:"我今日来,本就是想杀你一人。事到如今,也不必再出手。就算你如今想爬回房里包扎上药,只怕也力有未逮,就此告辞。"说罢,纵身便要跃上屋脊。

邹时行猛然道:"等等!"

温檠身形一稳,道:"何事?"

邹时行道:"你是青城派的高足,武林中的年轻才俊。既然黉夜蒙面前来,自是不想被人察觉。刚才杀'七鬼煞'时,你情急之下使出了本门剑法。如有高手验看,从中招部位、角度、深浅,足以一目了然。你就这么走了吗?"

温檠顿时一个激灵,他刚才心乱如麻,只想马上远离此地,不免大意,转而道:"你为何替我着想?"

邹时行垂首道:"算是我对令尊的愧疚吧。你拿我的环刃,把那四具尸体的伤口捣烂,也就能避人耳目了。"

温檠想了想,将长剑插在腰带之上,按照邹时行所说依次做了一遍,最后想把环刃插在院中一具尸体之上。此时他背对中庭,刚把尸体翻转,忽觉眼前锐芒一闪,直冲咽喉。原来刚才这人虽身受重伤,但尚有余力,见温檠要前来翻动,遂暗暗拔出藏于靴管的匕首,眼看就要一击致命。温檠武功虽高,临敌经验却不足,仓促间挣扎不开,正闭目待死之际,忽觉周遭煞气大涨。弹指间,他没有听到风声,但在那人的瞳孔中瞥见一片金光闪耀。接着便感觉全身一松,再看此人立时被弹出一丈开外,撞在墙壁之上,这下成了一具真的尸体。

一物落在地上,激起的碎雪如同玉石。

就着清冷的月光,温檠看见一把盘子大小的金色环刃正闪着寒光,想来这才是真正的"无环一式"。如果邹时行这招突施暗算,他自忖也无半分把握接得下来。

想到这里,他不禁有些后怕,手持长剑走到梅花树近前。邹时行刚才一招已经累脱了力,牵动伤口流血更多,血在雪上流淌显得分外触目惊心。他凝视温檠道:"温少侠,你对我全家的恩德,我自然心中有数。实不相瞒，老夫适才一念之差，未曾猜到那人还能暴起。须臾之间，想到当年杀死令尊犹可分辩，若今夜再牵累你身死，实与禽兽无异！所幸而今平安无事，老夫也可安心去了。"说罢闭目不言。

　　温檠握剑的手渐渐放松，眼前曾经的武林高手与一般垂死的老人别无二致。此刻，他怀中有师门的疗伤圣药、续命灵丹。但究竟该如何抉择，心头实如翻江倒海，泰山崩摧。

　　杀人还是救人？

　　报仇抑或报恩？

　　雪开始下了。

　　雪无声息。

　　雪落寞。

　　雪殇。

5. 埋　伏

"大暑"后的第一天,骄阳似火。

此处名曰翻云坡,位于哈密卫以西二百七十余里的沙丘中,是大明与鞑靼的交界地带,数十里之内毫无人烟。

翻云坡上唯一显眼的是一口胡杨树下的古井。

在沙漠中,井意味着生存和希望。

古井不知是哪朝哪代哪人所挖,但毋庸置疑的是它在千百年中救活了无数的商旅和牧民。

可我这次出现,却注定让它染上死亡和一个罪人的血。

当然估计还有我的血。

我已经在井壁所挖的洞中埋伏了两天。

如果让中原和江南的朋友们看到"飞觞剑客"晏隽攀竟然沦落到这步田地,想必都会惊掉下巴。

但是为了杀他,我愿意付出这个代价。

纵横关外的黑道豪雄,宇文青。

如果说普通人听闻杀人者都会不寒而栗,那他绝对足以令他们如坠冰窖。

他不是杀人,而是屠戮。

在近三十年中,一个又一个村镇在地图上被抹去,都是拜他所赐。

无论关外还是关内的江湖中人,想杀他的人车载斗量,可是至今无人成功。

这当然不只因为他武功高、智计深,而且还因为势力大。

据说他不管走到哪里,身边的人都不下一二十。即使睡觉时,屋外也布置明岗暗哨。

但我相信他毕竟是人，只要是人就有破绽。

于是在付出了不懈努力和一百两黄金之后，我总算得到了一个极为机密的消息。

宇文青虽然杀人如麻、草菅人命，但也不是全无人情，居然是一个对亡妻无比看重的人。不但多年来再未娶妻，而且每年夏天都会孤身前往坟前祭奠，那是他唯一落单的时候。

而翻云坡的古井，正是他方圆百里内取水的必然之选。

所以我抢先在这里埋伏。

我不能到得太早，因为害怕消息走漏。关外人传说宇文青如鹰隼般锐利、沙狐般狡猾，可见他的可怕。

两天来除了一队商旅外，没有他人路经此地。我是第一次埋伏，不停地提醒自己要有足够的耐心。幸好这地方非常阴凉，免去了忍受骄阳似火的痛苦。

我的心中早已计划了千百遍，等到宇文青用木桶取水时就动手。到时候左手先打出九枚"星霜刺"，右手短剑随之划出。暗器和剑上都淬了剧毒，就算他武功再高，我也有七成胜算。

自从得到消息以来，我变得十分谨慎小心。熟人中武功够高的，相交不够深；足够了解的人，身手又差一些。我不想连累别人千里迢迢跑到沙漠里送死，所以最后还是孤身前往。

在听见马蹄声之前，我想起了妻子。想到离去前最后一夜，她仿佛会说话的眼神。我知道这样会变得软弱，但没有办法控制自己不去想。于是我拼命回忆那些看过、听过的武林逸事，好奇里面怎么没写过杀手在埋伏时怎么克服这个问题。

接着，传来了马嘶声，一听就是神骏的坐骑。

脚步声在临近，不轻不重，下盘极稳。常人在沙漠的烈日下长途跋涉，脚下早已虚浮不堪。

我紧扣住暗器，最后仰头看了一眼上面。

虽然只看到半张脸，但无疑与画像上有九成相似。

吊桶带着绳索落下,这口古井年深日久,越打越深,因此绳索也出奇地长。

我静静等着吊绳逐渐被拉起,冷汗涔涔而下,眼看就要动手。

忽然宇文青的动作一顿,然后吊桶竟然又一次掉落到井中。

此刻,我就像是一根已经被拉满的弓弦,早已无法忍受坐井观天的滋味,如蛟龙般奋然跃出。

四周许久不见的光亮让我眼睛一晃,但还是看清宇文青的背对着我。

千载难逢的良机。

我左手早动,"星霜刺"呼啸而出。宇文青不愧成名多年,转身之际右手挥出,袖子瞬间鼓成碗口大小,以沛然真气将暗器尽皆扫落。

然而我的剑已到了。

宇文青虬髯满面的脸孔第一次露出恐惧的神色,双足拔地而起。可我算准了距离,猱身而上。两道人影在空中乍合又分,看似迅疾。其实我一剑刺出,他虽避过了周身要害,左大腿还是被划出了一道颇深的口子。几乎同时,他右脚一招"倒踢紫金冠",正中我的肩膀。

结果他半跪于地,我则四仰八叉地躺在井边,面容惨白如同死人。

短剑上的毒见血封喉,即便如此,他一脚的内力仍旧让我受伤不轻。

宇文青的嘴角已经溢出紫色的血,看来终于到了强弩之末,他盯着我,如同看着一只珍奇异兽,然后说出了一句话:"你够狠!"

要不是被打得半死,我简直要笑出声来。可惜我此时还没缓过气来,难以反唇相讥。

直到这个时候,我才发觉这里并非只有两个人。

一道白影倒在一丈外的沙地中,被风不断撩起衣脚,恬静安然。如果不是右手还紧握着一把单刀,宛如与刚才的厮杀毫无关联。

　　紧接着我想到刚刚出剑时好像有一声钝响,血瞬间冲到了脑门。

　　我没有看到那个人的脸,甚至连身躯都没有看清,但我就是知道她是谁!

　　刹那间,宇文青的死活像是再与我无关。

　　在我连滚带爬奔过去的同时,一些过往对话如巨石般砸进了心里。

　　"可惜这次没有另一个人帮你。"

　　"是啊。如果有人同时埋伏在胡杨树里一齐出手,就更十拿九稳了。"

　　"哦,这样啊。"

　　我没有哭泣、哀嚎,甚至也没有像京城里老许头以前在说书摊上讲的评书那样,狂喊出某个名字。

　　终于我扑到了她身旁。

　　她的白衣已经被沙土沾染,但脸出奇地干净,嘴角的血迹嫣红一片,似乎还残留着一点笑容。双眼微闭,细长的睫毛微微颤动,鼻间剩下几不可闻的微弱气息,脸上还挂着斑斑泪痕。

　　是因为胸腹之间挨了一掌,还在痛的缘故吗?

　　正在我几近陷入癫狂的时候,宇文青一手撑地,默默地捡起一颗石子。在他如山般的身躯倒下前,猛然掷出。

　　我抬头看去,石子却并没有向这边飞来,反而往另一个活泼的生灵处掠去。

　　不到一次弹指的时间,我就明白了他临死前的残忍用意。

　　没有惨叫,那匹枣红马的头颅被瞬时击穿,直挺挺地摔倒在地……

　　空中的秃鹰已经开始盘旋。

　　我一声不吭地背起妻子,系好水囊,撇下兵器,快步向南而行。在离去之际,我最后看了一眼宇文青死不瞑目的样子,默念道:"你才是最狠的。"

"大暑"后的第一天,骄阳似火。

此处名曰翻云坡,位于哈密卫以西二百七十余里的沙丘中,是大明与鞑靼的交界地带,数十里之内毫无人烟。

我背着妻子依然在前行。

6. 雪鹦鹉

他终于遇上低手。

自从晏隽攀半隐于金陵以来,他这个"江左大侠"的虚名,就总让一些黑白两道的高手趋之若鹜,企图较量一番。

晏隽攀很理解这种情况。

毕竟半辈子都是江湖人,自然明白为了成名他们愿意付出多少。他一生磊落,因此总体上还是比武挑战的居多,暗算偷袭的极少。

不过人数虽少,敢来暗算的却都是清一色的高手。其中更不乏"千眼魔君""七步追魂剑""霹雳头陀"这样的黑道一方豪雄。

然而今天,他刚刚在宝香斋逛了半圈,就发现隔着一排鸟笼之外,有个穿黑色披风的中年人显然不怀好意。

说起"宝香斋",此地为金陵城内数一数二的禽鸟交易之地。自成祖迁都以来,南京久无战事,遂成升平之象。不提管弦丝竹、美食美器,就是花鸟虫鱼的买卖也日渐繁盛。单看宝香斋这秦淮河边不大的店面,里面活脱脱存了《山海经》记载过的所有禽鸟。排排笼中,什么松鸦、红嘴蓝雀、金翅、鹦鹉、蜡嘴、燕雀、百灵、画眉、黄雀、鹩哥、乌鸫、相思、八哥……各色禽羽应有尽有,自然成了整个南直隶与浙江省懂行之人趋之若鹜的地方。

晏隽攀人到中年,与爱妻育有一女,前年已然出阁。在城中闲居这段时日,也渐渐喜欢上这玩意儿。不过妻子苏氏早年曾受一次重创,九死一生。后来尽管痊愈,也是喜静厌噪,所以他在寓所只养了一只鹦鹉,此鸟毛色通体雪白,唯有顶上生着一撮黄毛,因此唤作"雪儿"。这几日它似乎有些恹恹的,因此特地带来给斋中的文老板瞧瞧。

宝香斋每日来向文老板请教禽鸟学问的人太多。故而伙计在前厅挑起一根长杆,各人将鸟笼挂上,再编上号,依次朝前推送。待排到时,伙计便高声吆喝一声号数,主顾便上前问询。暂时没能排到者,便能省去提笼张望的疲惫,先在店里随便转转。

晏隽攀佯装看鸟,不动声色,他此时武功在偌大的江湖上已能排上名号,稍一凝神,便发现那中年人除了眼光不时偷觑自己,心跳、气息都反映出紧张的情绪,怎么看也不像是武林高手。这反而勾起了他心底一丝的疑惑:凭这种武功也想伤他?

他正在想如何诱其出去,只见那人眼神一扫而过,似乎下了什么决心。忽然一个箭步就冲前厅而去,一路撞开了好几个人。晏隽攀一看去势,立刻暗道一声"不好",原来此人竟是冲着雪儿而去。他虽感啼笑皆非,心中可不敢大意。雪儿是他们夫妻的心爱之物,若是真有个闪失着实悔之晚矣。

他双腿微曲,猛然跃起,运起二十年来苦练的"惊魂指",右手食指遥点两下。两缕指风无形有质,一路穿过三个鸟笼、两顶冠帽、一人袖摆。奇异的是,无论近在咫尺的鸟或人,都像是没有丝毫感觉,似乎比一阵清风更柔,如果不是帽子和袖摆都穿了个小孔的话。

指法正中"关元""气海"两大穴。

宝香斋的伙计忽见一人气势汹汹,直奔鸟笼而去,当即慌了几分。他干这行不少日子,见过夜里偷鸟,可没遇到敢白日抢夺的。正要上前阻止,却看那人面上凶神恶煞,抡起海碗大的拳头就是一拳。看那气势,别说是竹笼子,就是钢浇铁铸的,也会被打个稀碎,胆气顿时消了大半。没想到刚一愣神,就见他双膝一软,瘫倒在地,反而被吓得够呛。

晏隽攀一击即中,心下稍宽,不想人在半空,忽然感到左边脚踝微微一痛,紧接着一条腿登时麻痒难当,直挺挺地坐倒在地。他强忍不适,运指如飞,连点周身五处穴道,方才缓得一口气。定睛一看,一枚"月牙钩"钉在墙角,上面蓝汪汪的一片,望之胆战心惊。

这下附近的老板、伙计、客人总算反应过来,虽然没看懂武功招式,但此情此景必是江湖争斗。于是众人尽皆争先恐后夺门而出,不过到底都是爱鸟之人,绝大部分都没忘了连抱带提自己的鸟笼子逃遁。在狼奔豕突的慌乱中,他们倒还保留了些感人的温情。

晏隽攀靠在桌角,此刻心中却是一阵寒凉。

因为他看到了那个书生。

书生颇为年轻,面如冠玉,身着一件淡蓝色直裰。若不是手上已多了柄亮闪闪的短刀,与寻常士子当真无甚区别。

他快步走到晏隽攀面前,淡淡道:"晏大侠,我只能让你最后说一句话。"

晏隽攀默然不语。

书生握刀的手指纤细干净:"我知道你是成名人物,如果死前如猪狗般不能发一语,未免太凄惨了。可是我也听过不少江湖故事,说是很多高手看似已经动弹不得、任人宰割,结果竟能死局求生、败局求活,皆因凶手和他话说得太多。我可决不允许这种荒诞不经的事发生在自己身上。所以,我只给你一句话,快说吧。"

晏隽攀眼见短刀逼近咽喉,好像认命一般惨笑,忽然双眼精光暴涨,大声呼喊道:"夫人,小心!"

书生微一皱眉,手上刀不慢反快,哂笑道:"原来大侠死到临头,也不过用些下九流的诈术。这招我没用过一千次,也有八……"话音未落,只听身后一声女子的呼喝:"看刀!"

这下他慌了神,晏隽攀夫人苏氏的刀法在江湖上颇有名气,早年他夫妇二人合力诛杀关外巨盗宇文青,更被传颂至今。他不及细想,大仰身,回手一招"雁过留声",没想到劈了个空,仔细一看,身后连个鬼影都没有。

刹那间,他什么都明白了。然而忽然全身一震,接着如风中残叶般颓然坠下。

晏隽攀趁此机会,已经运功将毒逼至一处,击出一指,正中书生的"肺俞穴"。

日挂中天，宝香斋中除了叽叽喳喳的鸟，就是三个人横七竖八地躺在地上。

晏隽攀强提一口气，站起身来。他今番脱险万分侥幸。千钧一发之际，他灵光一闪，想起自己在院中与妻子练武对招之际，虽说是用木刀木剑，但仍唯恐伤到爱妻，常常在临阵变招、自创新招前先呼一句，"夫人，小心"。而苏氏多半会半是倨傲半是撒娇地回敬一句，"看刀"。久而久之，在旁的雪儿竟学会了，而且语气模仿得惟妙惟肖，成了他们夫妻间的一件趣事。

晏隽攀俯身看了一眼满是怨毒神态的书生，慨然道："你设巧局于此，是以鸟而胜，又以鸟而败。一饮一啄，莫非前定？"

再看笼中的雪鹦鹉，正悠闲地用喙梳理着两肋的绒毛，如同一位准备鸣金收兵的大元帅。

7. 竹 林 外

魏元帝景元三年,秋,洛阳。

很多年之后,老迈的管缨揽镜自鉴,窥见昔日的明眸皓齿终究消散成烟的时候,已经记不清那一天的具体日子。她绞尽脑汁所能回忆起的,只有当时洛阳城里的秋风摧折、黄叶漫天,就像天地间的肃杀之气都聚集到了帝都,而不是那些动辄杀人盈野的疆场。

巳时三刻,她正在一条窄巷里飞奔。身上的素绢襦裙和青色绸带随风摆动,微微露出藏于腰间的剑柄。

再过一个路口,东市已然在望。

本来以她的习惯,自清晨就会在那里埋伏。没想到一向温柔娴静的夫人居然会下药。看她昨晚抱着小公子哭得梨花带雨,想不到心机之深连相处多年的人都能瞒得滴水不漏。

"难道终究是因为身体里流着魏武帝的血吗?"此刻她唯有自嘲地想。

随着距离的接近,她似乎已经隐隐约约能听见人群的低声议论。毕竟名士斩首这种热闹,上一次还是正始年间最后的那抹哀音。

陡然间,她忽然停住,身体像是撞到了一堵墙。

那个挺拔的身影,熟悉的藏青色外袍,安静地倚在窄巷的尽头,斗笠下的双眼目光炯炯地盯着自己。

本朝风气与后汉已大不相同,男子衣着流行的是宽袍大袖的衫子。而眼前这个人却仍习惯短衣窄袖,颇类胡服。依他所说,原因不光是不喜奢华,更重要的是不会影响出手的速度。

管缨今日来不及梳妆,随手取了一根丝带绑住头发。刚才一阵疾奔,额前已有几丝头发散落。她用左手抹了一下,右手按住腰间的剑柄,身体微微前屈,以一种准备与猛兽格斗的姿态说道:"陈肃,你让开!"

陈肃没有佩剑,缓缓地道:"你猜到我会来?"

管缨冷峻地道:"夫人既然暗算于我,想必与你早就是一丘之貉。"

陈肃叹道:"长乐亭主的心思,你很清楚。"

"她不就是怕连累自己?"

"不,她是怕连累小公子,毁了她冒死才争取保留的一点骨血,这点你心知肚明。"

管缨一时不语,她明白如此重罪,在这个动辄灭家夷族的年代,居然只杀一人,想必不是偶然。

陈肃道:"我来阻你,原因有二。第一,在大魏帝都刑场救人无异于梦呓,而且这次三千太学生求情于朝廷,让大将军深为忌惮,暗中派出云台二十八士半数以上聚于东市四周。即使你我一同前往,或者再多拉上几人,也不过是送死而已。"

管缨微一愣神。"云台二十八士"是司马师多年前开始秘密豢养的死士群体首领,取名仿照汉明帝"云台二十八将",司马师去世后归司马昭统领。他们精于搜捕搏杀,更兼身负淬毒暗器,能以一敌百。高平陵之变多年前,司马师即暗中豢养死士三千藏于民间,便由云台二十八士统领,世人一无所知。后来曹爽族中多有宗亲携门客、部曲四散逃亡。云台二十八士却在十日内将其尽数捉拿,期间共杀八十二人,伤一百一十七人,令满朝公卿噤若寒蝉,暗中以"二十八贼"咒骂之。

想不到司马昭竟如此谨慎。

陈肃道:"至于第二点,是因为亭主和我都很清楚,你主要并不是去救人的。"

管缨苍白的脸上突然出现了几丝潮红,眼前这个人太了解她了,反驳都成了一种徒劳。

"你是想与他共死,所以我更不能让你去。"

听到这句话,管缨一下子像是放松了下来,手离开了剑柄,低头道:"师兄,你不能成全我吗?"

陈肃似缓实疾地走了过来,一直走到一步的距离,斗笠下的眼睛充满怜爱与痛惜:"缨儿,莫说是我,你觉得师父肯答应吗?"

管缨喃喃道:"大伯……"

陈肃道:"师父生前跟我说过,当年你钟情于叔夜,不惜以士族之后去山阳为婢。他没有拦你,是不愿让你伤心。可是离世前他以先天演卦算过身后之事,若你今日执意与叔夜共死,不但自己早夭,更会让钟会继续有机可乘,最终会牵累数十家,重现何晏、夏侯玄旧事。难道乱世中无论是沙场还是庙堂,人命当真贱如草芥吗?你于心何忍?"

管缨半晌不语,然后慢慢抬起了头。细细观瞧,她眼神中有了些许暖意。

"师兄,我明白了,谢谢你。只是我不想……看到他那样。你不用堵我了,我想去城外走走。这洛阳城,大概也没什么值得留恋了。"说罢,她转身决然离去,气息也变得逐渐均匀。

陈肃低声道:"明白就好。"

然后,他动了。

管缨刚感受到一阵罡风冲到后背,一只手就扭住她右手的关节,直把她往一侧压去。这位从小疼惜她,比剑切磋时宁愿自己受伤也不肯下重手的师兄,竟然把她的脸硬生生按到了粗糙的墙面上。

"缨儿,你还想骗我!你此刻心丧若死,去意已决,仅仅是不想连累他人。你一回到山阳竹林,就会自刎相随,以为我看不出来吗?"

管缨左脚试图反击,又被对方逼住,恨声道:"你看出来又怎么样,还能余生都拦住我?"

陈肃长舒一口气,放开了她,退后三步。刚才出手仅一招,可是他此刻内心的疲惫简直不亚于从数十剑客中冲杀出来。

"我知道……我拦不住你,但愿叔夜可以。"

管缨再不迟疑,拔剑在手,凄然冷笑道:"莫非你指望他还能和我说话不成?"

陈肃一手指天,神情凝肃:"再等等。"

"等什么?"

管缨刚说完这几个字,就听到了琴声。

"怎样的琴声?"

这是此后近一千八百年间,无数人共同的"天问"。

一曲未终,管缨早已泫然。

这是她听说斩首的消息后,第一次哭。

泪一旦落下,往往就难以止住。

《广陵散》出自古曲《聂政刺韩傀曲》,本是暗藏金铁、杀机四伏的裂石之音。可是耳边的这一曲奏到一半,忽然转得从容不迫、宁静致远,让人闻之怡然自得,如饮甘露。

她明白,他是借此希望打消她的死志。

这一曲,他为世间万物而奏,亦是为她而奏。

剑不知何时坠落于地,她似毫无所觉。

陈肃慨叹道:"'竹林七贤'之名必定永垂青史,可叔夜其他的心意,千百年后又有几人知晓?"

管缨无声地解下剑鞘,重新理了理鬓发,沉稳地向前走去。

无论天下会如何变幻,无论三国将何去何从,她都要再见他一面。

在彼此还能对视的时候。

【附记】

康将刑东市,太学生三千人请以为师,弗许。康顾视日影,索琴弹之,曰:"昔袁孝尼尝从吾学《广陵散》,吾每靳固之,《广陵散》于今绝矣!"时年四十。海内之士,莫不痛之。

——《晋书·嵇康传》

8. 狐先生

隆庆三年秋,婺源县郊。

从这里向北眺望,奇峰陡起的大鄣山屹立云边,一条巨大龙脉正盘踞于此。而在隐约可见的船槽岭上,文笔峰、砚池、日月双峰,处处透出一股钟灵毓秀、魁星汇聚之象。

随着视线从远处的擂鼓峰收回,我终于看到了那座紫狐桥。

听当地人说,唐朝时期婺源有紫狐作祟,后遇高僧作法收服,永镇于此桥下,故有此名。这类传说各地往往情节相似,我也不清楚是哪一位高僧,但还是老老实实、一笔一画地写在札记上。

然后我就毫不意外地看到了狐先生。

他淡眉长髯,表面像个账房先生,身着一袭乌青色的曳撒,头戴儒冠,手上拿着一柄折扇未曾展开,给人一种气定神闲的感觉。

但我知道,最近一年多,他在徽州府乃至于南直隶的江湖上,已经让很多人气不定、神不闲,掀起了一股不小的风波。

因为"巴山雨剑"谷若嵋、戒杀和尚、五觉书生,甚至"无定神枪"滕缘惘,都一一败在他手中。故而当地百姓讹传其为紫狐转世,以"狐先生"呼之。于是事迹越传越广,简直和史书上陈胜、吴广的那只"狐"前后辉映。

于是我咬了牙,上前拱手作揖。他的眼神中散发出温热,邀我前往不远处的酒肆饱餐一顿,我立刻欣然答应。

酒过三巡,我说自己家住歙县,是个手无缚鸡之力的秀才,正奉徽州府缙绅之名编写方志。听闻紫狐桥最近之事,犹豫再三,仍因职责所系,鼓起一身鼠胆特来请教。

狐先生道:"其实当地人给我的绰号,我倒不大在意。我在紫狐桥其实只为等一个人。"

我小心翼翼地问:"可那些高手……"

狐先生露出无奈的神色:"他们都是明里暗里先对我出手的。"

我十分惊诧:"怎么会?他们都是老江湖。"

"恰恰因为都是老江湖,才难以避免。混迹江湖的高手,无论黑白两道,谁没有几个仇敌对头?所以大家时时小心、刻刻留意。他们途经婺源,听说我一个来历不明的习武之人在紫狐桥边苦等数月,于是就认为要么是想一较高下,要么是想暗算偷袭。结果每次无论我怎么解释,他们总是不信。其实真正一流的杀手大多扮成贩夫走卒、市井商贩,哪会像我这么惹眼?"狐先生停下筷子,颇为无奈地说道。

不知为什么,我开始相信他的话。我这么多年也见过不少大奸若忠、老谋深算之人,似乎天生就有一种感觉。装出来的真诚总有几分不自然,就像神话传说的山妖水怪,虽然能变化人身,却总留着一点披鳞挂角的残痕。

狐先生看了看窗外峻峭的远山,眼中恍惚含着比峰峦间更浓密的雾气,第三次把酒杯端起,慢慢举到唇边。

我心头悸动,猛一咬牙,探过半边身子,双手齐出扯住他的手腕道:"先生,你别喝了!"

狐先生的手一如既往地稳,略略停住道:"怎么了?"

我犹豫再三,涨红了脸,道:"其实……在下虽不会舞刀弄剑,但忝为蜀中唐门的外门弟子。刚才在你杯中下了药,不过并非剧毒,只不过会昏睡几日罢了。"

狐先生放下酒杯,淡淡道:"为何?"

我左顾右盼一番,低声道:"只因南直隶的锦风镖局明日要路过此地。紫狐桥是去往徽州府的要道,实在难以绕道。他们车上红货又多,登舟更无可能,所以就拜托我……不过一席相谈,我看先生绝非歹人,想想还是实言相告为好。"

狐先生忽然笑了,简直像是快要笑出泪来:"阁下果然近于书生,不似江湖人。"

我有些发愣。

狐先生像在自顾自道:"前一杯酒用'闻香下马',第二杯用'闻过则喜',妙哉。你施毒手法上佳,已不弱于唐门嫡系子弟,只做刀笔吏未免太可惜了。"

我顿时吓得身体乱颤,把筷子都碰到了地上:"先生你怎么……"

狐先生微笑着以目示意。我连忙低头一看,只见他那杯酒还在冒着热气,杯中却连一滴酒也没有,竟已被蒸干了。

一瞬间,我想起乡野村话古老相传:狐是无所不知、无所不能的。

9. 十日一杀

万历十三年,冬至。

居庸关以南三十里,一处破败倾颓的土地庙斜伫在田埂上。地里的庄稼早已被杂草取代,显然附近村庄已被废弃多年,仅剩下这座寒酸的道场还在默默地追忆着昔日的扰攘。

还未到二更,篝火就成了残烬。秦七望着破庙窗外的积雪,又喝了一口葫芦里的酒。

酒并不好,但是够烈,胃里像吞下了一团火,对他而言,能御寒就是好酒。

秦七刚想塞上葫芦,忽然一皱眉,右手猛地按住了小腹。

恰在此时,门被轻轻推开。

秦七默默地抬起头,没有作声。

眼前的老者鹑衣百结、颜貌憔悴、须发皆白,背着一个满是补丁的褡裢。看到破庙里有人似乎吃惊不小,但回头看了看夜色和雪堆,身上微微颤抖,像是挡不住严寒,还是瑟瑟缩缩挪了进来,盘膝缩在墙角。

秦七不以为意,右手一挥,道:"相逢即是有缘,老丈,这酒你喝吧。"只见超过三尺高的酒葫芦划过一条弧线,稳稳落在老者前一尺处,连一滴酒都没有溅出。

这下老者反而有几分放心。面前之人既然是练家子,八成不会谋算他身上这几贯钱,更不必先给酒。

于是两人一番攀谈。老者姓虞,山西人氏,靠穿州过省说书为生。年关将近,眼看生计困难,要去边关投靠亲戚。

篝火再一次燃起,两人围坐在旁。老者长舒了一口气,伸了伸腿,道:"天气太冷,若是先生还未困倦。小老儿百无一用,肚子里倒还有几部瓦舍残篇。无论是前朝演义、才子佳人、志怪搜奇,还是侠义故事,都略知一二。不如说上一段,稍解无聊。"

秦七嘴角略微上扬,道:"眼下的江湖,侠义之道可没有多少了。"

老者点头道:"不错,人心不古啊。不过近几年来江湖上还是出了几位侠客,名声大得很呢。"

秦七道:"那最出名的人是谁?"

老者带着几分眉飞色舞:"要说当今武林,名气最大的莫过于'太行重剑'楚铁衣。论声名,直追当年的小李探花、盗中之帅。这三四年,丧在他手里的恶徒少说也有一二百。甭管是什么土匪山贼,还是奸商恶绅,一听到他的名字……"

秦七忽然打断道:"老丈,你做这一行,是不是也和汉朝乐府'采风'相类,要去各地搜寻民间故事?"

老者惨笑道:"惭愧,小老儿衣食尚且不全,岂敢与先代雅宦相提并论。只不过世人听传奇故事皆喜新厌旧,十几年来一部《大明英烈传》也被说烂了,少不得要去各地取些活水。"

秦七颔首道:"那我就说个新故事,若能传之天下,也算不枉了。"

老者看他神色有异,只得小心奉承道:"那再好不过,小老儿先谢过了。"

秦七缓缓道:"有一位剑客,从小立志行侠。出师之后在江湖上混了五六年,也算有些薄名。某年中秋,他在大同城里喝了不少佳酿,独自在一条后巷中呕吐之际,忽见一人翻墙而出,似乎不会轻功,直跌得四脚朝天,双手仍不忘紧紧按住怀中包裹。那人一看巷中之人腰佩宝剑,立刻翻身叩头讨饶。说自己乃是初犯,因财物被友人所骗,无法回家与妻儿交代,迫不得已出此下策云云。剑客年轻气盛,又见贼人怀中包袱颇大,便觉得他必是贪婪狡诈之徒。于是大声斥责要绑他见官。那人见势不好,顾不得包袱,拔腿就要飞奔。剑客仗着酒意,拔剑刺出,只一剑贯通后心。那人连惨呼都未发出,便当场气绝。杀人之后冷风一吹,剑客清醒了几分。他用手提起包袱,发觉没有想象中沉重,抖开一看,不觉面上微微变色……"

"原来包袱里没有什么奇珍异宝,除了几件踩扁的银酒器,还有一些月饼糕点。剑客恍然大悟,这人刚才死死捂住包袱,不是怕金银漏出,而是担心压坏糕点。"

老者听到此处,看秦七脸色越发凝重,顿感周遭不妥。

秦七宛如不知,继续道:"第二天剑客听到街市上的消息,说有贼人偷入大户家中,放着许多珍宝不拿,只窃了些酒器点心,又不知被何人杀死于后巷中,传为笑谈。他心内不安,于是千方百计打听消息,发现那人所说果然为真,邻人说他生性忠厚,家中尚有一子一女,都在总角之年,想必糕点是给孩子的。他悔不当初,密赠其妻百余两。三四年后,他又去打听消息,结果听闻举家迁走,不知所踪。"

"此事七年之后,剑客名声更显。某天他被一人在官道上拦住去路。那时天色黄昏,剑客初一见面就差点魂飞魄散,对面这人与当年的窃贼长相有七八分相似,勾起了他的一场场噩梦。二人在亭间叙话,那人说他是当年死者幼弟。长兄死后,他与侄子四处漂泊、受尽白眼,嫂子后来只得改嫁。从此他立志报仇雪恨,远赴苗疆学艺,并追查仇人下落,终有今日会面。剑客刚想问他意欲何为,惊觉自己已在不知不觉中了蛊!"

"那人冷冷地道:'此蛊名为嗜杀蛊,为苗疆十大奇蛊之一。中蛊之人每十日必须杀人,若届时不杀则会血脉爆裂而死。'剑客大惊失色,那人又道:'家兄罪不至死,被你所杀已有七年,我便也取你七年。这七年之间,不管你怎么杀人、杀什么人,只要能始终未死,七年后的今日再到此亭,我一定帮你解蛊。'说罢飘然而去。"

"剑客本来半信半疑,可自此第九日正午开始,果然血脉疼痛难忍,几乎真气逆行。幸而他有所准备,那日正好是朝廷在街心处决人犯，他在刽子手举刀之际，以银针暗中打入犯人百会穴。想不到身上疼痛顿解，仿佛无事。"

老者忍不住用袖子擦了擦脸上的冷汗，道："小老儿痴活六十余岁，耳闻目睹世间百态也算不少，可此事当真匪夷所思。"

秦七拾起一段枯木扔进火里，左靥映得通红："后来剑客又暗中试手，发现杀狗屠猪俱是无用，非要取人性命不可，于是只得去找山贼土匪。可经此一事之后，他实在不想重蹈覆辙。不但每次动手之前都要探查清楚要杀之人的确十恶不赦、罪大恶极，事后又暗中准备银钱送给他的妻儿老小。为了在期限内找到恶徒，他常要一日纵马狂奔数百里。光阴似箭，倏忽已过三载。讽刺的是，他反而因此侠名大涨，无论江湖之人还是市井百姓都对他推崇备至，哪里知道这只不过是因为他贪生怕死。"

老者听到此处，身体越发扭来扭去。

秦七终于停止了说"别人"的故事："我就是楚铁衣。"

老者牙关都变得有些打颤："楚大侠，你该不会……"

秦七惨然道："'周公恐惧流言日，王莽谦恭未篡时'，世事如白云苍狗，'朝秦暮楚'不外如是。老丈不必惊慌，今日虽是第九日，我却不会杀你。"

老者仓促之下脸上煞白。

"老丈不妨细想，若我真的还想杀人，怎么会行差踏错，在今日到此荒僻无人之地？"

"那……"

秦七平静地道："我只是不想再杀人了，无论善人恶人。自古掌管刑杀是有司之事，我只是庸碌之辈，岂能再代天行事？江湖上天天都在流传快意恩仇，动辄你死我活。其实天道之下，与公鸡、蟋蟀相斗有何区别。你我有缘，不如就把这故事留在野店荒村，徒增下酒之物。老丈你年事已高，据说服'断肠散'者七窍流血、死状极惨，我就不惊吓于你了。"说罢他从怀中取出一包白色粉末，倒入葫芦中摇了摇。他起身走向庙外，道："人生一世，最终能有白雪覆体,何其幸哉。"

他刚走出两步,忽然感到腹内如翻江倒海,俯身张口吐出一大口酒,其中依稀有道红影一闪即没。接着秦七霍然转身,一脸惊异地盯着老者。

老者的气质已完全为之一变,竟从畏畏缩缩转为睥睨天下,笑道:"楚小友,久违了,老夫姓谢,云南人氏。其实我那徒弟三年来都派人暗中跟着你,对你的所作所为知之甚详。最近他知道你神思委顿,渐有轻生之念,恐怕等不到七年之期。不过以他的蛊术修为,解蛊还力有未逮,所以请我前来再试探你一次。若你仍不肯滥杀无辜,恩怨便两清了。你再运气试试,是不是毫无阻碍了?"

秦七长揖一礼,左手对着远处墙壁劈出一掌,震得四壁闷响。老者正捻须间,突然又一道掌力汹涌而来,他一生本事虽大半耗在蛊上,但武功也颇为高强,只是毫无防备,这下正中胸口,登时瘫倒在地,目眦尽裂道:"你竟然……"

秦七叹道:"若非你蛊术太高,我也不想暗算偷袭。实不相瞒,数月前令徒已与我见过面了。你以蛊术夺人性命、霸人妻妾非止一次,近年来更变本加厉,连杀康员外家二十几条人命,令徒决定大义灭亲。杀你不难,可你一旦身故,'嗜杀蛊'便无人能解,我必死无疑。所以他让我做最后一件事,为民除一大害,也免了弑师之累,这才叫真正的'恩怨两清'。"

10. 断矶头

"跳下去!"

差不多在听到这声断喝的同时,尉迟津笑了。

然后他竟真的跳了下去。

以他今时今日在江湖上被尊称为"江左第一人"的武功,如果跳的是二三层楼,大概比走路难不了多少。哪怕是七八层,结果也大抵能全身而退。

可此处纵然是他,也是万万跳不得的,因为它叫燕子矶。

有着"万里长江第一矶"的秣陵燕子矶三面悬绝,远眺似飞燕掠江,故而得名。其总扼大江,地势险峻,矶下惊涛拍岸,回旋汹涌,为历代兵家必争之地。颇为尴尬的是,这里也成为许多男女的轻生之所。

作为江湖上如日中天的名侠,尉迟津当然没有自寻死路的理由。他之所以如此行事,实在是被人逼下去的。

只是他人在半空,四周狂风声如裂帛,心中却仍是不明白:两湖大侠龚秋舫怎么会突然想置他于死地?

今冬来燕子矶,是赴龚秋舫饮酒叙话之约。他早到一步,正站在矶边远眺胜景,耳边就传来了那声断喝,一起响起的还有暗器声。

暗器共有三十六道,前十二道攻他背后周身大穴,再十二道封死他左右上方退路。最后十二道发出最晚,却最为致命。其在半空中回旋碰撞,还有几枚似是先潜入地下,再划破地面浮土飞速向前,连他都无法预测准确的方位。

在跳下之前,他忆起听闻龚秋舫的暗器造诣出神入化,有"千手判官"之称,着实名下无虚。若说当今武林除了唐门门主,还有谁能打出这般暗器,非其莫属。

041

如果刚才那一瞬他是迎面对敌，还有九成把握毫发无损；如果仅仅是暗器，他自信背对着也能避开十之八九，剩下的一二也能在入肉一到三寸后震开。

　　可要命的是他还闻到了那股气味。

　　如此奇特馥郁的香气，说明暗器上全淬有罕世奇毒"那伽"！

　　在古天竺神话中，那伽本指一种有剧毒的蛇怪。传说其居水中、地下，能造宫殿、聚财宝，具有兴云布雨之力。佛教传入中土后，那伽被附会为蛟龙。佛教典籍中，"天龙八部"之一的神鸟迦楼罗便以其为食。而奇毒"那伽"，传说炼制药材极为昂贵，且连天山雪莲、千年何首乌亦不能解，因此简直比千两黄金更让人趋之若鹜。还曾有人戏言：用此毒杀的人，若是二品以下的官就亏了。

　　"想不到我这么值钱。"尉迟津只得自嘲。听闻中此毒者会全身逐步溃烂直至化为白骨，惨不堪言。就算是成天刀口舔血的硬汉也谈之色变，既然都要死，真不如摔死痛快。

　　相较于毒，尉迟津萌生死志的另一个原因是心伤。

　　他少年得志，率领一帮兄弟赤手空拳创立帮派——"云门"，干的都是行侠仗义、除暴安良的快意之事。然而地盘愈大、帮众愈多，要考虑、妥协的也日渐增长，争权夺利、嫉恨猜忌也有之。再加上两个身为堂主的义妹皆对他情根深种，时间一长难免暗生龃龉。尽管他确实较喜爱其中一人，但眼见帮中有分裂之危，为表公心还是选择尽早抽身而出，将大权交与旁人。十年来，他因伤了欺凌百姓的恶捕被通缉，杀过为祸一方的强寇而避祸，更遭最强横的黑道组织"玄煞"追杀，以至于北出居庸、南抵桂林。虽孑然一身苦行万里，终信天道好还、正气不灭。他与龚秋舫相见虽晚，自忖相知甚深，没想到最后竟然死在这位后起之秀的"大侠"手上。

　　既然这么多人都想让他死，人生至此，何如一死？

　　然而……

　　他忽然想到，莫非龚秋舫被"玄煞"买通了？或者……他本就是里面的人？

断矶头

尉迟津感到胸口剧震。他一人身死事小,但若真是如此,中原各大门派恐怕要遭逢大劫了。一念及此,他懊悔万分,早知道不论死状多惨都应该转身一拼。

正在此时,头顶传来一阵惨呼,紧接着又是一声大喝:"快抓住!"

还是龚秋舫的声音!

刹那间,尉迟津觉得身子轻了几分。曾经他坚信并一以贯之的东西,又如天际归鸿般闪现在心里。

他猛一回身,只见几道人影从燕子矶上惨呼摔下,一根粗大树藤正呼啸而来。

饶是身经百战,当尉迟津攀着树藤终于脚踏实地时,仍是有些气喘。

两三具尸体旁,一身蓝衣,永远看似挂着几分睡眼的龚秋舫缓缓道:"能让'玄煞'同时出动'九怪',布下'桃夭'大阵,仅仅是暗算一个人的,当世非你莫属。我得到消息时已晚,来不及传信,只得星夜赶来。之所以以你的武功都发现不了破绽,是因为他们已至少在这埋伏了三个时辰,气息隐藏天衣无缝。适才我初上燕子矶,'桃夭'大阵已然发动,十方八面俱是死路,我只能提醒你跳下断矶头,先避其锋,死局求生。"

尉迟津笑道:"原来是九人同时打出暗器,难怪能有如此威势。不过就算是'玄煞'高手齐出,不是也挡不住你一击之力。"

龚秋舫道:"那是因为天下无论什么阵法,也不可能同时对付你我二人。哎呀……"话音未落,他就如野兔般一边拔腿朝来路奔去,一边道:"我请人寄来的佳酿'快哉风'还存在弘济寺,可别让哪个假和尚偷喝了!"

望着他飞遁的背影,尉迟津陡然觉得,未来无论落入什么境地,大约都不会再悲观绝望了。

毕竟知己如此,何必一死?

11. 思 悦 谱

思悦？

"思悦"是什么意思？

是人名、地名、物名、典故，还是暗号、伏笔、隐衷？

没有人知道，甚至以前都无人听过。但此时此刻，准确地说是万历十二年寒露前后，这个词从湖北九宫山发端，几乎一夕之间哄传江湖，并困扰了整个武林。

原因在于令无数人谈之色变的一战。

洞庭大侠李青崖已经六旬开外，这辈子既有披红挂彩，也曾饥寒交迫，栽过不少跟头，也收获了几位至交好友，名动江湖、九死一生都一一体会过。眼看儿孙绕膝、两鬓斑白，不觉生出了金盆洗手之念。

但他还不能退，因为还有一个心愿日日熬煎、时时挂碍。

那就是除掉滇西毒圣莫夫子！

说起莫夫子，半个江湖都闻风丧胆。历代不乏用毒高手，有些帮派如蜀中唐门更是以此为傲。但正如嘴上大义凛然的未必都是英雄，毒道中人也并非都是邪道。可莫夫子却是不折不扣的万恶之徒。他本是五毒教长老，因犯门规被逐，结果心性大变，不但杀人成性，还淫人妻女，手段令人发指。由于他毒术高明，草木竹石、水火风气皆能为引，一般武林中人根本连面都没见到就丢了性命，所以此人愈加肆无忌惮。不久前，中原八大门派与五毒教联手围剿，终于将其重创，手下徒众也被一网打尽。他负伤逃出云贵，辗转回到多年来经营的老巢，九宫山葫芦洞，从此蛰居不出。不少豪杰都想除恶务尽，可惜葫芦洞中被莫夫子设有无数毒阵陷阱、暗器机关，几位高手前往都被毒倒，若非援救及时险些丧命。因此旬月间白道人士只得望洞兴叹，坐视莫夫子慢慢养伤恢复。

李青崖却不信这个邪，他下决心在退隐前除了这个大奸大恶之人。

经过数日奔波，他来到九宫山葫芦洞前。中原群豪闻讯早已围在洞口，劝说无果后纷纷建议，就算坚持进洞，也得多选几个高手。李青崖大笑道："诸位有所不知，莫夫子的毒功高明，练到化境专攻七情六欲，以酒色财气诱人贪嗔痴恨，一人前去反而为佳。"遂谢绝劝阻，手持松油火把慷慨入洞。

葫芦洞顾名思义状如葫芦，前窄后宽，中有暗河，夏秋之际常汇成溪流。群豪枕戈待旦，眼巴巴地在外面候了一日夜，直到第二天正午，忽然听见有微响从洞中溪水传出，连忙举刀拔剑、凝神戒备，却见一块木板从水中漂出，似乎是床榻的一部分。华山掌门费凌云小心翼翼带人捞起，细细观瞧，那木板上只有用血写成的两个字，字迹潦草，好不容易辨认出是"思悦"二字，笔力越到后越弱，仿佛书写之人气力将尽，仅能写完两字。众人面面相觑，虽从笔迹推断是李青崖有事求助，但均大惑不解，且依旧难以进入山洞，只得立即以飞鸽传书通知四面八方，期盼有能人相助。

如此这般，中原群豪百余人在洞前进退失据，整整啃了近三日干粮。期间数次挑选高手进入，结果都是负伤、中毒而出。八大门派的首领平时都是一呼百应的大人物，此刻一筹莫展，甚是焦躁。渐渐有好事者私下传说，李青崖大约是与莫夫子两败俱伤，按照常理人若将死，想的往往是心底隐秘的旧事，因此并非眼前之局，如此苦等，亦无用处。

九宫山上流言纷传，八大门派首领难以禁绝，可江湖道义又不能弃之不顾，正彷徨失措间突然接到传书，说吴越侠客荆文泽有相助之法，明日午后必到。他请八大门派预先指挥弟子在洞口五丈处挖掘一条宽三尺的环形壕沟，再倒下冷油。数年以来，荆文泽名声不小，但毕竟年纪尚轻，许多人还是心存疑虑，但事已至此，只得依法而行，静静等待。

第二日刚过正午，众人果然看见远处山峦树木顶部一人急速而来，轻功如猿猴攀越，像是还背负一物。眨眼间，荆文泽已到近前。只见他身着青衫，汗出如浆，与八大门派头面人物拱手见礼后说道："各位前辈朋友海涵，在下判断李大侠已经快要支撑不住。请诸位立即退到壕沟以外，安排弟子举火以待。听我指令。"费凌云等人心头虽有千般疑惑，但见他说得决绝，于是一一配合。

荆文泽见众人退远，才解开背后的大包袱，原来不是他人猜测的神兵利器，竟为一把形制古朴的五弦琴，琴尾被漆成黑色，显然是效仿汉代名琴焦尾。荆文泽端坐洞口，盘膝调息吐纳后，手挥五弦，一曲泻出，四周山壁登时铿然回响。

在场领头之人虽是武林人士，绝非不通文墨的庄稼汉，皆觉此曲非同凡响，时而轻灵缥缈、时而暗藏兵戈，渐渐又如泣如诉、动人心魄。正慨叹间，依稀见洞口迅速飘出一股不易察觉的五色斑斓彩气。紧接着琴声猝然终止，荆文泽连琴也来不及抱，向后一掠三丈，道："动手！"八大门派首领都见识过人，已然猜到一二，连忙下令点火。霎时火光冲天，荆文泽凌空越过火线之后，彩气扩散而至，一遇烈焰立即转为青碧色，众人纷纷掩鼻后退。一盏茶后山风拂扫，毒气总算逐渐散去。再过了一会儿，火焰恢复正常，直至熄灭。

众人走回洞口，见适才毒气笼罩之地寸草不生，连古琴都已腐坏乌黑。荆文泽直到此刻，才擦了擦额头汗水，费凌云与武当长老尘道长上前询问。他看了看脚边的琴，沉声道："各位前辈已知其大略。在下听闻事情经过，猜测李大侠必是已除去莫夫子，但被其临死反扑，毒功侵入周身大穴。所以他始终苦守灵台一丝澄澈，不愿坠入魔道、万劫不复，否则一旦出洞必然狂性大发、残杀他人。既然无法进入，就要尽快助李大侠将毒逼出体外。"

尘道长拂尘一摆，道："荆少侠果然博学多识，但不知'思悦'二字究竟何解？与琴音又有何关系？"

荆文泽继续道："本来助力引毒之法非止一种。若以鲜血,洞内激斗大概已有血污;若以火光,洞内蜿蜒曲折必不能达。所以李大侠想到用乐曲为媒,而莫夫子的毒功已臻宇宙违和之气,一般琴音已不可引。东汉名士蔡邕遭诛前曾作《有所思》,中唐女道士鱼玄机临刑时亦新撰《悦君兮》。此二人都是弄弦圣手,可惜所作曲谱至五代时皆剩残章。不想北宋初年,一位风尘异人将二谱去芜存菁,合为一作,取名《思悦谱》,曲风兼怀美人香草、屈子行吟之境,可谓天籁之声。此公谢世后,曲谱藏之名山,不为世人所知。数百年后辗转为李大侠所得,日夜研习、爱不释手。在下对音律也略通一二,承蒙李大侠错爱,将此谱抄录相赠。因此今日才以此为引,得助李大侠一臂之力。"

费凌云长舒一口气,道:"想不到这事如此曲折,似老夫这等舞刀弄剑的粗人哪里能懂。哎,荆兄何以仍面露难色?"

荆文泽语气有些尴尬道:"费掌门有所不知,此曲不是凡品,非上好古琴不能通其神韵,方圆数百里只有襄阳城中的环佩坊可寻。事急从权,在下只得将家传玉佩抵押当铺,才勉强购得一张。久闻李掌门田宅甚多,在下有个不情之请,先厚颜借些银钱,待赎回……"

费凌云哈哈大笑,刚要说话。只见洞中不远处一个浑厚声音传出:"古语云'一文钱难倒英雄汉',当真是至理名言。荆小友无须在意,堂堂华山掌门又岂会计较区区小账?"

一时之间,山谷内人喊马嘶,呼声震天。

12. 琴 侠

万历七年秋,霜降,扬州城。

深秋时节,城中最大的乐坊,琳琅坊的当家谢雅然依旧风姿绰约地倚在侧席黄梨木圈椅上,眼神中却已多了些许不耐,但更多是疑惑不解。满头珠翠、年过三十的她,在乐籍女子中算是韶华已逝,而多年来看人的本事早已炉火纯青。不过,对于眼前这位已经包场听了快一个时辰曲子的客人,从头到尾她都有些摸不清门路。

来者很年轻,面容英俊中透着一股倦意,约莫二十五岁,一件干净的青色直裰洗得有些发白,全身皆无金玉佩饰,看起来不似富贵人家,但出手就是一锭黄金,让人不得不刮目相看。他的左臂似乎有些僵硬,右手提着一把厚背雁翎刀,看似颇为沉重。可谢雅然左看右看,都觉得他纤细的手指应该轻抚一把亮如秋水的长剑。

荆闻泽依然在听。

他从午后进门,就包了场子开始听曲。不同于乐坊平日演奏时的管弦丝竹、舞乐相合,他古怪地要求琳琅坊中每位琴师依次单独弹奏,而且常常一曲未终就指定下一个人继续,简直像是一场考试。这么长时间,坊内廊下已聚集了包括护院、厨子在内的许多人,都伸长了脖子盯着这奇怪的一幕。

"不行,还是不对!"当最后一位琴师的《凤求凰》弹到一半,荆闻泽闭着的双眼缓缓睁开,转头道:"谢坊主,贵坊还有别的善于抚琴之人吗?"

谢雅然双眸流转,摇头道:"公子看来精通音律、雅量高致,这些平庸的丝竹之音难以入耳,可惜我这里无大才了。"

荆闻泽放下刀,拿起桌上的茶杯,遥指台上右侧靠近帷幕的位置,道:"我看那位姑娘刚才脚下一直踏着节拍,想必功力不俗,可否试试?"

田昕吓了一跳。

她本是犯官之后,十三岁背负乐籍,在琳琅坊当了几年婢女,受尽打骂白眼,五六年后方转为琴师,总共登台才一二次,仅是作为陪衬,所以今天没有被谢雅然考虑在内。此时骤然被荆闻泽点中,不觉惊得退步缩身。

谢雅然淡淡道:"昕儿琴艺尚未出师,岂入方家法眼?若公子真的挑不中,可以退还一半赏银,不知可否?"

荆闻泽缓缓道:"在下有几位好友住在城外,他们精通音律,故而今日我想请一位姑娘前去抚琴助兴。我看不如再请这位姑娘一试,若此事能成,再付谢坊主二十两黄金如何?"

谢雅然脸色微变,出手如此阔绰,几乎像是江洋大盗的作派。然而冲着明晃晃的金子,她想了想,眉眼间仍是对田昕略微示意。

田昕带着几分紧张地坐下,深吸了一口气,荆闻泽开口道:"请弹《潇湘水云》。"接着,一段飘逸的泛音缓慢泄出,如碧波荡漾、烟雾缭绕,令人如身在九嶷、俯瞰云水,生出无限感慨。荆闻泽细听了一会儿,起身行礼道:"就请这位姑娘移步吧。"说罢从包袱中取出金子放在桌上,于是四周又传来一阵窃窃私语。

傍晚,一辆马车驶出扬州西门。车上的田昕紧紧抱着一把"落霞式"的新琴,有些惴惴不安地望着窗外的秋景。刚出城门,荆闻泽的驾车速度陡然加快,一直奔行了大半个时辰,才勒马停下。听到荆闻泽一句:"到了,请姑娘下车。"田昕暗自咬了咬牙,抱着琴钻过掀开的布帘,跳下车第一眼便完全呆住。

眼前并不是她想象的飞檐斗拱、宽广庭院,甚至不是茅舍村居,而是一座年深日久的石制凉亭,梁柱间还有不少枯萎的藤蔓缠绕。四周黄叶遍地,坡下远处的大片枫树和石林中传来几声鸟鸣,静谧中透着一丝诡异。

荆闻泽脸上尽显沉郁之色,与之前坊内的倦容判若两人,突然躬身一礼道:"田姑娘,在下多有冒犯,望请恕罪。"

田昕忍不住吓得后退了几步。本朝乐户之低贱,比之宋、元更甚。甚至禁止其在道路正中行走,而只能够行走于两侧。且《大明律》规定:"凡奴婢殴良人者,加凡人一等。至笃疾者,绞;死者,斩。其良人殴伤杀他人奴婢者,减凡人一等。"因为乐户与奴婢同等,故也在此列。因此一般百姓对乐户的轻视可想而知,更不必说豪绅商贾。

"公子此举何意?"

"实不相瞒,在下并非想请姑娘奏曲助兴,而是为了除恶!"

田昕脸色变得苍白。

荆闻泽正色道:"姑娘可曾听过'三大凶徒'?"

田昕慌忙点了点头。她虽非江湖中人,可一贯喜欢听打打杀杀的刺激故事,因此在坊内经常大着胆子问东问西。

当世黑道"三大凶徒"师出同门,分别是"冷面判官"魏锦煌、"千足鬼面"练飞和"回风舞火"回怒影。其中魏锦煌黉夜盗抢,练飞淫人妻女,回怒影则不仅杀人劫财,还精于放火。这三人时常联手作案,又数次从六扇门围捕中逃脱,江湖中人与寻常百姓无不闻之色变。

荆闻泽顺手把雁翎刀扔在地上,请田昕一同坐在石凳上,才开口道:"这三人恶贯满盈,我欲除之已久,可惜孤掌难鸣、力有未逮。于是便想了个办法,假装自己是五毒教中人,骗他们说扬州城外有教中秘宝,然后在坡下石林与枫树间布下阵法,想要困住他们,各个击破。想不到'三大凶徒'之首的魏锦煌狡诈机智,竟然识破了我的计谋。昨夜我四人大战一场,各自带伤。若不是我眼疾手快,先夺下这柄刀,只怕不能奔出石林,活着回到扬州城。对了,那些黄金也是他们的不义之财。"

田昕听得大气不敢出,虽然荆闻泽这番话并无他人证明,但不知为何,她就是觉得对方语气诚恳,绝非虚言诓骗的小人。

"此战我左臂负伤,幸好未及要害。内伤调休了半日,尚未复原。而那三人受伤后被困阵中，尚未得出。此阵的石林我按九宫八卦、顺逆五行排布，只能困住他们一日左右。"

田昕眨了眨眼，道："公子所言，似有一个巨大破绽。"

"什么破绽？"

"这三人武功高强，就算一日之间无法破阵，只要将石柱一一推倒，岂不自然脱困？"

荆闻泽微笑道："田姑娘果然聪慧，整件事的关键正在于此。他们不敢这么做，因为大多数石柱已被我布下了一种特殊毒药，名曰'以身犯险'。此毒并不致命，且在阳光下留存时间不足一日，但我冒充之人乃是闻名江湖的五毒教大供奉黄宜。他们三人都中了此毒，又相信我的身份，即使石柱此刻已然无毒，也万万不敢触碰，只得慢慢寻找出路。"

田昕愈加不解，道："既然如此，公子不去报官，为何还去听曲？"

"寻常捕快，不是他们的对手。而黄宜平生有两大强处，一擅于毒，二精于琴。所以我才去请善琴者前来，一是'坐实'所谓黄宜的身份，让其更为惊恐，二是趁机帮我治住他们。否则阵法若破，我或能勉力截住一二，但万一有凶徒脱逃，就贻害无穷了！"

"可是，我又不懂武功。"

"不必懂，姑娘只需尽力抚琴即可。说来在下也对弄弦略知一二，若我左手无伤，本不必烦劳他人。"

"只需我抚琴？"

"不错，照我所说抚琴。'三大凶徒'此刻毒上加伤，更添一日水米未进，已是惊弓之鸟、强弩之末。我想以琴曲牵动内息伤势，使其真气大乱、难以动弹，然后一网成擒，请姑娘万勿推辞。"

田昕听罢，贝齿轻咬粉唇，嗫嚅不语。

荆闻泽看她还有些犹豫，转而道："事急从权，姑娘自是知书达理。孟子有云：'是何异于刺人而杀之，曰"非我也，兵也"。'今日只求田姑娘当我一刻的兵器便好。"

他这番怠懒言语,偏偏逗得田昕莞尔一笑,刚待点头,忽听石林深处一声清亮的长啸,宛若凤鸣,直震得四野回响。荆闻泽脸色一变,道:"他们在以回声判位,要破阵了!快,先弹《梅花三弄》!"

田昕一咬牙,放好新琴,凝神挥手。荆闻泽赶忙站在她侧面,右掌放于其后心一寸处。田昕拨弦之际,只感到全身一轻,血脉前所未有的流畅。

《梅花三弄》曲调哀婉缠绵、摧人心肝。一弄"叫月",声入流霞;二弄"穿云",高遏行云;三弄"横江",隔水长叹,一声紧似一声。本来琴乐相比笛、箫声音不算大,但荆闻泽运用道教"传音入密"之法,以浑厚内力聚音成网,对准刚才长啸之处抛洒而去。咫尺之间的田昕一无所觉,而数里之外的石林中却草木震悚,长啸应声而断。紧接着又是《雁落平沙》《潇湘水云》《阳关三叠》等几首曲子。荆闻泽凝神聚气,面色从白转赤,又转为青紫,过了一盏茶时间低语道:"最后一曲,《广陵散》绝响!"而田昕也觉周身压力倍增,后背越来越热,不禁香汗淋漓,但坚毅的性子却支撑她咬牙硬挺。曲终裂帛之际,原本青葱般的十指已隐隐浮现血痕。

荆闻泽收回手掌,喘了一会儿气,侧耳倾听,随即道:"成了!'昔年潇湘泪,今日广陵血'。待我运功调息片刻,把他们点完穴扛到车上,今夜送去南京刑部即可。多谢田姑娘仗义援手,待会儿先送你回坊。"说罢闭目片刻,这才长舒了一口气。

田昕用绢帕擦了擦额角汗水,幽幽道:"公子听了那么多姐姐弹曲,为何选我?"

荆闻泽浅笑道:"那在下就实说了。只因那些曲子皆为歌舞余兴的靡靡之音,唯有姑娘所奏,颇具风骨。"

"风骨吗?"

田昕心中叹了一口气,像她这样的人,即使心比天高,又有何用。她终究与他不同,做不成一条自由的鱼,相忘于江湖。

荆闻泽起身道:"田姑娘,在下车马中备有纸笔,想让你写些东西。"

田昕迷惑不解。

荆闻泽目光一凝,道:"姑娘可信得过在下。"

田昕微微一怔,觉得他现在认真的态度,不亚于刚才的隔空拼斗,连忙点了点头。

荆闻泽道:"在下有一位至交好友,姓聂名长恨。"

"'捕魁'聂长恨,威震天下的名捕!"

"正是。"荆闻泽的脚步继续向前,"他久在刑部,此前也帮人脱过乐籍,所以想请姑娘写下自己的生平境况,我自当尽力相助!"

田昕顿时愣在当场,仿佛眼前纯黑的巨大帷幕透出了一丝光亮。恰在此刻,夕阳映着她的半边玉颊一片嫣红。

13. 长堤柳岸

长堤,柳岸,雨霁,新亭。

荆闻泽的右手摩挲着袖中的刀柄,饶是养气功夫再好,也已经开始烦躁起来。

他不知道这条长堤有没有名字,也不了解这座亭子是何人何时所建,只知道现在身处淮阴城郊的一条宽阔的河川之上。

平时的他神态多半是悠游从容,此刻却紧绷着神经。

任何一个被"沧海一粟"盯上的人,恐怕都会比他更紧张。

"沧海一粟"是江湖上著名的杀手组织,内中成员虽不多,但经常敢于开天价取人性命。每接一单生意,必定仔细研究目标的一切特点和软肋。据说他们的首脑曾经扬言,"从不用重复的手法杀人"。

而荆闻泽,正是这个组织放话三日内必杀的人。

荆闻泽长舒了一口气,屈指算来,今日已是第三日。换言之只要平安度过今天,根据惯例"沧海一粟"就要收手了。

可是眼下这个家伙,简直比"沧海一粟"更难缠。

荆闻泽本来在亭中静坐,结果午后这位身穿淡蓝色直裰,头戴儒冠的年轻书生一进来,事情就麻烦了。

他先是在亭里坐了片刻,然后开始不停踱步,眼神紧盯着长堤的尽头,面色泛红,呼吸急促,一看就是在等人。过了一会儿,似乎终于熬不住了,便上来跟荆闻泽攀谈,于是就把自己的事如竹筒倒豆子般一股脑全说了。

书生自称姓宗名琴,是一名举人。虽然他言语有些颠三倒四,不过荆闻泽还是听出了大概。无非是他今日与心爱女子约在此地相会，可是情绪中充满了患得患失。再听几句才恍然大悟，原来对方竟是堂堂按察使之女。

荆闻泽心中暗叹，举人在一般百姓眼中已经可以算是光耀门楣，可在正三品的按察使看来无疑属于废材，难怪他如此纠结。再看他全身上下虽然衣着光鲜，像是专门准备过，可还是有地方露了马脚。本朝风气豪奢，达官显贵和商贾之家已经达到"不丝帛不衣，不金线不巾，不云头不履"的地步，争相炫富。淮阴虽不属于最为富庶的江南，但相隔不远，也沾了不少富贵风气。此人腰间虽也有香囊、腰挂，可腰带仅为皮质，又没有玉品点缀，显然家境平庸，已然露了几分怯。

荆闻泽慢慢道："宗兄，两情相悦自是难得。可是自古以来，这门户之别……"宗琴不待他说完，已然激动起来，脖子上青筋都隐约可见："荆兄，只要我今科中了进士，按察使大人一定会回心转意的！"见他如此决然，荆闻泽自然只得宽慰几句。眼前的宗琴脚步虚浮，丹田毫无真气，明显不通武功。荆闻泽心念数转，已开始担心会连累他人。

正在这时，长堤另一边终于有了动静。一个身着青布衣衫，脸上花白胡子的老者一边朝这边挥手一边喊道："宗相公，我家小姐有东西交给你！"

宗琴大喜过望，都顾不上跟荆闻泽行礼，只略点了下头，转身提着衣襟前摆向长堤上奔去。荆闻泽目力极好，仔细看了看那边的老者，眉心忽然一皱。

长堤上，宗琴穿过空中飘飞的漫天柳絮，奔到老者面前时已然上气不接下气。但还是长揖一礼，道："多谢老丈，不知是什么东西？"

然后他看见老者虽然脸上挂着笑意，眼神却是冰冷的，道："凭你也想染指我家小姐！"

宗琴一愣。

攻袭猝然降临。

老者右手在腰间一抹,已多了一把亮晶晶的软剑。

剑芒如雪,剑影奇疾。一剑挥出,周围一丈内的柳絮如同大海中的波涛般瞬时激荡翻滚。

宗琴吓得一屁股坐在地上,连惨叫都来不及发出,只得闭目待死。

紧接着他听见一声清脆的响声,这才发觉脑袋还没有搬家。

荆闻泽不知何时蹑空而至,短刀如宿命般架住了短剑。陡然间他一个踉跄,左手捂住胸口,像是忍受了极大痛苦。老者嘴角狞笑,左手猛然一招"五丁开山",正中他的前胸。于是荆闻泽以一个非常不雅,类似蟾蜍跳跃的姿势,应声落入堤外的河水中。片刻,一股鲜红色漂了上来。

宗琴默默站起身。

直裰上粘着一些泥土草叶,可是他并没有掸哪怕一下。

老者看了看地上锋锐的短刀,笑道:"难怪有人说'沧海一粟'不单靠武功杀人,今日一见果然盛名之下无虚士。"

尽管被奉承,宗琴并没有笑,不过眼底还是露出几分得意之色。不懂武功竟能除掉荆闻泽这等高手,当然值得自豪。

"你可曾听过'欢情薄'这种毒?"

"稍有耳闻。"

"这种奇药本身无毒,可是人若与柳絮一起吸入,就成了剧毒。我刚才故意喋喋不休,姓荆的没有察觉。等他想救我时,一催动内力,便立时毒发了。"

"佩服……"

老者的话语硬生生中断。

因为他看到了一幕奇景。

一声巨响,一道水柱在数尺外冲天而起,堪比神话中蛟龙现世。他心知不好,顾不得宗琴,忙提剑戒备,忽觉心头剧痛,周身一凉。

这是他在世间最后的感觉。

他至死都不知道自己是怎么死的。

宗琴倒是明白。

他眼见一颗石子似流星般正中老者的膻中穴。

随后他返身想跑,结果腰间一麻,仰天倒地。

荆闻泽面色苍白,又出现在视线之中。他全身都在往下滴水,手中重新握着短刀。

宗琴的语气透着绝望:"你没有中毒?"

"'欢情薄'有一股淡淡的清香,所以你在香囊里放了其他香料掩饰。不过我对岐黄之术还有些研究,你瞒不过我。"

"那你为什么不早动手,还会中招受伤?"

荆闻泽的声音像是在抑制着什么:"你装得还真像,你觉得呢?"

宗琴死盯着对方的眼睛,忽然一道灵光闪过,比在科场给八股文破题的时候内心更加澄澈。

荆闻泽察觉到了"欢情薄",唯一不能确认的是他的身份。换句话说,有两种可能,一是他属于"沧海一粟",二是他被"沧海一粟"利用。

而这个人,居然为了验证这一点,甘愿呕血落水!

难道说……

荆闻泽的眼光,穿过了纷乱的柳絮,越过了古旧的长堤,往东南方凝成了深深的一瞥。

宗琴看到他浅色衣服上的血液逐渐浸透、扩大。

万里青空下的一抹凄艳。

"我很希望,你的故事是真的。"

14. 惘　然

初春，济南，大明湖畔。

荆闻泽身穿一件青色直裰，凝视着岸边柳树上的残雪，恍惚想起自己已经不再是"当时年少春衫薄"的样子。

虽然还是春寒料峭，但是路上的行人明显比腊月多了起来。湖边的道路上，各种小吃和行人已是络绎不绝，带着寻常镇甸没有的热闹。人群中，偶尔还能听见在议论三天之前，百姓一度谈之色变的采花贼潘玉蝶的落网，让不少女儿在及笄之年上下的人终于松了一口气。

荆闻泽默默听着，暗自微笑，冷不丁一声清亮的脆语闯进了耳朵："小姐你瞧，我就知道荆先生会在这里！"

在回身之前，荆闻泽已经明白了来人的身份，不由赶紧收拢心神，强自镇定。

只见有两位女子站在不远处，衣着都十分华丽，显然出自仕宦之家。荆闻泽对其中一人道："淇儿姑娘早。"

那位被称作"淇儿"的少女略一抬头，神情跳脱："荆先生早，这就是我家小姐。"

荆闻泽立即行礼道："何姑娘。"毫无疑问，眼前这人正是济南城中鼎鼎大名、品貌双全的山东按察使何暮何大人的千金。据坊间传闻和淇儿前番的口无遮拦可知，何姑娘单名一个"漪"字。

何漪身着一件白色褙子，端丽秀曼地敛衽一礼，细声道："荆先生，我一直都是欣赏你的妙笔丹青，今日总算一睹真容了。"

荆闻泽淡然摇手道："在下不过是个普通画匠而已，何姑娘谬赞了。不知你们此来所为何事？"

淇儿抢着嘟嘴道:"我家小姐想请你画一幅画。"

荆闻泽一愣,忙道:"若是府上哪一位贵人的画像,在下可不敢唐突动笔。"

何漪粉颊一热,身形微动如弱柳扶风,从袖中取出一张叠纸,慢慢展开递了过去,道:"先生误会了,请看一下。"

荆闻泽接过细看,呼吸一滞。眼前的这幅图画着墨不多,仅能朦胧看出一个男子的背影,右手还提着一根树枝。

"这是……"

"他是我的恩人,荆先生可曾耳闻之前采花贼人落网的事情。"

"小姐!"

荆闻泽折起纸张,还没答话,就听见一声低呼。再看淇儿正柳眉凤目瞪着自己,像是一只护主的小兽,看起来颇为有趣。

何漪的脸上却带着一种决然,道:"没事的。画如其人,我相信荆先生是诚信君子。实不相瞒,三日前那贼人偷溜进府中,更险些闯入我小楼中的居所。是这个人救了我,而且还擒住了他。"

荆闻泽"哦"了一声,道:"我听说那贼人是在小巷中被捉住的。"

何漪眼神越发明亮:"那夜我听见窗外有异响,便大着胆子披衣下床,从缝里往外看。就见两道人影在飞檐上乍合又分,其中一人便倒了下来。我忙推开窗户,月光下看到他左手提着一人,右手握着一根树枝,一下子就不见了踪影。后来据说捕快在附近的巷子里找到了贼人,想来是恩人担心我的名声才故意为之。"

荆闻泽沉吟道:"原来如此。好吧,容在下回去细细揣摩,过个三五天大概可以完成。不过拙笔实在难以做到神韵毕具,大约也只好勉强为之了。"

何漪浅笑道:"荆先生过谦了,那就静候佳音了。至于酬金,必定让先生满意,那我们就先告辞了。"

荆闻泽望着她,忽然道:"若是觉得画得不好,不付酬金亦可。"

何漪微微一怔,不解道:"不行不行,你这样我欠了很多人情啊。"

荆闻泽闻言一笑,也不坚持。

接下来在分别之前,荆闻泽又被淇儿挥舞着比芦苇秆粗不了多少的胳膊威胁了一通,保证"闺阁秘事,不得外传"云云。

人已经远去,荆闻泽仍旧临湖而立。可是衣襟上的余香,却让他的内心并不像湖面那般风平浪静。

"荆兄,我觉得你这样很不值啊。"与刚才迥然不同的语音泛起,一股强大的气势在不足七尺处席卷而来。

如果拿潘玉蝶的功力与此人相比,恐怕是类似蚯蚓和蟒蛇的差距。

荆闻泽暗骂自己一声大意,回手一捞,将别在后腰的毛笔握在掌中,等看清了来者,呼吸才平复下来。

"聂兄,你这话是什么意思?"

聂长恨伸了个懒腰,道:"那位何大小姐哪里知道。你爱慕的是人,想要的是情,她却偏偏要还你人情,岂非南辕北辙?"

荆闻泽脸色一寒:"聂兄,虽然你是刑部名捕,但若是再这般胡口调笑,我还是会出手的。"

聂长恨故作惊慌地退了一步,道:"别别别!这次你抢了我的风头,还不让我揶揄两句吗?"

荆闻泽挑眉道:"这么说,你是为潘玉蝶而来的?"

聂长恨道:"是啊。我骑了好几天的马,结果赶到济南,就听说他已经落网了。潘玉蝶手上功夫不行,不过毕竟出身'下五门',眼力还算凑合。我稍加审讯,从他的供词中就推断出是你老兄所为。不过其实不必多审,只要问出他是去何大人府上,我也就了然于胸了。"

荆闻泽将毛笔收回怀中,摇头道:"喝酒真不是一件好事,要不是关于那年元夕的旧事被我说漏了嘴,你想查到也没那么简单。看来,我要离开济南一段时日了。"

聂长恨盯着他的侧颜,沉声道:"有件事我本不该问,下个月她是不是就要出阁了?"

荆闻泽神态不变,淡淡道:"别装了。吏部侍郎王大人家的儿子娶亲,你这位朝廷的名捕会不知道?"

聂长恨缓缓道:"也许,她喜欢的人是……"

"是那个救他的人。"

"那不正是你?"

"不是。"

"不是?"

"那只是一个迷离的绮梦,一个不必考虑在红尘之中生活的影子。"

"可你明明对她有情!宗族、门第、财富,莫非这就是你退却的理由?"

荆闻泽抿着嘴,继续道:"不完全是。如果我是一个农夫、商人、工匠,或是普通的画师,也许真会不顾一切地试一次。"

聂长恨的指节好像响了一下,道:"可你是江湖人。"

"是。"

"当年在咸阳第一次见面时,你那句'荆野之人,闻风而起;侠义为先,莫问名号',我一直都记得。那个时候的气势到哪里去了?"

荆闻泽哈哈大笑道:"堂堂聂大捕头,居然用激将法吗?既然被人称一句'侠客',当然有该办之事,更免不了刀头舔血、九死一生。那种抛家别业、逾墙私奔,从此天涯漂泊的事情,除了戏文话本里,怎么可能真的会有?"

聂长恨叹了口气,道:"我看你都快出家了,你真能忍心把她让给别人?"

荆闻泽看着远处湖面的涟漪渐渐消散,道:"'别人'未必不好,听闻那位王公子新中了举人,人品才学都是一流。"

"可是……"

荆闻泽打断道:"其实我们都太自以为是了。"

"什么意思?"

"真实的情爱故事,往往不是世人想象的那样。就比如那两首流传数百年的《钗头凤》,便是如此。后人只看到字句哀婉缠绵,便往往感于陆游的深情与不幸。其实陆游不能保护所爱之人休妻在前,又写出凄惨词作牵动心伤在后,终于累得唐婉含恨早逝。后来这位陆放翁又是流连于秦楼楚馆,又是忙着续弦纳妾。等人生暮年享受够了,跑回沈园又写了几首诗,就赚足了后世痴男怨女的热泪。反观那位赵士程,身为皇室支脉,之后却终身未娶。你说他们两个,究竟谁对唐婉用情更深?"

聂长恨半晌不语,不知是不是勾起了一些本来潜藏心底的痛楚。

"走吧。"荆闻泽洒脱地拍了拍他的肩膀,道:"早上天寒,喝几杯热茶暖暖。济南号称'泉城',茶的滋味那是没得说。你肯定听过'泉香而酒洌'吧? 其实这茶也一样……"

同一时刻,按察使府中,衔梦楼内。

何漪在丝绒垫子上支颐已久的身形突然动了,语气带着几分欣喜与疑惑:"淇儿,我想起恩人的背影像谁了!"

旁边打着瞌睡的淇儿一个激灵,忙道:"像谁啊?"

"像荆先生!"

淇儿一听,登时没了兴致:"啊? 如果是旁人还行,像他有什么用? 他又不能看到自己的背影,怎么照着画呢?"

15. 吃螃蟹的天才

荆闻泽从水路一路往东而行,数日后便到了绍兴府山阴城。

年关将近,浙江又是富甲天下之地,沿途自然是"户盈罗绮竞豪奢",可荆闻泽的心情却有些凝重。

山阴,一个他必须归来的地方。

绕过熟悉的一条横街,天色已近黄昏。他与一群小贩擦身而过,想去的那间院落还有好一段路程。荆闻泽放眼望去,两侧的房子都有高出屋脊的黑瓦白粉墙,不看亦可知是豪门大户,配合着门口的石狮子、大红灯笼和鞭炮燃放后的满地碎屑,透着不少富贵气。不远处,一群身着锦缎裘衣,头上满是饰物的妇人们,正带着几个半大的孩子,在街边的"绸绒老店""兰桂香脂""徽州文房"里穿梭徘徊,低声嬉笑,后边还跟着几个提篮拿包的侍女。此等人虽非官宦之家,但大抵是富商眷属,平素规矩少些,年前也能出来逛逛。

山阴水网纵横,几乎每条街道都有内河航道与之连接。此地多产名茶、佳酿,时节又近除夕,随处可见的茶馆酒肆便成了仕宦与商贾聚集消遣的地方。荆闻泽穿过几座拱形石桥,看到沿街店铺人头攒动,心中不由生出几分安然。

此时荆闻泽身着一件素色道袍,头戴冠帽,背着青布包袱,腋下夹着几卷字画,急匆匆走街过市。旁人看来多半是个秀才、书生之类,所以都一眼扫过,不以为意。荆闻泽又走了近半个时辰,眼看天边的霞光越发暗了,才止步在城边一个院落门口。

面前的院门并未上锁,只是虚掩着,似乎主人对是否有人进入并不在意。荆闻泽站立半响,看到墙外一棵老槐树枝叶落尽,尽显萧条，不觉幽幽一叹，推门而入。

前院占地不大，一条鹅卵石铺地的小径延伸向平屋，几十枝萧竹在北风中不住摇曳，像是禁受不住肃杀之气。荆闻泽看向东墙边，假山的一角种着数棵芭蕉，叶子还未全黄。下面还有石榴、兰草、葡萄、萱草等少量盆景点缀其间。虽不是什么名花瑶草，但是摆放得十分错落有致、颇有章法，一望便知是花了一番心思。

荆闻泽显然对这里的一草一木了然于胸，缓步走入写着"天汉分源"的月门，绕过一口不大的古井，就来到了平屋之前。这间宅邸并无一丝一毫即将过年的热闹氛围，与周遭世界格格不入。荆闻泽放下包袱和书画，整了整衣冠，又重新拿起。其实他很清楚，屋内之人对世俗礼法、繁文缛节一向嗤之以鼻，甚至可以说深恶痛绝。可是每次踏入这里，他总是要这样做以示敬重。

纸窗隐隐透出灯火，荆闻泽屈指敲了敲屋门，正要开口说话。不料此时屋里已传来一句有些苍老，但声调仍旧高亢的话语："徐渭不在！"

荆闻泽眨了眨眼睛，心里有些苦楚，恭声道："师父，是我回来了。"

屋里人的语调一变，大是亲切："哈哈，原来是闻泽，快进来！"

荆闻泽推门进入，还未看清屋内情形，就嗅到扑面而来的一股气味，忍不住咳嗽两声。那是酒味、醋味和一股腥味的混合，令他微微蹙眉。

普通的房子，进门多半是厅堂，这间却把书房放在前面。房里四壁挂着不少字画，南墙则是一排方格长窗，从里面能望见清幽的天井。窗前是一张黑漆长桌和两把圈椅。桌子上置有文房四宝，砚台中墨汁尚未完全干涸，毛笔还放在笔架之上，大约用过时间未久。

但是，此间主人正做着一件与书房不大妥帖的事情。

六十三岁的徐渭倚在书桌前，桌子上放着两壶黄酒、一副碗筷和一只瓷碟。碟子里有两只还在冒着热气的膏蟹,已经被吃掉了十之八九,仅剩躯壳。

徐渭身着一件洗得发白的青色直裰,上面还打着几个明显的补丁,发簪歪戴,胡须散乱,只有两只手还算整洁,正拿着螃蟹腿大快朵颐。此时只见他丢下蟹腿,随意用袖子擦了擦油乎乎的嘴角。

荆闻泽心中一叹,盯着螃蟹皱眉道:"师父,这莫非又是谁拿来换字画的?"

徐渭端起酒杯,将一杯"女儿红"一饮而尽,得意洋洋道:"然也。陈胖子这个大捏子,让我用一件小条幅就换了两只肥蟹。那字不过是我半醉半醒间随手写的,他竟看不出来,真是可笑。"

荆闻泽看着徐渭头发已大半花白,身形也有些佝偻,回忆起小时候见他形貌修伟、音亮如鹤,不禁有些悲从中来。他自问与柳生宗雪拼杀时,利刃加身也不及此时心中伤痛。若不是知道徐渭的性子强忍下来,真要放声痛哭一场了。

英雄末路,美人迟暮。

他猛吸一口气,微怒道:"师父,您的书画堪称当今一绝,传之后世更是无价之宝,岂能轻易贱卖给那些人?上次吕举人居然用十只螃蟹和两坛酒,就想换你的《墨竹图》。若不是你拦着,我非要……"

徐渭摇头晃脑道:"闻泽,这你就错了。字画再好,不过是死物。后世之名,与我而言更是如同土石。譬如这间屋子,我死后就算变得画栋雕梁、金玉满堂,可又与我何干?思来想去,还是魏晋名士毕茂世的话最对我的胃口。"

说到此处,他像是浑然忘了荆闻泽还在身侧,拈起一根竹筷,一声声有节奏地敲打在碗沿上,发出轻快的声响,口中念念有词:

"一手持蟹螯,一手持酒杯,拍浮酒池中,便足了一生。"

荆闻泽默默坐着,身上刚刚结痂的伤口突然有些刺痛。他没有打扰徐渭,像是已经习惯了他猖狂的举动。眼前的人不再是那个走过塞北秋风的诗人,也不是少年时锦心绣口的才子,更不是曾经坐断东南的幕僚。

他像是一个回归的赤子,一个漂浮于世间的魂灵。

一片雪花,无声地飘落在天井。

16. 飞舟记

大明成化二十二年八月十二日正午，天宇澄霁，皎无纤云。

松江城，董进卿府，绣楼。

外面人声鼎沸、乐鸣不绝，董白的纤纤玉指，慢慢拂过桌案上大红喜字的锦缎与首饰，一旁的侍女收拾得已近尾声。

本是秋高气爽的天气，她却感到一阵阵恶寒。

"苏研，苏研，终究还是没有拖过中秋啊。"

或许在别人看来，这是一个无比俗套的故事。元夕偶邂、两心欢喜、海誓山盟、出外经商、音书迢递、父命难违……

隔着喜帕，她在下楼前最后看了一眼闺阁。

不大的房间，放着一排浅青色的书架。说来也怪，她从小不善女红针黹，就诗词曲赋也只平平，偏偏最喜读历代史书，好学男儿状发些议论，至今架上大半书册皆是此类。而最喜欢的那本《后汉书》，更是手不释卷，已翻烂了两三册。

所以当她每次读到汉末那位与自己同名同姓的少女时，都不禁暗暗心悸。

历史上的那位董白，乃董卓的孙女。彼时董卓权势中天，可任意废立天子，董白自然也尊荣至极，尚未及笄就受封渭阳君。史载董卓筑坞于郿，墙厚七丈，高度与长安城相埒，号曰"万岁坞"，世称"郿坞"，内藏珍宝无数。而董白在其中犹如公主，遭万民仰视。可惜富贵转瞬即空，董卓被诛后，王允灭其三族。董白亦被斩首，年仅十六岁，极尽奢华的郿坞也渐次归为尘土。掩卷叹息之余，董白也深感十分庆幸。父亲董进卿官不过序班，位只得九品，她反倒觉得自己虽无如此尊贵，亦不曾身逢乱世。可现在看来，这个名字果然是大大不吉。

蒙着喜帕,被侍女扶着离开家门的时候。耳畔鼓乐齐鸣,她则暗中攥紧了手中一张小心折叠的薛红笺。苏研最后一封来书,说他已取得海外秘宝,中秋之前必定赶回松江城。若违此誓,天诛地灭云云。收到的那一天,她饮下了一杯醇酒,苦笑不止。

他若不来,她要他死何用?不过是心死而已。

迎亲的队伍出了巷子,一路朝城西的解家而去。她端坐其中,手慢慢摸到右腿内侧的靴管,触到了一件冰冷之物。想到从小到大也是熟背《女诫》的,她要是在成亲当日做出忤逆之举,真不知父母闻听会如何惊诧。

估摸着还有一半路程,正心乱如麻之际,轿子颠了一下,竟然落下了。她忽觉意外,紧接着便听到一片惊呼和脚步声。

"莫不是!"

她不是完全没有想过戏文里那些荒诞不经的事情真会发生,于是一咬牙掀开喜帕钻出了轿子。奇怪的是,这种荒唐的举动此刻根本没人搭理。

所有人的目光都死盯着天空,个个长大了嘴巴,如同瞬间被点了穴道。

她抬头。

奇景闯入!

一叶扁舟⋯⋯

正驶于二十丈高的天宇。

松江百姓细看此舟,似是青白菱草所制。除了上部前后两排扯满的船帆,两侧还各挂了四个类似巨大鱼鳔的东西,正鼓风而行。

以天作海,以城为礁!

但唯独她已顾不得观察,因为那个中气十足的声音。

"小白,快回楼上!"

她愕然——

恍然——

释然——

决然——

奋然。

她做出了这辈子最快的一个动作,翻身跳上了旁边一匹青鬃马,扬鞭前凤冠霞帔、头面首饰尽皆坠地,激起了不少尘埃。而后者的主人仰头看得呆了,握着缰绳的手早已松开。

新郎官解韫的反应最快,尤其是当他发现董白华裳下居然穿着一双薄底快靴。

他呼喊着掉转马头,刚要加鞭。突然人群中一阵惊呼,身旁奴仆更是叫得石破天惊。陡然抬首,两个半空的黑点正迅速扩大,眨眼之间正中马前,青石崩裂!

在周围的人狼奔豕突时,大家都看到两支长达七尺的巨箭深插进泥土尺余,箭尾上的尾羽兀自颤动,好像凶兽嗜血后的意犹未尽。

解韫勉强勒住受惊的骏马,一阵哑然,此景只能说明飞舟上装有床子弩之类的武器。一旦发出,攻城拔垒不在话下,何况血肉之躯?

转眼间,舟与马去得远了。人群向东挤得水泄不通,他却已心灰意懒地下了马。

城东,飞舟最终停在了董家绣楼顶上。

董白跳下马落地之时,已俯身拔出了靴管中的东西。

一柄亮如秋水的匕首。

刚才一屋子的人看到飞舟由远及近,全都惊恐万状。接着见到董白钗斜鬓乱、狼狈而来,更加不知所措。

董进卿上前几步,戟指道:"你这不孝女,是疯了吗?"

董白握刀的手微微一颤。

她明白苏研已经尽力,下面轮到她了。

于是她把匕首横在了自己粉白的颈间,一边往里闯,一边平静地如同在应对先生考书般道:"爹、娘,各位,今日我要走,你们拦不住的!"

董进卿之妻刘氏的脸刹那间毫无血色,高呼道:"孽障,你怎么……"

此刻举座皆惊,一旁的董府家丁不知该不该上前,一时顿住。

站在人前的董进卿之弟董垣是淮南"鹰爪门"好手,这次兄长请他全权负责照应大婚。他生得紫棠色面孔,膀大腰圆,黝黑的十指比常人长出一截。别说是娇滴滴的侄女儿,就是二三十个壮汉也从未放在眼里。眼看对方目无尊长,顿时怒不可遏,哪还欲多言?只见他一个纵身,左手一招"一骑绝尘",径直向她右臂探去。

董进卿气得手足冰凉。近来老父病重,他坚持尽快让董白出阁,也是想了却一桩心事。想不到事到临头,还是出了大乱子。他了解董垣动手必有轻重,心下稍宽,正想着擒住董白如何扭送回解家。忽觉眼前血光暴现,裂帛声脆,董垣踉跄后退,右手紧紧按住袖中的左腕,一脸难以置信的神情。在场中人只有他自己清楚,刚才匕首自下而上挥动,招数如鬼似魅,分明是一招凌厉至极的刀法。若不是自己见机退后得快,恐怕整只手腕会被切下。

一时之间,再也无人敢靠近这位翻手之间判若两人的新娘子。

董白默默用大红的衣袖拭去了匕首上的几缕鲜血,涩声道:"说来苏郎当年教的刀法,我也只练熟了这一招啊。叔父,多有得罪了。"再不复言,快步登楼,四周竟再无一人敢阻。院外、街巷中驻足观看的人如潮涌,呼喊声愈加扰攘,比适才迎亲上轿时更响十倍。

望着满堂呆立的亲友,一家之主的董进卿脸上半青半白。董垣在旁不住呵斥道:"快,找人多取硬弓、碎布、桐油来!"家丁们刚要领命狂奔,董进卿却猛然挥了挥手臂,叹息道:"罢了,罢了……由她去吧。"

过了一会儿,楼顶的飞舟渐渐腾空而起,借风势向西南方越行越快。松江满城人无论男女老少皆举目仰望,不约而同忘记了脖子的酸疼。

所有人依稀看见舟头一红一黑两道人影相互依偎,好似传说中春秋时期的乘龙跨凤。

【附记】

成化二十二年八月十二日正午,天宇澄霁,皎无纤云。松江城郭之人,见空中驾一小舟,从东而西,又折而东,落序班董进卿楼上,市人从观者塞道。细视之,乃荬草所结。

——[明]陆容《菽园杂记》

17. 七夕劫

> "温飞卿之词,句秀也;韦端己之词,骨秀也;李重光之词,神秀也。"
>
> ——王国维《人间词话》

北宋太平兴国三年,十月初七。

汴京,晚晴楼。

楼名"晚晴",出自晚唐李义山的著名诗句"天意怜幽草,人间重晚晴"。可遍观楼内楼外,花木萧索、盆景歪斜,梁栋雕饰虽然华美,但大多已蒙尘,细微处竟有不少蛛网,仿佛此间已是冷宫残院。

眼前的她依旧如过往那样,不理云鬓、不施粉黛。然纵是如此,仍肌肤胜雪、难掩国色。十月的东京汴梁傍晚已有些寒意,自小生长于江南的她却丝毫不以为意,似乎变得无知无觉。

轻启朱唇间,一段被后世无数人扼腕吟咏,此刻却没有几人知道的词句缓缓泻出:

"雕栏玉砌应犹在,只是朱颜改。问君……"

一旁的老宫人满脸惊恐,跪下道:"娘娘慎言,这可是禁语啊!"

她冷笑:"他们杀了他,难道以为还可以不让他的词章传世,妄图堵住天下人的悠悠之口吗?"

宫人欲言又止,半晌道:"娘娘,周先生又来了。"

她灰蒙的瞳孔中,透出难得的几分光亮:"快请,你退下吧。"

宫人躬身而出,作为后周时期就在汴京宫中的老人,她只知道这位来客是眼前之人娘家的亲故常随,但更确切的情况不得而知。楼中女子有倾城之貌,她不是没有怀疑过,可是自从七夕之后,他每个月探访一次,每次停留不过盏茶时间,倒也看不出什么端倪。

周怀煊三十许的年纪,身形挺拔,青衣白袜,徐徐而入。她的嘴角略微上挑,这个人身负上乘武功,看似闲庭信步。但她自小喜爱歌舞,最善听音,对方步履细微处稍显杂乱,显然心神激荡。

"小姐,你该走了!"

无论是称呼,还是语气,都足以让她诧异。

她不禁抬起头,面前的人一向沉着淡然的脸庞,眉宇间分明凝聚着一片焦躁与烦闷,似是压抑到了极点,有如钱塘潮信到来之前的隐约轰鸣。

即使金陵城破之际,她也没有见过他这样的神色。

"怀煊,你已经很久没有这样叫我了。是有什么新消息吗?"

"宫中传来消息,说守丧已满,皇上明日就要召你入宫!"

她沉默如玉石,指甲在碧绿的裙裾间攥出了几个血印。

"原来我这样的人,还有人想……"她自嘲道,轻柔的话语在周怀煊的心湖中却如同铁锥破水。"那个人明明不是什么君子,却做出一副沽名的样貌,实在令人作呕。如今他胆子倒不小,不怕我报仇吗?"

周怀煊眼神中哀痛更深:"小姐,以前重光把你保护得太好了。你以为宫闱之事就只是'刬袜步香阶,手提金缕鞋'吗?你可知'湘妃泪''闷龙酥'都是何物?"

她的手忽然松开,痴痴地望着楼外远处的民居。

那些平凡无奇的人间烟火、布衣粝食,是曾经以金线为帐、玳瑁为钉、宝石嵌格、罗纱糊窗;屋外广植梅花,闲暇赏花对饮,可谓极尽奢华的"锦洞天"永远无福企及的。

"林花谢了春红,太匆匆……"

"小姐,跟我走吧。现在走还来得及!我们可以回到江南。"

她浅笑,一如少女般单纯天真。

"怀煊,你的心意我明白。可是此刻的江南,就连吴越都已经献土归降,就算逃到那里,不还是宋境吗?再说,我是戴罪之人。

若带着我,即使凭你的身手,又怎能平安地穿州过府?"

周怀煊默默望着她,眼神炽热。

"我不能再拖累你了。怀煊,我唯一的遗憾是想看看明年的七夕。生于七夕,亡于七夕,重光他一生笃信佛教,莫非真是命中之劫吗?"

"怀煊,你走吧。其实你很清楚,心死之人,身归何处根本无关紧要的。不过,我想让你帮我做最后一件事!"

周怀煊望着不远处的床榻边,快要燃烧殆尽的鹅梨帐中香,幽幽道:"你要我行刺?"

她看着他,此生最后一次展露微笑,眼角满是狡黠与决绝。

是夜,晚晴楼主自尽。

....

太平兴国四年,七月初六,黄昏。

幽州城外,高梁河。

数十万宋军与辽军已经短兵相接了近一天时间,战场方圆数里血流漂杵、腥气冲天,别说是继续拼杀,就连驻足此地都绝非易事。

打到这个程度,无须高明的统帅判断。双方都很清楚,胜负的天平即将完全倾斜。

尽管遭遇了守军和援军的两面夹击,但赵光义仍然成竹在胸。虽然论军事他无法与兄长相比,但也看出契丹军已是强弩之末。只要再撑一会儿,收复幽云十六州就在股掌之间。假如能复幽云、出长城,契丹的根基就会彻底动摇。下一步平河朔、逐漠北也绝非虚妄。

到时候,青史上他的名字将与汉武帝、唐太宗比肩,四周都会是无比恭顺和崇拜的眼神。这样一来,他就一定能摆脱那个长久以来侵扰的噩梦。

当然不是那副七夕送出的"牵机"毒药,而是一柄冒着热气的沾血玉斧。

在黄罗伞下,他看到辽军"战神"耶律休哥已经杀到目力可及之处。然而身披重甲也遮掩不住三处伤口在冒血,好像下一刻就将坠下战马。看到这一幕,他不禁有些同情对方。

辽兵仍在玩命地朝中军放箭,但缺乏"神臂弓"之类杀器的劣势,再加上宋军盾牌、身躯的抵挡,最具威胁的箭矢也落在一丈之外。赵光义朝左边天际望去,残阳如血,他喃喃道:"该结束了!"

下一刻,他仰天倒下!

身体失去平衡的速度还在剧痛之前,恍惚间,他被人抬起,眼前是模糊的天空和侍卫惊恐的眼神。

"陛下!陛下中箭了!"

他这才垂下头,发觉一支箭正插在右边大腿,鲜血如泉眼般汩汩涌出。

太平兴国四年,七夕,子时。

涿州城外。

伤势的严重令赵光义只能以一个十分不雅的姿势,趴在一辆灰色毛驴车上静养,从巅峰跌落谷底往往只需一瞬。

幸好断箭已经取出,性命无恙。

就着一点篝火,他看到箭身上像是刻着几个字。

"取灯来!"急促的声音响起,百兽之王即使重伤,余威尚在。或者说,此时的杀伐之意更甚。

灯下,一行小字映入眼帘,居然是少见的"金错刀体",极似那个人的字。

"最是仓皇辞庙日"。

赵光义只觉一阵恶寒遍体,手一松,箭镞激起几点尘埃。

此时的银河两侧,牵牛星与织女星遥遥相对,愈加明亮。

…………

不知是碧落抑或黄泉,一个女子的声音婉转低回,郁郁不散。

"我不要他死。我要他看着自己的毕生功业刹那间烟消云散,感受无边的痛苦和折磨!"

"正如我的重光一样!"

【附记】

秋七月癸未,沙等及宋兵战于高粱河,少却;休哥、斜轸横击,大败之。宋主仅以身免,至涿州,窃乘驴车遁去。

——《辽史·第九卷·本纪第九:景宗下》

18. 鬼公子

衡阳,七月十五,上灯时分。

姬啸然刚跨进雁返楼,就觉得有些不对。

人实在太多了。

今日是中元节,传说鬼物涌入阳间。按照中原风俗,应祭祖、上坟、点河灯,为亡者指引回家之路。可雁返楼并非道观、佛寺的法事之所,只是一座普通酒楼。又兼入夜,阴寒之气大涨,怎么会有这么多人此刻还顾着吃饭喝酒?

眼前的大厅中,有七八张八仙桌,四周坐了不少人。他们有男有女、衣着各异,像是来自天南海北。其中有不少人虽略微掩饰,腰间的兵器轮廓却无法完全避人眼目,而且似乎本身也不大在意。白须的老掌柜和几个伙计一看皆是心明眼亮、八面玲珑之辈,现在都大气不敢出,苦着一张脸,除了上酒菜不敢靠近任何一桌,脸上丝毫不见银钱入账的欣喜,而是一副欲哭无泪的苦瓜相。

"莫非是与我……"

姬啸然刚转过这个念头,马上就否定了。因为他已发现,所有人看似交头接耳,其实都盯着窗边那一桌。细看他们的神色,竟是畏惧掺杂愤怒。

姬啸然不顾好心的伙计再三使眼色,愣是坐了下来,要了一壶"塞下秋",自斟自饮。岂料他刚仔细观瞧,就倒吸了一口气。

窗边的一桌有四个人,却只有一人是坐着的,其他三人站在他身侧。这三人四十多岁,均五官分明,像是石雕斧刻。他们站位看似随意,实则封死了屋内、瓦下和窗外所有的偷袭角度,可谓是滴水不漏。

唯一坐着的一人做世家公子打扮，看样子顶多二十许的年纪。他面容白皙、身材修长，茫茫夜色中宛如渡江白鹤，说不出的一股清绝之态。

这四人姬啸然一个也不熟识，可是他认出了桌上的碧玉折扇。

此扇以碧玉为骨、白缎为纸、金线为墨。虽然未曾展开，但姬啸然很清楚，它正面应绣着"思牵今夜肠应直"，背面则为"雨冷香魂吊书客"，正是中唐时期被誉为"诗鬼"李贺的传世佳句。

这柄扇子，是鬼教教主的贴身之物。

鬼教，相传崛起于苗疆，大体源于云贵之间。据说其初代教主本为百越后裔，因躲避赋税劳役率领族人建立教派。近百年来日渐壮大，已开始控制十万大山间的茶马、盐铁和药材生意，渐成中原武林心腹之患。

烛光下，那位公子的目光忽然从面前的酒杯移了过来，然而还未等对视，突然厅中不知是谁咳嗽了一声。好像非常轻微，却让每个人感觉如在耳畔。

姬啸然恍然大悟。

可惜他悟得虽快，这二十多人出手更快。

他们有的使点苍剑法，有的用五虎断魂刀，有的用武当绵掌，有的用百步神拳，不胜枚举。还有一人居然用出了普通江湖中人八辈子也未必能见到的少林七十二绝技之"大智无定指"。

护卫的三个人神色都变了。

即使以他们的身手，也挡不下这么多人的招式。如想护住身后的人，只怕是进退两难。

唯有死战！

其中一人双掌朝两个方向劈出，窗户完全碎裂的同时震退了四五个人。可那位公子只是紧握着扇子退到墙边并未跳出，双眉紧锁，像是不懂轻功的样子。

正在这时，两三个人陡然倒了下去。

接着又是四五个。

一个头戴铁冠的汉子像是这伙人的头领,闪电般伏下身去,只见七八个人都在转瞬间被点倒在地,每人身上竟只有一点酒渍。他扫了一眼放下酒杯的姬啸然,涩声道:"鬼教果然还有高手!"

姬啸然不置可否:"你们偏在今日对付鬼教,未免也太不合时宜了。"铁冠汉子双目圆瞪,突然拔地而起,撞破屋顶而逃。

余下这伙人群龙无首、士气大跌,甚至不用姬啸然再出手,顷刻间便被那三人一一制住,还有几个运气差的折了手脚,躺在地上面色惨白。掌柜和伙计早跑了个没影。

姬啸然走到窗边,望着依旧坐下,双目含笑,正扇着风的公子,轻声道:"鬼教每一代的鬼公子,都会在出师后的第一个七月外出游历,并有教中好手保护。但我没想到,这一代竟然选出了女子。"

"鬼公子"展颜一笑,颊边透出一丝嫣红,当真让人意动神摇:"不愧是上一任的鬼公子。大师兄,九年不见,你又打趣小妹。"

姬啸然淡然道:"我是被放逐之人,当不起这句'师兄'了。不过中原武林门派中这么多人埋伏于此,莫非教中有奸细?"

"鬼公子"摇头道:"非也,是义父故意放出的风声。"

"什么?"

"其实这些人都是被中原各大门派逐出门墙,或是自甘堕落、偷学武功的江湖败类。他们成群结队做了不少恶事,中原武林早想铲除,义父便决定卖个人情,尽皆擒下,交与他们。顺便再试试你。"

姬啸然看她眼波流转,娇媚无限,禁不住心头一热:"教主未免太行险了,若是我出手稍慢,你可就不妙了。"

"鬼公子"伸出纤纤玉指,对着窗外,幽幽道:"你当义父真会如此托大吗?"

姬啸然微愣,随即道:"看来那个铁冠也跑不了多远了。"

"鬼公子"一下合起扇子,左手握住姬啸然手腕,后者只觉滑腻细润更甚珠玉:"大师兄,当年你私自放走关陇大侠种鄂,义父惩罚虽重,也是为了尽快平息教内纷争。现在你立了大功,快跟我们回去吧。今夜,小妹先陪你去看城外所放河灯可好。"

姬啸然想了想,粲然一笑道:"看来中元将尽,我是该回返幽冥了。何况……"

"何况什么?"

"何况原来鬼界的牛头马面,长得这么好看。"

"师兄,你又惫懒!"

19. 蝶梦夫人

　　无那尘缘容易绝,燕子依然,软踏帘钩说。唱罢秋坟愁未歇,春丛认取双栖蝶。

　　　　　　　　　　——纳兰容若《蝶恋花》

　　雪夜,茅山余脉,蝶梦山庄。

　　雪总算停了,厚度已齐膝。狂风仍急,唐一辰深一脚浅一脚地在山间步履蹒跚。他感到身上的热量,正以肉眼可见的速度快速消散。

　　没别的办法了,只能前往蝶梦山庄。

　　蝶梦山庄名字很美,也的确与蝴蝶有关。据说前朝有位富商,酷爱岭南的多种彩蝶,然而不能常驻,机遇巧合之下,发现茅山深处无名山谷的一眼沸泉,致使泉眼中心方圆二三里之内四季温暖,于是着手修建了别院,唤作"蝶梦山庄",并广植草木、采购蝶种,过了半世逍遥的日子。此后子孙家道中落,产业卖尽,蝶梦山庄数易其主,多年前被江湖豪客贺云骦买下,但也未曾大加修缮,不复往日奢华。

　　眼下,蝶梦山庄是附近人迹最近之处,唐一辰脸部青紫、眉睫凝霜,终于看到了山庄后边斑驳的院墙内透出一点光亮。此处离热泉甚近,四周温度明显不同,唐一辰顺着一道凹凸不平的土墙裂缝,钻进了院子,耳边泉水泠泠作响。他走了几十步,绕过一段陈旧的廊柱,顿时感到热气越来越盛,想必泉水就在附近。

　　乌云渐散,月光和积雪让整个院子亮如白昼。突然,他猛然停住了脚步,脸上满满是不可置信的表情。

因为他看到了两个人。

准确地说,是一个活人和一个死人。

一个中年男子赤裸地仰卧在冒着热气的泉水中,四肢摊开,上半身倚在石壁上。他全身肌肉分明,虬髯满面、鹰鼻浓眉、两眼圆睁,身上毫无活着的气息,一副死不瞑目的样子。若是遇上胆小之人,只怕当场三魂七魄少了一半。

但这具尸体,也比不上另一个活人可怕。

天气很冷,那名女子的裙衫却十分单薄,是一件银白色的罗裳。她大约三十五岁年纪,柳眉杏目,面色泛着嫣红,举手投足间风姿绰约,可神色却透着无比的冰冷与决绝。名剑耀目,她一次次双手举起,毫不迟疑地向尸体双臂和胸腹斩下,暗红色的血液染红了池水,浓重的血腥气混入寒风中,令人闻之欲呕。

唐一辰面色惨白,刚想转身,女子已发现了来人,顿时秀肩一耸腾空而起,纤腰在空中扭动数次,如凌波仙子般掠过池水,可惜尚在滴血的宝剑,以及裙裾上沾到的几抹血色,让人感觉更类似夜叉恶鬼。

下一刻,唐一辰被剑锋抵在墙头,感到脖子凉飕飕的,吓得面如土色。

女子微一蹙眉,轻声道:"不会武功?你是谁?"

唐一辰尽力向后缩着,简直想把身体塞入墙里:"这位……夫人,切勿动手。在下唐一辰,陕西人士,只是一介寒儒,不会武功。"

女子的神色依旧冷峻:"把手慢慢伸出来。"

唐一辰略一犹豫,缓缓伸出右手,女子的两指在他脉门处搭了一下,闪电般缩回。唐一辰感到这只玉手柔若无骨、白皙粉嫩,眼前之人面色稍缓,长剑稍稍偏离,道:"你虽不懂武功,总该听说过贺云骊在黑道上的名号,居然敢半夜逾墙而入?"

唐一辰舒了一口气,道:"在下也听过贺……贺先生的威名,实在是迫于无奈。我本来是访友贪图路近,冒雪穿过茅山,谁知风雪越来越急。好不容易雪停了,结果刚刚去方便的时候,毛驴和褡裢又不知被谁盗走,搞得粮火俱无。为了活命,这才想到蝶梦山庄借宿一晚。"

女子听罢,扭身回手一抛,长剑在空中划过一道寒芒,笔直的落入池中。她用手拢了拢吹散的长发,神色第一次出现了些许疲态,道:"我叫桑衾,是贺云鹏的妻子,那边的尸体就是他。"

唐一辰提问得小心翼翼:"他……是被谁杀的?"

桑衾抬头看了看月亮,道:"是我。"

唐一辰道:"那为何还要反复戮尸?"

桑衾淡淡道:"因为我恨他!"

唐一辰不语。

"你一定觉得我很残忍,那是因为你不知道他的残忍。从他娶我开始,就一直在控制我、折磨我。他出去纵情声色、好勇斗狠,却规定不让我走出大门,还时常用我的家人相威胁。他娶过其他姬妾,到头来都因为无法忍受而逃走或自尽。最后还是剩下我一个,可他仍然不思反省,甚至对我拳脚相向。你说这样的人该不该杀?"

唐一辰默默点头。

桑衾的眼神变得温柔:"何况,我爱上了别人!也许这才是我希望他马上死去的原因。我可以让你在屋内躲到天亮,然后快些离去吧。"

唐一辰想了想,道:"既然如此,夫人对我有饶命之恩,我也想帮你一次。"

桑衾嘴角微扬:"你一个手无缚鸡之力的书生,如何帮我?"

唐一辰道:"为今之计,最好的办法是伪装成他人潜入暗杀。"

桑衾摇摇头,道:"可是……"

唐一辰接道:"可是泡澡不等于睡觉,何况以贺先生的武功,即使熟睡之际一般庸手也根本无法近身,公门之人必然难以轻易相信。"

"不错。"

"所以我才说要帮夫人。"

"如何帮？"

"待会儿我先退到墙外，夫人返回房中。然后我用尽全力发出几声惨叫，惊醒山庄中的下人们。到时候夫人一定要首先接触尸体，这样就可以解释衣上的血迹。过一会儿我再从正门敲门借宿，说是刚才被一道黑影擦身而过撞倒在地。如此一来，捕快和官员就都会相信我们的说法。"

桑衾盯着唐一辰黝黑的面庞："心机如此之深，你真的只是个普通的读书人？"

唐一辰摆手道："在下平日沉湎于传奇话本，这才虚掷光阴、功名未成，实在惭愧得紧。"

桑衾右手扶额，道："那就如此吧。"

唐一辰忽道："且慢。若想官府尽快结案，还差一步，必须找一个假的凶手。"

桑衾讶道："贺云骝这种人，半生嚣张跋扈，仇家不少，何必如此？"

"但不是所有的人今夜都可能会出现在蝶梦山庄，如果变成无头案，不排除有公门老手会重新怀疑山庄中的人。夫人不妨想想，贺先生可有年深日久，又不知所踪的仇家对头？"

桑衾双手环臂，想了想，道："十余年前，贺云骝与绰号'冀北三英'的三兄弟中的老大决斗，虽说事前并未约定不准使用暗器，但他过于阴狠，暗器喂毒，取了对方性命。结果剩下的两人悲痛欲绝，与他拼命死斗，结果一死一伤，贺云骝当时也负了伤。听说唯一活着的老三，发誓武功大成后回来报仇，后来远赴关外，就此杳无音信。"

唐一辰拊掌道："好，果然合适。夫人，时不我待，你赶紧说出他的名字，我的字迹此处无人认得，正好用树枝在雪地上留下表记，这样便万无一失了。"

一个月后。

又失去了一任主人的蝶梦山庄，竟然恢复了不少生气。如果心细,就会发现廊柱和门窗的陈旧木料有所更换,泉水边的乱草也被清除干净。

掬水亭中,二人相对而坐,桌上放着一壶滚烫的清茶。

在唐一辰眼中,桑衾一身雪白丧服,仿佛与当夜的妙曼身形合二为一,只是眉宇间多了几分憔悴。

"唐先生,喝完这杯茶,你该说明来意了。"

唐一辰轻握着杯子,却没有举起:"我说过仅是来拜望,夫人为何不信?"

桑衾冷笑:"唐先生若是赶考需要川资,我虽不算富贵,也能凑出几百两。若是还想讨什么便宜,劝你小心些!"

唐一辰目光一凝,道:"夫人连一口茶水都不给,岂是待客之道?"

桑衾一头雾水,道:"你胡言什么,我明明……"话语猝然而止。

唐一辰面前的紫砂茶杯热气升腾未歇,里面的茶却被蒸干了。他手指一动,茶杯在石桌上慢慢滑动,正好稳稳停在桑衾的杯旁。她迟疑着拿起来看了一圈,杯子外部没有丝毫痕迹,脸色愈加变了。

唐一辰的语气完全变了:"夫人心爱之人,是点苍派的'疏影剑'宋虹吧?"

桑衾双拳紧握。

"那天夜里,你被响动惊醒,来到了书房。结果发现贺云骝已死了,身旁放着原本挂在墙上的佩剑。但最让你害怕的,是他伤口的部位。"

桑衾霍然抬首。

唐一辰盯着桌子,语速很快:"点苍剑法中的成名杀招之一,名曰'凤凰三点头',中此招身死者,两只手腕各有一道轻微划痕,咽喉则是一处重创,十分明显。也许你们早已想除去贺云骝而后快,所以你立时觉得凶手便是宋虹无疑,便想要替他遮掩。"

"你……"

"贺云骊几乎没有流血,你小心地帮他包上伤口,背到池边。你的内力不弱,所以看似寻常女子做不到的事情,其实并不困难。你之所以把尸体放到泉水里,是想利用水中的热度,混淆仵作验尸时判断的身亡时间。而我初见你的时候,你用剑在尸体双臂和胸腹劈砍,就是为了掩饰'凤凰三点头'。毕竟如果只是手臂和咽喉有伤口,还是太显眼了。"

桑衾深呼吸了一口气:"你究竟是谁?"

唐一辰长叹一声:"你不是曾经让我写下自己的名字?"

桑衾花容失色:"你就是'冀北三英'中的程铁崖!他真是你杀的?"

"不错。善于用点苍剑法的人未必是宋虹,我本无意嫁祸于人,谁知阴差阳错。那天下午,宋虹确实在此地,但他早已走了。事发后,你以为凶手是他,他以为凶手是你。宋虹生性风流,对你不过是逢场作戏,他想到你连贺云骊都敢杀,恐怕再也不敢前来了吧?"

桑衾涩声道:"那你杀人后为何要回来,又为何当时全无内力?"

唐一辰慨叹道:"贺云骊不愧是绝世高手,我夺剑与他交手仅三招,他在强弩之末,犹能以东海流云袖打中我胸口。我本以为只是受了内伤,所以即使庄外的马匹行李被人盗走后也不以为意。结果奔出七八里后,才觉周身剧痛。他的大修罗功融入流云袖中,将我全身真气击散,两个时辰内无法运功,丹田与常人无异,所以你才探不出内力。我在雪地里举步维艰,为了不被冻死,不得已返回蝶梦山庄,想在泉水边等到内力恢复,却没想到……"

桑衾的胸口渐渐平复,道:"当时你有机会离开,为什么要大费周章地帮我?"

唐一辰背过身,半晌幽幽说道:"或许,那只是一个恼人的意外吧。"

泉水边,粉色的樱花已然绚烂,像在期待着一双双蝴蝶。

20. 淮水逆流

隆庆三年秋,南都。

中秋佳节刚过,此地依旧热闹非凡、商贾云集。原因是这几天正是乡试秋闱放榜后的日子。尽管有人欢喜有人愁,不说中了举人的士子自然夜夜饮宴、满座笙歌,就算名落孙山者,除了小户人家默默打点行囊出城还乡,其他人也多半作出一副莫问功名、及时行乐的放旷之态,将大笔金银挥霍一番,以慰劳此前的辛苦。

然而大明立国二百余年,岳司琉绝对是放榜后心情最复杂的解元。因为他惹上了"逆流"。

逆流是嘉靖末期崛起的黑道组织,专门为雇主做些见不得人的勾当。如非必要,他们甚少杀人,但巧取豪夺的事为数不少,而且行事诡秘,至今所有重要人物都没露丝毫行藏。江湖八大门派与公门中人都欲了解内情,均未有什么进展。

乡试之前,岳司琉除了秀才身份,还是昆仑派弟子。他效仿古代先贤,不甘空坐书斋,亦喜仗剑出游。不久前于四平山恰好阻止了逆流打劫宁远镖局镖队,还刺伤了其中三人,正是大快人心。岂料乡试开始前,就传出逆流中人潜入南都。随后,当岳司琉与一众举子入闱之际,逆流便传出话来:等鹿鸣宴之前,必定前来拜访。

按照科场惯例,南都乡试放榜后,由南直隶巡抚主持新晋举人赴鹿鸣宴,席间众人会唱《鹿鸣》诗,跳魁星舞,一派欢娱景象。于是,不少同科举子和江湖人物都为岳司琉捏了把汗,有人劝他这几日深居简出,可岳司琉狂者习气难改,依旧我行我素,与同科好友悠哉享乐。他对杯中之物爱好不多,偏偏最喜对美食大快朵颐。因此南都的繁华市面,可算给他逮个正着。今夜他一身全新青色直裰,香囊垂带,腰白玉之环,从江南贡院的明远楼附近出发,随着人潮逛遍了周边大小街市。一路经过"涌和布庄""网巾发客""鞋靴老店""弓箭盔缨""极品官带""古今字画""阳宅地理""金陵浴堂"等热闹的店牌招幌,他都不以为意、毫不停留。可对"薛记枣庄""发兑官燕""巴斗山刀鱼""后湖菱白"等招幌,却恨不得伸着脖子往里挤。人家认出是本科解元,也都连忙热情招呼。就这样边走边吃,不觉已将十里秦淮踏遍,岳司琉约莫感到周围有数十种香味萦绕,令食客沉溺其中,流连忘返。

夜色迷蒙,酒足饭饱的岳司琉与几个朋友作别,回家休憩一番后,独自迈出家门。寓所临水而建,数丈外的秦淮内河对面就是举世闻名的风月之所。最近岳司琉跟歌伎楼月儿诗文唱和,引为知音,常常夜间相会。眼下已近子时,秦淮河上的画舫所剩无几。楼月儿所居的媚羽楼与其他当红歌伎相同,房屋下方沿河设有水门,方便恩客夤夜来访。岳司琉登上雇好的一艘乌篷小船,打个手势。头戴斗笠的船家早已心领神会,竹篙荡开,便往对岸驶去。岳司琉哼着小调,耳畔阵阵水响,忽觉周遭不妥。前方水门大开,一人身着黑衣,如狸猫般从里面腾跃而出,瞬时立于波涛之上,载浮载沉,脚下竟只有一块木板。

岳司琉刚想起身,却突然脸色惨白,重新坐倒在船头,连忙喝道:"船家,快摇回去!"船家一个愣神,对面那人冷哼一声,左手一扬,一枚石子破空而来,船家顿时软倒,竹篙也落到一旁。

月华如水,只见那人身形瘦削,手持折扇,看不清面容,躬身行礼道:"岳解元,久违了,在下是逆流中一小卒,奉命前来拜访。岳兄文武双全,是不是直到此刻,还不知今夜是如何栽的?"

岳司琉不语。

瘦子道:"其实很简单。人皆有弱点,或沉迷财色,或囿于名声。在下则是利用了岳兄比常人更强的口腹之欲而已。"岳司琉沉声道:"原来如此。我此刻感觉,像是中了混毒。"瘦子点头道:"不错。我在你光顾的三家吃食店铺下了毒,全是在蜡烛之中。这三种毒烟进入你的口鼻,慢慢汇聚一处,达于丹田。接下来的一个时辰,只要你真气运行,就会顷刻毒发,就像刚才这样。此毒还有一个好听的名字,'风尘三侠'。"

岳司琉叹道:"可惜了这个名字。我听说使用混毒,下毒时的先后顺序至关重要,你怎么会知道我的准确行程?"

瘦子道:"木秀于林,风必摧之。我这人总是心软,告诉你也无妨,是新科亚元陆洲向逆流告密的。你若出了事,他必然递补解元,现在明白了吧。"

岳司琉惨笑道:"我原以为科举靠的是真才实学,原来和江湖上一样,亦有左道旁门。"

瘦子手腕一翻,折扇里露出一截锋利的刀尖,道:"奉首领之命,在下要废你武功,挑断两条脚筋。岳兄就请多担待吧。"说罢就要提气上前。

想不到岳司琉伸个懒腰,轻轻站起身来,面带讥嘲:"你们首领仅派一人前来对付岳某,未免太自负了!"

瘦子双眉一挑,双足发力,木板如离弦之箭激射而来,身体向后飞纵。岳司琉身体凌空向右轻巧一折,似横江孤鹤般贴近水面,右掌掬起一把水中的醉人月色,迅疾甩出。瘦子右手折扇一展,挡住了七七八八,但仍有两三点水珠打中穴道,立时一个倒栽葱坠入秦淮河。岳司琉返回舟中解开船家的穴道,转身跃向河心,拎起瘦子后领,将他抛到船头,后者犹如一只落汤的乌骨鸡。

瘦子的折扇不见踪影,刚才的从容不迫荡然无存,转而对眼前人怒目而视。岳司琉站定掸了掸衣襟上的水珠,道:"你说的对,人的嗜好往往也是弱点,确实最容易为人所趁。因此我身为一个吃货,事先已有所防备。我腰间这块环形玉璧,名曰'辟煞',人佩之百毒不侵。今夜我三遇毒烟都有所警醒,故而安然无恙。话说,我又感觉有点饿了。"

21. 白衣剑

大明万历三年深秋,富春县郊,长堤。

清晨,两人站在堤边的一座石亭中,年纪较轻者自觉退后了半个身位,神态恭敬。

目光从马车收回,蒋松铭长舒了一口气。他五十岁上下,须发半白,精神仍旧矍铄。此刻残月星稀,杨柳扶风,他不禁喃喃念道:"'今宵酒醒何处,杨柳岸,晓风残月。'函儿,你可知我们为何来此。"

身后晚辈模样、面色发红的青年答道:"小侄不知。"

"现在只有你我二人,不必这么拘谨。你也曾是江湖中人,可曾听过'白衣剑'的名号?"

蒋函沉吟道:"略知一二。'白衣剑'邵雨歌是近年来罕有的高手,如天外惊鸿般出现在江湖中。数年来,不少黑道的元凶巨恶被他打败,却无一人身死,而是被当地衙门抓获,显然都是他的功劳。他平日喜穿白衣,师门派别不详,招数奇特,据说随身不带佩剑,不知剑招如何发出,甚至被重创之人也多半语焉不详。加上他行踪飘忽,居无定所,早已成了武林一大谜题。"

蒋松铭捻须道:"不错。而且听说此人旷达豪迈,曾在黄鹤楼雨夜饮酒时,一边以银筷敲击瓷碗作歌,一边击退黑道著名杀手组织'杀风景'的三名好手,一时之间传为佳话。"

"难道大人今日到此与他有关?"

"是,不过事情的起因不是他,而是伊啸。"

蒋函露出厌恶的神色:"'毒无常'伊啸?此人奸淫掳掠、恶贯满盈,偏偏又能屡次从六扇门手中逃脱,实乃黑道煞星。不知与邵雨歌有何关联?"

"邵雨歌屡屡对黑道成名人物下手,自然引来了一些仇敌,据说暗地里被悬赏的花红已达3万两白银。故而连逃亡中的伊啸也动了心思。他想方设法暗中传话给邵雨歌,说要与他赌斗一场。若是败了,便束手就擒;若是胜了,便要邵雨歌当场自断右臂。"

蒋函勃然色变道:"好凶险的赌斗,邵雨歌若真的自断一臂,焉有命在。可是如果不答应,又错失了擒拿对方的大好机会。不知他要赌斗什么?"

"轻功。除了剑法之外,邵雨歌还以轻功身法见长,而伊啸多次逃离追捕,轻功自然不俗。于是,伊啸以富春江三十里水面为界,要在这古人笔下'风烟俱净,天山共色;从流飘荡,任意东西……奇山异水,天下独绝'的如画之地,一决生死!"

"想不到伊啸这个大恶之人还要附庸风雅。莫非……赌斗就是今时今地?"

蒋松铭目视江川的尽头,道:"正是。想必此刻他们已经出发了,因为我就是被请来的见证人。"

蒋函愣了愣神。

蒋松铭缓缓道:"伊啸何等狡诈多疑,如果有江湖高手或是公门中人在场,岂会自投罗网。也许我这个刚刚辞官的南京前刑部侍郎还有几分薄面,再加上和武当派几位长老的交情,他才答应吧。"

蒋函双拳紧握,道:"假如邵雨歌当真落败后命悬一线,纵然明知不敌,我也不能动手吗?"

蒋松铭刚想回答,忽然双眉一蹙,只见靠着长堤中部,从芦叶丛中划出一艘渔船,一个头戴竹笠、身披斗篷的渔人正抛钩垂钓。阳光下,鱼线在江面之上载浮载沉,平时充满野趣的画面,却让蒋松铭大惊失色。

"快!他们二人的比拼是以长堤为终点,高手相争、失之毫厘,你快让船离开!"

蒋函双膝一弯,刚跃出亭子,就听后面一声哀叹:"来不及了!"

他猛然抬首,但见水皆缥碧、千丈见底的江心,两道人影一白一乌,如离弦之箭般乘风踏浪而来,转瞬已到堤前。由于水面过于澄澈,类于瑶池玉镜,恍惚间竟像四人飞袭而至,美轮美奂。

可惜现实却完全称不上美。

蒋松铭、蒋函看得真切,身着白衣的邵雨歌领先约一步之遥,而垂钓的渔人不知是专心致志还是昏昏欲睡,似乎完全没有意识到侧面的情况,正好堵在了二人必经之路。伊啸双目赤红,右袖一扬,一枚六角刃破空旋转而出,射向渔人眉心。邵雨歌轻叱一声,音色似黄莺投谷,脚步一转,伸手已抓住长长的鱼竿,微一使力将渔人震倒,恰好避过暗器。同时,伊啸已越过渔船,落在长堤上,反身叉手冷笑。

邵雨歌随即也稳稳落地,只见他身材颀长、眉目娇俏,虽怒气冲冲,仍似柔媚女子,忿然道:"卑鄙无耻!"

伊啸不屑道:"我只约定比试中不对你出手,又没说不向旁人出手,你非要救人,与我何干,那边亭子里可有人证。怎么样,是你自己断臂,还是要我动手?"

邵雨歌目光决绝道:"好!你既如此,那我只说输了断臂,没说何时断臂。待我杀了你,再应誓不迟!"

伊啸双眉一挑,右手探入怀中已套上了一副鬼面钢爪,道:"伶牙俐齿,多说无益,接招!"话音未落,猱身而上。

邵雨歌眼神略微慌乱,刚想先避其锋,下一刻,异变陡生!

适才摔在船上四仰八叉的渔人,像鹰隼般从天而降,原来斗篷除去后,同样是一身白衣胜雪,迎面对向伊啸。两道人影乍合乍分,伊啸一个趔趄,以爪撑地,脸色痛苦,背后两道剑痕深可见骨,血透重衣,且穴道已被制住。

亭外二人目不转睛,看到"渔人"白衣双袖的边沿隐隐有一条血线,一闪即收。看来谁才是真正的邵雨歌,已然不言而喻。

蒋函叹道:"原来衣即是剑,剑即是衣,好个白衣剑!"

邵雨歌向二人拱了拱手,道:"蒋大人、蒋兄,你们辛苦了。烦请蒋兄带着伊啸去富春县衙销案。在下还有要事,就此别过,后会有期。"接着两道白影又起,凭虚御风般掠过江面,旋即只剩淡影。

于是青云悠悠,变幻无常,天光日影,尽入河川。一缕话音飘渺而来,依稀可辨:

"你这小妮子,靴子里还垫了东西,嫌自己不够高挑吗?下次不许这样冒险了。"

接着是一个带着几分甜腻的嗓音,愈来愈小:"不是啦,是男人的靴子实在太大了。谁让你在江西老是没有消息……"

蒋松铭环臂当胸,似乎终于松了一口气,喃喃道:"幸好白衣剑,不是无柄无鞘。"

22. 红袖楼头

邓漪第一次见到"白衣剑"邵雨歌的时候,他正在雨夜里唱歌。

大明隆庆五年,立冬,武昌城,入夜。

随着月亮逐渐从云层中现身,雨势稍缓。书生打扮,外罩白袍的邓漪背着一个颇为沉重的杂色包袱,信步绕过回廊,迈入黄鹤楼第五层的门槛,眼前的景象令她颇为惊讶。

只见楼内的地上随意铺着几张草席,上面放着几盘菜肴和酒壶、酒杯,一个身着白衣、发髻散乱的年轻男子颇具古风的席地而坐,正用银筷敲击几个盛水分量各有不同的瓷碗,嘴里正唱着词曲。

男子感到有人走进厅内却毫不在意,像是天塌下来也要把这曲唱完。他的嗓音雄浑绵长,仿佛带有不尽的苍凉之色,细听是一曲《八声甘州》。

《八声甘州》源于唐代边塞曲。唐玄宗时教坊大曲有《甘州》,杂曲有《甘州子》,以西域地名为曲名,音节慷慨悲壮。《西域记》曾云:"龟兹国土制曲,《伊州》《甘州》《梁州》等曲翻入中国。"北宋之后,以柳永为代表的词人不满足于其作为小令结构简单、节奏轻快,转而开拓出委婉缠绵的慢词。

邓漪侧耳屏息,只听他唱道:

任无边缃帙漫襟怀,神思渺泉台。叹咸京声色,劫灰旧事,粉堕官埋。扬首轩窗昏镜,寒袂杳川涯。闲对楸枰叩,知与谁偕?

雪柳华灯星树,引江南魂梦,月枕凉腮。闻漏残迢递,歌舞剩喈喈。醉依稀、乱云归棹。正殷勤,笼烛悬空阶。流光褪,弄梅花意,酿雨千排。

"好词,就是有些丧败。"邓漪放下包袱说道。

邵雨歌又饮下一杯酒,像是第一次打量了几眼对方。他不算俊俏,但双目深邃清亮,一点也不像酒醉的样子,喃喃道:"凭吊故友之作,焉能不丧败?"

邓漪小心"啊"了一声,道:"原来如此,兄台请节哀。"

邵雨歌双腿盘膝,招呼对面坐下,叹道:"他是我的酒友、棋友、剑友,可惜天妒英才,三年前离世于武昌,所以自此每年我都会来凭吊。在下邵雨歌,敢问姑娘芳名,夤夜到此,不知有何贵干?"

邓漪轻哼一声,道:"好烦,你怎么这么快就看出来了?"

邵雨歌看着她玉雕般的粉颊,笑道:"是你易钗而弁的本事还没练到家。"

邓漪拱手道:"我姓邓,单名一个'漪'字,西安府人氏。你是邵雨歌?我听过这个名字,据说武功很厉害的样子。"

邵雨歌微笑不语。

邓漪看了看厅外不远处斗拱檐角模糊的轮廓,道:"我可不是天黑才来黄鹤楼的,傍晚就已经在第三层了。"

邵雨歌讶道:"莫非只是为了赏玩?"

邓漪摇动纤纤玉指道:"自然不是,我是来作画的。"

"作画?"

"嗯,想必你也知道这座黄鹤楼是刚刚落成的吧?"

邵雨歌点头道:"自唐以来,黄鹤楼屡毁屡建,至南宋初年已片瓦不存。洪武四年,江夏侯周德兴扩建武昌府城时重修此楼。到了成化年间,因年久失修再次倾圮,由都御史吴琛主持重修,结果嘉靖四十五年又毁于大火。后因都御史刘悫上奏,今年才得以重建完成,可谓千载之间波折不断。"

邓漪整了整直裰的袖子，道："我自幼跟随师父研习丹青，师父晚年曾想登临黄鹤楼绘一幅《晴川鹦鹉洲图》，可惜年老力衰未能成行，于嘉靖三十八年不幸辞世。后来我想来替师父完成遗愿，却听闻此楼大火损毁，深为失望，所以直到今日方来作画。适才画完之后神思倦怠，在楼下休息了好一会儿。相逢即是有缘，邵兄不妨品评一二。"说罢慢慢打开包袱，抖开一张墨色尚新的长卷铺在席子上。

邵雨歌不看则已，一看便先吃了一惊。只见此画除了描摹出黄鹤楼一角，重点着墨于俯瞰的山水之间，工笔与写意的结合几近完美。全画构图层次分明，近景栏杆飞檐，细致入微；中景渔船沙洲，动静相宜；远景青山掩映，疏密错落，恰似登楼之人目及之景般自然妥帖，显示画师胸中丘壑非同凡响。而尤为值得称道之处，是用墨颇有元代"云林墨法"之遗风，山水之间下笔精细、凝色淡雅、意境清幽，即使是不通水墨之人，也能看出绝非凡品。

"这真是你画的？"

"那是自然。"邓漪的语气透着得意。邵雨歌察觉到她指缝间沾了不少墨汁，确实不像大言欺人。

"敢问令师究竟是谁？"

邓漪敛容正色道："家师自号衡山居士，世人多尊称为'文待诏'，我是他最小的关门弟子。"

饶是邵雨歌定力惊人，此刻也差点撞翻面前的筷子和瓷碗，涩声道："尊师竟然就是吴中四才子之一、书画享誉四海九州的文徵明！难怪你的画会有如此功力。"

邓漪神色略微羞赧，道："家师画古木溪桥，笔法粗简劲挺、气势磅礴且不失古雅，我远远没学好。邵兄凭吊既毕，不如一同下楼如何？"

邵雨歌如梦初醒，像是刚从赏画中"挣脱"出来，右袖一挥，长卷已快速卷起，力道不轻不重，邓漪第一次看到他神色变得紧张。

"邓姑娘,你拿着画快走!"

"怎么了?"

邵雨歌苦笑道:"今日你在楼中作画神游物外,没注意到我在这里已经历了两场恶战。只因高手决战乃纤毫之争,所以外人才很难觉察。"

邓漪秀眉一挑,道:"你都和谁交手了?"

"你可曾听说过江湖上成名的杀手组织——'杀风景'?"

"听说过。"

"他们嗜杀成性、伤及妇孺,不少人被我所杀。最近知道我在黄鹤楼凭吊,结果今日三大供奉依次来袭,已被我打伤两人,先后遁走,我也受了内伤,可这最后一人不好对付。'杀风景'中人行事无所顾忌,此刻估计已经在旁窥伺,所以你快走。"

邓漪吃了一惊,道:"受了内伤你还敢喝酒吃肉?"

邵雨歌昂首道:"命可以不要,友不可不吊。再说,我故意如此行事,反而会让路星北狐疑不前。"

"路星北,名字取得倒是不错。"

"此人为三大供奉之首,善使一柄长链铁镰,武功奇诡,很是危险。姑娘是丹青圣手,早晚留名青史,万不可被邵某牵累,快离开黄鹤楼。"

邓漪仔细看了看他的眉宇,银牙一咬道:"好,那就此别过了!"说罢简单收拾好包袱便要抬腿出门。

"邓姑娘,请留步。"不知为何,邵雨歌的声音变得有些飘忽。

邓漪猝然转身,但见一袭白衣欺到睫前,随即袖影划向肋下,她登时面容一慌。邵雨歌以衣作剑,令武林中人闻之色变,遂有"白衣剑"之名,剑气过处可分金断石。

难道他真要在此处将无冤无仇的女子大卸八块不成?

夜色更深,风雨已止。

一道"白影"比箭更疾,从黄鹤楼五层飞快掠至三层,紧接着翻过栏杆,竟从十余丈高的半空中一跃而下。

楼下死一般的静谧，仅有不远处的江流拍岸声仍旧徐徐不绝。

正当"白影"双足距离地面还剩数尺，旧力已尽新力未生之际，从一旁漆黑的树丛中寒光一闪，一根粗大的镰刀裹挟风声狂甩而出，其威势足以将人拦腰斩成两截。

千钧一发之际，"白影"居然在空中凭空横移数尺，如风中落花般避过一击。

黑暗中有人闷哼一声，满是惊异，铁链陡然绷直，再度兜向"白影"。岂料"白影"如唐人传奇中的"提纵术"般又笔直后仰腾空而起，又堪堪避过刀锋。

身材瘦小、满脸横肉的路星北情知不对，邵雨歌成名以来无论大小恶战都是有进无退，为何今天明明有余力却一味躲闪。

他刚想到这里，忽觉劲风拂面，转头只见数道剑气纵横而来，不及收回铁镰，数招已险象环生。

先前的"白影"往旁边退出数丈，这才长舒了一口气，正是邓漪。片刻后一声惨呼，邵雨歌快步从黑暗中走近。

"路星北怎么样？"

"被我一剑刺中要害跌落长江，活不成了。"

"你的计策还挺厉害。"

邵雨歌深施一礼，咳嗽了几声，道："若非试过你的轻功，而我的内伤又颇重，实在不敢请姑娘以身犯险。关中第一大帮派是西安府的枕叶楼，而楼主邓轩冕邓大侠的两样武功称绝武林。一是'浊浪排空掌'，二是'日星隐曜'身法，当年我都有幸见识过。之前我听到姑娘自报姓名、桑梓，又细看你行走间的步法，才有了七八分把握。"

邓漪浅笑道："家父知道我喜爱丹青胜于武功，又担心常年在外行走容易吃亏，所以见我不肯下苦功学掌法，就非逼着练好了'日星隐曜'，才肯放心我赴江南学画。哼，他也不想想，练拳掌会把手指练粗，还如何好好提笔？对了，虽然你七年前帮过我们家，但这次我可不是专程来救你的。"

邵雨歌耸了耸肩,神色有些疲倦,道:"知道啦,大小姐。走吧,得上楼取你的画,还有我的酒壶。"

"你还没喝够啊?"

两道白影,在皎洁的月华下一闪而没。

23. 白泽苑

费须臾人如其名,的确是个很须臾的人。

"须臾"不仅指他过人的轻功,更说明他做事迅疾、干练。

然而,在这个黄昏,他却很慎重、小心,显得十分紧张。

大明隆庆五年,冬至,雪霁,西安府,龙首原。

历经无数岁月的龙首原依旧如巨龙般横亘在渭水之侧,曾经无比挺拔的身躯在数千年沧桑后,终于被犁耙与锄头日削月割,部分已沦为耕地,地形亦渐趋平缓。但从最高处仍能眺望府城,似乎轻声呢喃着这座伟大长安城中的汉唐故梦。

雪落之后,空气总是格外清新。然而,今日费须臾还未登上龙首原,一股血腥味便从上方飘下。他面色凝重,右手紧握腰畔的雁翎刀柄,身形数晃,向上攀登而去。不一会儿工夫,他在山道上的凉亭附近找到了血气的根源。十七八具尸体横七竖八地倒在石桌、石凳与雪地上,几乎每个人都手持兵器,面目狰狞,不少都保持着招式的姿势直至死亡。

费须臾迅速绕到每个人身边查看一番,发现都至少断气一炷香的时间以上。他见一位白发长须的老者尸体倚着柱子已冻僵,并未完全倒下,胸腹间插着一把长剑,右手仍牢牢握着一柄粗大的月牙铲,双目闭合,旁边四五具尸体都是骨断筋折、口中喷血,能看出是被他最后一招重创而死,观之令人胆寒。

"樊见田!"饶是费须臾见多识广,也不禁吃了一惊。这位老者竟是关中第一大帮派,西安府枕叶楼的三楼主,在江湖白道上的辈分地位,只怕与六大门派掌门也相去不远,谁知今日死在此处。

费须臾像是想到了什么,转身将多具尸体的衣物仔细检查一番,果然其中十三具的外衣下摆都用金丝绣有一个剑形标记。

"渡剑门!"一瞬间,费须臾已然猜到了整个事件的前因后果。十年前,渡剑门与枕叶楼为争夺关中霸主之位决一死战,渡剑门落败后,其门主率领残余人马远走甘肃,从此便鲜有消息。想不到多年后,他们竟悄无声息潜回西安报仇,还杀了樊见田。看起来枕叶楼的重要人物只死了一人,渡剑门则是再度精锐尽丧了。

一念及此,费须臾环顾凉亭四周,终于在西南方向发现了唯一向外的一串脚印,一直向前延伸。从樊见田及周围尸体的情况来看,他分明是为了替人断后才力战而死。而能让他不顾性命保护的人,莫非真是他想到的那个?

沿着脚印,约莫不到一里远,一座倾颓的石屋映入眼帘,脚印消失在木门前,有些腐朽的门扉似乎难以关紧,零星的碎雪被寒风裹挟从缝中纷纷吹入。费须臾想了想,伸手慢慢推开门,一边朗声道:"在下白泽苑费须臾,请问屋里是哪位枕叶楼的英雄?"

"阁下竟是白泽苑中人?"声音虽有些虚弱,仍然难掩威严。费须臾吹亮火折子,果然隐约看到一个人影倚墙而立,有些意外的是旁边还靠着一根尖端带血的长枪。对方五十岁上下,脸型方正,双眉修长,神态有些疲倦。

费须臾拱手道:"邓楼主,久违了,我有事途经此地,从凉亭一路跟随脚印而来。你是受伤了吗?"

邓轩冕慢慢盘膝坐下,道:"外伤倒是没有,可惜中了渡剑门的'江城落梅',不但没法暂时提气,连四肢都绵软无力。"

费须臾在屋里转悠了一会儿,找了几根干柴,又从随身带的酒囊里倒了些酒,点燃了一堆篝火。他心中思忖,想到一路上并未看见枪杆点在地上的痕迹,明显是邓轩冕故意为之。这位名侠中毒之后仍不忘留了一手,若是敌人尾随而来,他也可持枪做最后一搏,不愧是摸爬滚打半辈子的江湖老手。

两人围坐火边,邓轩冕长舒了一口气,道:"费少侠,当年聚云阁班老爷子的金盆洗手大会上,你我曾有一面之缘,想必你还记得。"

费须臾讶然道:"在下不过无名之辈,邓楼主竟然记得。"

"名声乃是过眼云烟也。再说,我常跟朋友说,白泽苑虽是最不像江湖帮派的帮派,却是我最佩服的,自然要多关注一二。"

白泽苑,是江湖上一个颇为隐秘的组织,外人不知创于何时,亦不知历代苑主为何人。它不以争抢地盘,控制农、工、商抽成而壮大,而是只干一件事:寻人。

世间之大,人人如沧海一粟。一般来说,若是有人突然与亲友断绝往来,并且长期毫无音信,主要有三种可能:有意躲藏、被迫逃亡、意外身故。无论是哪一种,若是官府、宗族无能为力,常常有人会不惜钱财寻找,白泽苑便承接此业,为此奔波四海九州。"白泽"本为华夏上古传说中的瑞兽,外表与狮、犬相类。南朝梁《宋书·符瑞志》记载:"泽兽,黄帝时巡狩至于东滨,泽兽出,能言,达知万物之情,以戒于民,为时除害。贤君明德幽远则来。"唐朝《开元占经》引《瑞应图》也记载:"黄帝巡于东海,白泽出,能言语,达知万物之情,以戒于民,为除灾害,贤君德及幽遐则出。"因此,白泽苑以此为名,兼具辟邪之意。

费须臾忽道:"听闻'江城落梅'能制住人一个时辰,邓楼主内力精深,想必不会那么久。"

邓轩冕道:"惭愧,再过一会儿邓某也就能恢复如常了。"

费须臾叹道:"江湖多纷扰,想不到渡剑门苦心孤诣,远遁多年依旧要回来复仇,连樊老英雄也横遭不测。凉亭那些尸身的家人如果遍寻不到他们的踪迹,只怕又要去找白泽苑了。"

邓轩冕的面上闪过沉痛之色,道:"天下熙攘,皆是为利。邓某身在局中,自是不能像费少侠在局外般超然啊。"

过了一会儿,费须臾又喝了一口酒,看着飘进来的碎雪,脸色一变,慢慢道:"在下此前寻人时路过保定府,听说过一桩旧事,大约与枕叶楼有关,不妨说给邓楼主听听,权当解闷。"

"甚好。"

"十二年前,枕叶楼初创不久,在山阳县与一些江湖帮派经常拼斗。九月的某天,前楼主郭翼遥被人打了两掌,身负重伤,急需人参治疗,可是帮众身上却无几两银钱。仓促之间,楼中一名骨干只得做梁上君子,去本地的一家药铺偷了一株上等的长白山野山参。事后三个月,那人凑齐了二百两银子,并写了一张未署名的字条,让人送到药铺,解释此前不告而拿是迫于无奈,现多加偿还。可是他不会想到,此时已葬送了一条人命。"

邓轩冕双目圆睁,呼吸为之一促。

"当时药铺掌柜报官后由于多日查不到贼赃,便怀疑是值夜伙计私藏的。那名伙计与亲弟弟乃是孤儿,后来好不容易被药铺掌柜收留,弟弟年龄尚小,还在伙房帮厨。掌柜一怒之下,要将兄弟俩扫地出门。伙计苦苦哀求,才让弟弟得以留下,自己孤身去四川投奔远方亲族。结果路上忍饥挨饿,生了一场重病,客死异乡。一个多月,字条和银子被送到药铺,掌柜才悔之晚矣。他想把银子都赔给伙计的弟弟,但那少年只要掌柜给他哥哥修一座坟,便未再拿一文钱,某天不告而别,从此飘零江湖。"

邓轩冕感到猛然涌上一股寒气,身上比屋外的冰天雪地更冷,喃喃道:"我不杀伯仁,伯仁因我而死!"

费须臾的脸被火焰照得阴晴不定:"后来我之所以加入白泽苑,就是想查出当天盗参的人究竟是谁,直到一年前才访查清楚。我并不是偏狭之人,所以一直很是犹豫要不要去见你。可今日看到渡剑门为报仇而死不旋踵,不禁想到,若是哥哥泉下有知,会不会一直在怨恨我!"

邓轩冕朗声道:"时也命也,此乃天定。纵是邓某未曾中毒,又岂会推脱不认。你要怎么报仇?"

费须臾盯着他道:"你本无杀人之心,偿命也就罢了,不如受我一刀,如何?"

邓轩冕道:"受一刀是便宜我了,只求砍在后背,让邓某无论生死都能有些颜面即可,那就动手吧。"

费须臾有些惊讶,道:"你此刻功力未复、外患未除,何不改日再受这一刀?"

邓轩冕摇手道:"大丈夫行事当一诺千金。一旦我回到楼中,众兄弟必会对你出手拦阻,或是要替我受这一刀,这样一来,邓某不就成了狡诈之徒?还是现在动手痛快。"说罢站起身来,背对费须臾,全身凝定,不动如山。

费须臾站起看着宽阔的背影,略微犹豫,咬牙拔出雁翎刀。不料还未举起来,邓轩冕忽然回身高叫道:"小心!"就在他愣神之际,斜后方传来一声巨响,一块沾满白雪的巨石从门口横空飞来,像是被武林高手发力掷出,势不可挡。他手忙脚乱慌忙闪躲,却见巨石正中火堆,顿时四周一片漆黑。紧接着一道人影从天而降,费须臾连忙挥刀迎击,只觉手腕刺痛,一个照面竟被夺去佩刀,对方招式之快如鬼似魅,一招"一苇渡江"横扫而来。费须臾躲闪不及,正闭目待死,全身却刹那间被一股罡风笼罩,硬生生推到一丈之外,险些撞到墙壁,正是"浊浪排空掌"中的一招"浪蕊浮花"。

邓轩冕额上见汗,他此刻内力恢复了不到六成,遇到寻常庸手即使二三十人一拥而上也不在话下。可来袭之人轻功之快世所罕见,黑暗中更难防备。他吐气开声道:"我挡着他,你快走!楼里的人应该到附近了。"费须臾不忍离开,又知自己武功太差难以助拳,不由愣在原地。黑暗中那人冷哼一声,一个纵跃掠向费须臾,瞬间攻出五招,分别是五虎断魂刀、塞北七杀刀、河朔庞家刀、南少林戒法刀与戚家军刀法中的狠招。邓轩冕一声大喝,硬生生挡在费须臾身前,以掌破刀,死战不退。但因身法略微不灵,腰带已被割掉一截。他正想兵行险着,卖个破绽败局求活,对方忽然收招退后三步,将雁翎刀随手抛在地上,反把另外两人吓了一跳。

"七年不见,邓楼主功力更胜往昔,中毒之下还有如此力道。若是再打五招,这把刀只怕就要裂了。"

邓轩冕刚觉得对方声音有些熟,费须臾已惊呼道:"苑主?"

随着火折子再次亮起,邵雨歌从暗处渐渐浮现,少见的未穿白衣。

邓轩冕还没来得及询问他刚才意欲何为，先开口道："邵大侠，你就是白泽苑主？"

邵雨歌笑道："白泽苑中人往往因搜寻之故不露身份，可你看我整天穿着白衣走南闯北，却没人往那方面想，那也不能怪我啊。"

费须臾在一旁道："苑主，你为何要出手偷袭？"

邵雨歌道："还不明白吗？邓楼主虽是帮派之首，但确为侠义之人。他刚才功力已恢复大半，要伤你轻而易举，却仍愿意受你一刀，绝非作伪。现在的江湖，这样的人已如凤毛麟角了。再说，我刚才故意招招攻向你，他不顾自身危险相救，难道你还执意报仇吗？"

邓轩冕无奈地道："这么多年，你行事还是这么随心所欲。"

费须臾半晌不语。

邵雨歌正色道："稍早前渡剑门伏击枕叶楼的消息传来，我这才从咸阳快马加鞭而来。适才我在屋外已听了良久，若非邓楼主功力未复，只怕早已察觉。之所以出此下策，是因为白泽苑内自有法度。邓楼主的千金不久前救了我的性命，如果我出言劝阻，你会觉得是出于私情、以权迫人，此绝非我的本意。若经过此事你还要报仇，我也不会拦阻，正好金疮药倒是随身带了些。"

费须臾听罢默默还刀入鞘。他撇下两人，走到石屋之外，龙首原的道路长得看不到尽头，几棵青松依旧挺拔耸立，仿佛在蔑视积雪的无能，月光正如流水般倾泻而下。

夜风轻柔地拂过林梢，彼时的兄弟俩正当年少。

24. 试　手

清晨，京城。

走进这座外表朴实无华的寓所时，桓珉略微感到了紧张。不过其中的原因，并不是因为马上要面对的是刑部名捕。

桓珉是武当派中年轻一辈的弟子。他天资不错，因此武功进境一直不慢，可是像这种名门大派收徒时往往千里挑一，所以与几位此时风头正劲的师兄师姐相比，他的名气要弱许多。

虽然是初次会面，聂长恨却很欣赏对方。

因为身份和名声，大部分江湖中人见到他，即使以往没有作奸犯科，神色也经常带着戒备，而桓珉的眼中虽然紧张，但透着几分淡然平和。聂长恨明白，这固然证明桓珉是诚信君子，也隐含了修道中人的出尘之意。

另一边，桓珉看到聂长恨的书房中没有想象中的肃杀之气，也没有看到任何兵刃。除了书架、书桌上堆积如山的案牍之外，还有花木、水石跃入眼帘，更像是某位士子的居所，无形中让他安心了不少。

二人分宾主落座。聂长恨悠悠道："桓道长远来辛苦，说起来聂某的师承与贵派有些渊源，又痴长几岁，就想厚颜称你一声'师弟'了。不知可否？"

桓珉忙道："聂先……师兄说哪里话，在下决无异议。"

聂长恨随即敛容道："那好。关于桐林镇的事，你在信中已经详尽描述过。不过我还想请桓师弟回答一些问题。"

桓珉深吸一口气，点了点头。桐林镇之事虽然过了三四个月，可一直仍然如梦魇般缠绕着他。更让他暗自踌躇的是，他甚至不知道这是否还属于人间之事。

半年前的秋天,武当派听说湖南桐林镇有座前朝的道观,里面藏有北宋仁宗朝《大宋天宫宝藏》的珍贵刻本,与坊间所传相比,内容更为齐全。于是经过一番商议,掌门当即命他前往拜谒抄录。他赶了一个多月的路,终于到了那座道观,抄录过程也颇为顺利。只是篇幅浩瀚,因此在那里住了二十余日。岂料最后竟出了大事。

道观建于桐林镇北郊,周边多为山野树林,渺无人迹。东边还与一片坟地相接,煞是荒凉。不过桓珉是修道之人,也不介意。可是数日之间,他和其他道士在睡觉之时总能听到道观外有"呜呜"的声响,如女子夜哭,持续有一个多时辰,让人毛骨悚然。而且这声响不是每天都有,而是隔三岔五就来一次,弄得他不堪其扰。

记得那天是冬至,白昼最短黑夜最长。天黑之后,他正在房中打坐练功,忽然又听到那个声音,这下可算正中下怀。他一跃而起,全身穿戴整齐,拿着一把桃木剑便冲出门去,誓要把装神弄鬼之事查个清楚。当夜没有月光,四野昏沉,他运起轻功狂奔了五六里,感觉那声音如同鬼魅一般永远在四周飘着,却无论如何搜寻不到。正当他准备颓然放弃时,声音忽然消失了。他横剑当胸,左顾右盼,忽然听到更为可怖之音。

有一声叹息,陡然穿入他的双耳。从感觉判断,简直像是贴着他耳畔发出的。这下他吓得怪叫一声,挥剑四下转了一圈。此地几天前一直落雪,所积甚厚,他正身处一片麦田之中,周围十数丈的雪地上,除了他的鞋印外,根本没有其他足迹。他正惊疑间,又有两声冷笑在咫尺间传来。桓珉努力平复情绪,此刻心中全是鬼神之说,就想退回客栈,又怕把什么引回去害了旁人。接下来的半个时辰,无论他怎么腾跃奔走,甚至使用师门秘传的"梯云纵",可叹息与冷笑声仍然如附骨之疽。等他恍惚间回过神来,发觉自己已在一片坟地边缘,不觉腿脚更是发麻。

忽然,他听到了一阵杂乱的脚步声,定睛看去,只见不远处有一人穿着缁衣,手执红灯笼前行,像在赶着夜路。眼见灯光趋近,他心内大喜,忙背剑在后。刚想打声招呼,却听得一声惊叫,再看那人仰天倒下,灯笼也掉落一旁,不过尚未熄灭。桓珉大惊失色,慌忙上前。但见此人年纪不大,儒生打扮,此刻面容惨白,嘴里大口往外冒着鲜血和胆汁,竟是心胆俱裂之象。他连忙按住其后心,真气源源不断地输入,可惜终究无力回天。后来经过一番波折,作作判定他是被活活吓死。当地捕快听了他的话虽觉事有蹊跷,可是一来死者全身没有任何伤痕、更无中毒,二来武当不是小门小派,只得暂且作罢。后来他听说,经过仔细查访,也只查到那个书生是个姓金的秀才,柳州人氏,游学至此。无奈山遥路远,连名字都不知道,更不用说家人,最后还是道观出钱安葬了。

聂长恨目光锐利,道:"我再问一次,金秀才死之前,究竟说了什么?"

桓珉心有余悸道:"当时我六神无主,只听见他大叫了两声'是王莽,是王莽',事后也百思不得其解。"

聂长恨喃喃道:"王莽。"

桓珉苦笑道:"是啊。想来那王莽虽是篡汉奸贼,当年身死国灭,为天下笑,可是跟当今之世又有什么干系?莫非他看到了王莽的鬼魂?"

聂长恨道:"若真有鬼魂,那你只怕应该回师门找道士捉鬼,不该来找我了。桓师弟,我信上提到过,你今日的装束是否和当夜一样?"

桓珉点头道:"除了那把桃木剑,毫无分别。"

聂长恨上下打量了一番,见他全身打扮颇为朴素,唯有后腰上一根玉柄拂尘有些抢眼。武当派的武功中,有不少奇门兵器,拂尘即是其中一种,所以也属正常。他闭目沉思片刻,道:"桓师弟,请帮我个忙。你马上就像那夜一样,出去转悠两条巷子,再多施展几次轻功,然后再回来,我再告诉你推论。"

桓珉闻言大感不解,不过看聂长恨坚毅的眼神,只得点头起身,出去依言做了一遍。待他边擦汗边回到书房时,却见聂长恨坐在书桌前面色铁青,与方才大不相同。

聂长恨道:"桓师弟,桐林镇之事我接到信后已经想了很久。若真是鬼神所为,你我都无能为力了。但若是人为,必是武林高手。"

桓珉道:"当日我也曾怀疑过。可是哪有武林高手会跑到穷乡僻壤装神弄鬼?再说那金秀才又是怎么回事,实在匪夷所思。"

聂长恨拿出一本厚厚的册子,沉声道:"此案确实离奇。初时我一筹莫展,于是就到刑部调阅了这个。"

桓珉仔细观瞧封面,只见上面写着《万历五年江湖大事记湖南篇》,不觉吃了一惊。

聂长恨递过一张纸,道:"桐林镇距岳阳城三百多里,我将冬至前后三十日,附近方圆五百里的江湖大事都挑了出来。此举也许劳而无功,可是别无他法。最后这几件是我勾画出来的,你看看。"

桓珉细细观瞧,上面依次写着"金刀门门主之子大婚""谭家堡遭黄龙派寻衅""祝少陵与澹台世家比武""倚翠阁走水""风云赌坊关外豪客现身"等文字。而只有"祝少陵"那一条被专门用墨笔圈出。

聂长恨继续道:"我着重注意这条,原因有二。第一,如果此案真是有人针对你,而你毫无所觉,说明此人必然轻功卓绝。而这些所有江湖大事的参与者中,唯有祝少陵和澹台世家的高手能做到。第二,祝少陵本就是武当派两大长老之一的亲传弟子,只是没有出家而已。"

桓珉不解道:"祝师兄的武功我向来佩服,可是仅凭这些好像……"

"那场比武在江湖上动静不小,是冬至后第七日,你可曾到岳阳去看?"

"这个……当时我有所耳闻,但出了人命大事,所以不曾去。"

"我曾问过在场的一位朋友。他说澹台世家派出年轻一代的翘楚澹台峰出战。二人共比试三场,分别为轻功、剑法和内功。结果澹台峰状态奇差,连遭惨败,无一胜出。这个结果不但让在场的见证和前辈们大为诧异,而且各大赌坊盘口更是石破天惊。"

桓珉默然不语。

"于是我在你抵京之前,飞鸽传书专门问询。结果查出在比武前半个月,澹台峰行踪飘忽,根本没有江湖中人见过。"

桓珉感觉到眼前一阵雾气正在逐渐飘散,惊道:"你的意思是……"

聂长恨又道:"问题的关键还在于'是王莽'这句话!我一直在想,如果你所听有误,那么究竟是什么。"他说着从桌上拿出另一本书,翻到一页,桓珉迅速凑过去,看到一段颇为眼熟的文字:

既彻俎而宴,客执骨而问曰:"敢问骨何为大?"仲尼曰:"丘闻之:昔禹致群神于会稽之山,防风氏后至,禹杀而戮之,其骨节专车。此为大矣。"客曰:"敢问谁守为神?"仲尼曰:"山川之灵,足以纪纲天下者,其守为神;社稷之守者,为公侯。皆属于王者。"客曰:"防风何守也?"仲尼曰:"汪芒氏之君也,守封、嵎之山者也,为漆姓。在虞、夏、商为汪芒氏,于周为长狄,今为大人。"

桓珉读了两遍,忽然感到头重脚轻,不由重重落下。

他仿佛回到了那个可怕的夜晚,奄奄一息、瘦弱的金秀才,眼睛里的光却越发明亮,用尽最后的力气嘶喊的分明是……

"这段话在《国语·鲁语》和《史记·孔子世家》中都有相关记载,金秀才既然是科场中人,自然熟读经史。那句话根本不是'是王莽',而是'汪芒氏'。只不过他临终前反复呼喊,又语焉不详,所以你才误会了。"

"那他看到的是……"

聂长恨目光如炬,道:"当然是一个像上古时期,汪芒氏那样高大的'长人'!"

桓珉禁不住扯住对方的衣袖，道："你是说，当时还有一个人在场？"

"不错。"

桓珉感到手足冰冷，断然道："不可能！简直无稽之谈。在下的武功虽不如各位师兄，但是难道有人踩在头上、肩上，还能浑然不觉吗？"

聂长恨叹道："当然不是。澹台峰脚踏的地方，就是你插在后腰的拂尘！"

桓珉呆住了。

他感到虚空中无数碎片已经出现，只待被拼合至一处。

聂长恨一鼓作气地说下去："当日的前因后果应该是这样。澹台峰和祝少陵将要比试轻功、剑法和内功，而他只需赢下两场便能获胜。澹台世家本来精于轻功身法，澹台峰的'冯虚御风'也是武林一绝。可是'武当梯云纵'练到化境，据说能平地跃起十余丈，自然使得澹台峰深为忌惮。于是，他就想在比武前找武当弟子试手，窥探'梯云纵'的深浅。"

"他打听到你就在桐林镇道观，相隔虽然不近，但以他的轻功按时往返绰绰有余。但此事于武当派不利，当然不能明面相告。他知道你好行侠仗义，就故意夜里在道观外弄些声响。之所以不每夜如此，是因为他只能等到没有月光的夜里，否则你很容易看到他的影子。到了冬至那天，你果然中计追出。于是他先在你左右腾挪，后来更冒险踏在你后腰的拂尘之上，所以雪地上才没有足印。他之所以用叹气、冷笑来吓唬人，无非是使你心情激荡，轻功全力发挥，借此来一试梯云纵的身法。我刚才让你出去转悠，实则自己如法炮制勉力一试，结果你确实未曾察觉拂尘上有人。"

桓珉的脸色已经完全涨红。

"可是人算不如天算。澹台峰机关算尽，就是没想到有人会贪夜赶路。当时天色太黑，也许金秀才生性胆小，也许他之前在坟地边已经受了什么惊吓，终于酿成大祸。澹台峰眼见对方不活，心中害怕。虽然他是无心之失,可如果被官府查出将人吓死。不但从此在江湖上名声尽毁,而且还要被锁拿问罪。于是,他便悄无声息地遁去,马上赶回岳阳城。但他毕竟不是大恶之人,想到害了一条人命,随后无心比试,因而惨败。"

片刻的死寂。

桓珉望着满桌案牍,久久说不出话来。

面前的这个人,竟然能在没有一条线索的情况下,将案子查到这个程度!

聂长恨右手轻击桌面,目光炯炯道:"说句实话,刚才的推论并没有任何证据,澹台世家更不是好惹的。不过聂某既是捕快,绝不能坐视不理。桓师弟,我让你凭借记忆画的金秀才的画像准备得如何了?既然澹台峰扮鬼吓人,我就来个还施彼身,诱他认罪。"

25. 壶 中 仙

聂长恨眉头深锁,陷入沉思。

…………

大明正德十六年夏,滁州。

百步之外就是妇孺皆知,因北宋欧阳永叔一篇旷世奇文哄传天下的醉翁亭。从亭前的道路走,向南穿过琅琊山腹,比之官道近约四十里,因此终年往来不绝。

车声辚辚,转眼已到近前。这辆马车看似较新,车厢与车辕也刚上过漆,不像是出自市井人家。但两侧淡青色的布幔颇为陈旧。从一路的辙印来看,车上的分量并不重,也不见金银碎屑。如果是经年的江湖老手,无论是行窃还是劫夺,它多半都不会入选。

赶车人身着灰色直裰,腰佩白丝绦带,双颊泛黄,脸上颇显风霜,大约五旬开外。他一勒缰绳,拱手道:"请问前面是哪位贵人?"

聂长恨目光炯炯道:"久违了,何先生,我乃刑部聂长恨。"

何老丈慌忙从马车上跳下,摇手道:"聂大人称在下为'先生',真是折杀了。不知大人在此所为何事?"

聂长恨悠悠道:"自然还是为了彤霞庄的案子。"

彤霞庄之案,不仅当时引起了不小的风波,即使数十年后也常被人提起。彤霞庄庄主何平笛早年闯荡江湖,后来隐退经营珍宝古玩,家产颇丰。正德十六年四月,他发帖请几个同为商贾的朋友来滁州西南山中的彤霞庄相聚,说是新得了一件宝贝,欲在席间展示。结果当天夜里庄中不慎走水,众人皆酩酊大醉,下人们也多半困倦。加上山庄地处僻远,待到附近农户赶到时,已是一片火海。后来整座山庄被烧得十不存一,十数人沦为焦炭。当晚侥幸逃生者竟只有三人,一宾客,一老奴,一婢女。

那位宾客是位湖南商人,姓龙。剩余三人中只有他一人在酒席之上,何老丈在马棚干活,婢女外出购货。据他说,何平笛拿出一把玉壶,说是前朝珍品,名曰"壶中仙",是仿传说中"壶公"的典故所制。

"壶公"之说,较早记载有三。其一,《后汉书·方术列传·费长房传》:"费长房者,汝南人也。曾为市掾。市中有老翁卖药,悬一壶于肆头,及市罢,辄跳入壶中。市人莫之见,唯长房于楼上睹之,异焉,因往再拜奉酒脯。"其二,北魏郦道元《水经注·汝水》:"昔费长房为市吏,见王壶公悬壶于市,长房从之,因而自远,同入此壶,隐沦仙路。"其三,《云笈七签》卷二八引《云台治中录》:"施存,鲁人……常悬一壶如五升器大,变化为天地,中有日月,如世间,夜宿其内,自号'壶天',人谓曰'壶公'。"

面对滁州捕头的询问,龙姓商人道:"何平笛当众展示玉壶妙用,他盛酒于壶,然后让我们挨个就着烛火从瓶口往里看。原来内壁雕有图画,正是壶公游于市井的故事。随着他晃动壶身,上面人物似静若动,仿佛活了一般,真是美轮美奂。后来我就醉了,迷迷糊糊感到周身滚烫,惊醒的时候看到何老丈脸上沾着一道道炭灰,拼命把我往外拉。他把我拖到前院,转身还想去救自家主人,可是已经来不及了。后来我才想到,自己的位子最靠近门口,所以最易得救。"

滁州捕头是公门老手,又闻听当夜几位富商随身也携带了几件珍宝,特别是有一只墨玉虬龙价值连城。可惜尽没于火中,自然更为上心,遂道:"席间何平笛是不是给你们斟了几次酒?"

"不错。"

"那酒中难道不会被人下毒?"

"不可能。"

"为何?"

"我们几个人身怀重宝,出门在外,怎么可能不谨慎小心?他斟酒之后不但自己随即饮下,我们还用银筷子试了试。据我所知,席间还有位陕西的朋友请的护卫出身五毒教,也暗自用银针检验,都无问题。"

查了数月,最终以意外结案。何老丈与那位婢女是甥舅,于是打点行装从滁州返乡。

"大人,此案还有什么问题?"

聂长恨淡淡道:"夫人之死。听说当夜夫人的房间并未着火。"

何老丈掩面叹息道:"正是。多年前夫人早已风瘫在床,仅有手指可以略微动换。起火之后,她是被浓烟灌入熏死的,可怜出自书香世家啊。"

聂长恨道:"此案卷宗确实完整,只不过有个疑点。仵作发现,夫人死前用指甲在床板上留下了几道划痕,仔细辨认依稀是个'午'字。"

何老丈愕然道:"大人这番话真让小人不解,难道夫人当时心中想着什么?"

聂长恨继续道:"'午'姓之人为数不多,更查不出与何夫人相关的线索。不过'午'字出头,便是'牛'字,想来划痕散乱,这也大有可能。"

何老丈忽然涨红了脸,道:"大人,据小人所知,老爷与夫人也不认识什么牛姓之人。俗话说死者为大,请大人以他们清誉为重!"

聂长恨点头道:"不错,我也找不出任何一个与之相关者。"

何老丈的面色温和了些。

聂长恨眺望远处道:"何先生,我少时读《醉翁亭记》,看到'峰回路转,有亭翼然临于泉上者',以为此亭必是建于险峻之处。后来到此才发现数百年间地势早已不同,醉翁亭外竟是如此平旷。可见世间之事,往往真假难辨。而笔墨之间,更容易掩人耳目。"

何老丈默然不语。

聂长恨道:"最近我在想,如果何夫人写的真是'牛'字,那她会不会另有所指？此案中的'壶中仙'令人啧啧称奇，恨不能亲睹，若再添一'牛'字，却让我想到另一样东西。那就是'阴阳壶'！"

三国时期，谶书《玄石图》风行天下，其中一则谶言曰"牛继马后"，意为司马氏将被牛姓之人取代。司马懿因此长年不安，遂以阴阳转壶盛毒酒，谋害了曹魏大将牛金。《晋书·帝纪第六》载："初，玄石图有'牛继马后'，故宣帝深忌牛氏，遂为二檻，共一口，以贮酒焉，帝先饮佳者，而以毒酒鸩其将牛金。"

何老丈仍旧低头。

聂长恨道："如此一来，我就明白了。何平笛必是急于诈死脱身，还要将庄中之人尽数灭口，再顺手捞上一票。于是他邀请几位富商相聚，并请他们带上各自珍宝。刚开宴的醇酒自然无毒，待到众人酒酣不加防备时，他再以阴阳壶倒出毒酒。这次的商贾身边多有武林中人护卫，所以必须先行毒倒。"

"待到众人不省人事后，庄中剩下几个仆从自然不在话下，尽皆被打晕。他把墨玉虬龙等珍宝藏于庄外，摔碎玉壶，引燃大火。在此之前，他早已将身材年齿相差不远的何老丈换上自己的衣冠，再反过来易容乔装就能瞒天过海。而最精彩之处，莫过于故意救出一个商人作为人证，诱使官府更快结案。由于全庄之人皆死，事后他当然可以自说自话。随便编出什么甥舅之亲，就能带着唯一合谋的貌美婢女大摇大摆地'还乡'。"

此刻何老丈才抬起头来，眼睛里寒光一闪："聂大人果然名不虚传。"

聂长恨道："然而何夫人暗中察觉了丈夫的歹毒用心，也许是阴阳壶并非新制，所以她才有所了解。可惜身边无人可助，她只得在死前绝望地用有气无力的手指刻下一个'牛'字，提醒查案之人。看来墨玉虬龙等物就在马车上吧？"

"何老丈"猛一直腰，身形突然挺拔了几分，冷笑道："聂捕头既然什么都明白了，那不知能否想到我为何如此。"

聂长恨喟然道："这就真的只能靠猜测了。我遍翻旧档，发觉你从正德五年到十四年,多次亲自前往江西经商,可始终未见重利。莫非是与宁王叛乱有关,从而害怕有人追查?"

何平笛仰头大笑,一个"八步赶蝉追云式",稳稳地落回车上,扬鞭催马,口中道:"聂捕头,你纵有通天手段,生不逢时又能奈我何?"车马之声,转瞬去得远了。

············

大明万历七年冬,京城。

聂长恨咳嗽一声,重重地合上一摞尘封已久的积灰卷宗,双肩慢慢靠在了黄杨木圈椅的椅背上。

26. 燎 沉 香

聂长恨环顾左右。

宿迁县，雨夜，二更。

这位名捕立即警觉。

血腥气，即使是瓢泼大雨依旧掩不住浓重的血腥气在院子里恣意蔓延。

四周身着捕快公服的人们正在前后奔忙，一具具尸体被抬往府门方向，同时听见的是房内渐渐微弱的妇女哭声。

一宗惨案！

聂长恨伫立天井的墙边，仰头望着周围高耸的院墙，心道：这家看来不是官宦便是巨富。

他刚想到这里，就听不远处一声惊叫："檐上有人！刘捕头，快！"紧接着就是几阵风响。

聂长恨一个愣神。

在他三十余年的公门生涯中，曾不止一次耳闻目睹凶手重回案发地观察徘徊，以达到某种满足和兴奋的情绪。可是，像这样黉夜杀害十余人，又在大批捕快处理现场时大胆现身的，也是绝无仅有。

只见屋顶上至少三人已经交手，呼喝声、破瓦声不绝于耳。聂长恨双腿微曲想拔地而起，忽然愣在当场。自己平日一跃三丈的轻功竟无法施展，丹田之中竟空空如也，连一丝内力都没有。

这怎么可能？

此时，他仿佛第一次闻到了香味。

香味不知源于何处、起自何时，与他从小到大闻过的所有花香、茶香、熏香、粉香都大相径庭,带有一种说不清楚的冷煞。

他看见身边的捕快似乎并没有功力消失的情况,只是除了上面的二人外轻功逊色,一时无法助战。

莫非是混毒?

聂长恨悚然,他想到或许只有自己已经中毒,连忙冒雨向府门外跑去,其他人都盯着上面,也没有拦阻和询问。

他奔出大门,雨势愈急,香气却如附骨之疽萦绕身畔,经久不散。

得赶紧解毒!

不知是不是因为没有内力,他才跑了百步便气喘吁吁。出了大宅,四下灯火全无,难辨方向。这时,只听不远处有人不停呼喊,紧接着一条黑影比箭更疾,正朝他上方而来,直落在一棵高大的榆钱树上,依稀传来一声闷哼。

聂长恨冷汗涔涔,混入雨水。正在这时,不远处大宅的空中一团五色烟花轰然炸开,想必是捕快在传递增援消息。

黑影大约也怔了一下。刹那间就着彩光,聂长恨清晰看见一张浓眉鹰鼻的面庞,蒙面的角巾已缠在左臂,上面殷红一片。黑衣人往下看了一下,双眉一皱,随手折了一根树枝投来。聂长恨看出他暗器手法虽是不俗,换了平时也能从容应对,但此时只得狼狈躲闪,身体倒伏时额角还是挨了一下,剧痛中跌得四仰八叉,登时睫前一黑。

最后的时刻,他瞥见旁边水洼中的倒影,瞳孔猛地剧烈收缩,陡然像是明白了什么。

原来如此。

风清气朗,明月在天。

竹林深深,一间不大的精舍掩映其间。

房间很小,里面不过一榻、一桌、一椅、一橱、一炉香而已。

聂长恨光着脚,在榻上双腿盘膝而坐,双目合起,脖颈上渗出不少汗水,然而神情却透着从容。细看之下,他前心和头上共有四根金针刺进穴道。

旁边站着三个人,一僧、一道、一俗,衣冠年齿虽异,脸上关切之意却同。

湖北名捕钱思微渊渟岳峙,刚才的话尚未说完:"……枕石大师,您久居南少林,方外之尊少知世事。聂捕头五岁之时曾在叔父家小住,结果某夜有贼人逾墙而入,杀死十数人,盗走若干财物,死者包括他叔父叔母在内。此事后成悬案,促使他长大后投身公门。聂捕头常说,他记得与凶手打过照面,可惜被击晕后记忆混乱,再想不起对方长相。"

一旁的老道鹤发童颜,两边太阳穴凸起,显然是绝世高手:"不错。所以聂兄多年来尽管遍翻案卷、四处追查,恨不能身赴碧落黄泉,还是尚未搜集到足够证据。他深感再行耽搁,凶徒恐将不久于人世,恐遗恨终生。于是冒险行此古籍记载的不传秘法,先服贫道的'离神丹',辅以姑苏玄卿阁白阁主秘制的净土沉香,再用金针自刺心脑,希望能唤起那段回忆。"

枕石大师右手念珠不住转动,道:"阿弥陀佛,聂檀越不愧有大恒心、大奇志,果然为人中之龙,可惜未免太执迷了一些。此地香气过甚,有些惑人心神,老僧先到屋外等候。"说罢就要转身。

"请留步!大师皈依佛门二十多载,区区一缕残香又岂会乱了禅定?"须臾间,聂长恨已经长身而起,双目炯炯道:"除非当年杀人者,就是你!"

榻角的净土沉香,灰烬仍旧徐徐弥漫、飘落、凝定。

27. 千里烟波

大明万历十四年春,福建省,屏南县。

聂长恨即将倒下。

他感觉自己的身体已到了极限。

但现在决不能放弃!

过去的二十年间,不管遭遇过怎样的强敌,他也从没有这么狼狈过。一直以来,他都是以谋而后动为准绳,甚少遇到真正的突发情况,然而这次不同。

他此时又饥又饿,但如果不能及时赶到鹫峰山,湖海派掌门李紫涵就真的危险了。

原因自然是有人要杀他。

而且不是别人,正是他最为信任的义子楼楚源。

聂长恨与李紫涵是莫逆之交,虽然多日不见,但深知他的习惯。每年清明节之后,李紫涵都会在鹫峰山上师父一家的坟前祭拜,并且小住几日,以前陪同他的是女儿,嫁女之后则多是楼楚源。所以,他特地约李紫涵这两日前去拜访。可是就在前夜,他刚在屏南县城的云杳客栈住下,就听到长廊尽头的一间房子里传来激烈的打斗声,接着就是一声惨呼。他连忙飞身前去,撞破房门,只见屋内桌翻帐裂,一道黑影已越窗而出。聂长恨虽想追赶,但还是以救人事大。他定睛一看,大为意外,这位面色蜡黄的伤者竟然是湖海派中的一名坛主,姓林名棹。此人武功颇强,是派中干将,此刻腰腹中掌,对方内力浑厚,杀心昭然若揭。若非没想到客栈中另有高手瞬时赶到,仓促逃走,再补上一掌便神仙难救了。

聂长恨用自身内力加上店家买来的药材,费了一日之功,才把林棹救醒。岂料对方气息微弱地刚一开口,他便惊在当地。原来竟是楼楚源布局预谋弑师,被他设法侦知,刚想通知李紫涵,却被后者察觉痛下杀手。

聂长恨听罢五内俱焚。

在评书演义中,飞鸽传书似乎是一件张口就来的事情,实际上完全不是如此。即使身为刑部名捕,仓促之间他也无计可施,只得将林棹托付给客栈掌柜,留下银两后飞速赶往鹫峰山。

欲至鹫峰,必过闽江。

闽江,发源于福建、江西交界,其间穿过沿海山脉至福州南台岛分南北两支,于罗星塔复合为一,折向东北流出琅岐岛注入东海,全长一千多里,浩浩汤汤、奔涌而下,可谓是福建百姓的"衣食父母"。同时闽江自古泛滥严重,特别是聂长恨路过的中段,江水横切鹫峰山—戴云山脉形成巨大峡谷,规模为全闽之冠。因此,此处滩多水急,将官道处处阻隔,骑马并不能加快多少。

等到聂长恨舍舟到岸,再次脚踏实地,见到清晨第一缕阳光的时候,距离东峰尖还有数十里之遥,所谓"看山跑死马",诚不虚也,他终究喘息着坐了下来。

来不及了。

聂长恨依稀看到东峰尖顶上升起了一股青烟,看来李紫涵的祭扫已经开始。据说少林寺"狮子吼"功练到化境,施展起来可声震百里,可惜聂长恨此时已是强弩之末,已然连试一试也力不从心。他又想索性在江边放一把火,然而谷雨刚过,正是多雨时节,草木无比湿滑。

这时,他看到了江上由远及近,出现了一排排船只,上面的人男女老少皆有,衣服多为杂色麻布所制,身材短小,大多面黄肌瘦,不像是普通渔民。

聂长恨眉头一皱,心知是疍民到了。

疍民是闽江上一个奇特的族群,他们世代居住于水上,以船为家,到处漂泊。有独特的风俗习惯,甚至有自己的语言。关于起源,中原史书和地方故事流传着五花八门的说法。例如被汉武帝灭国的闽越人后代,东晋时期逃亡海上的卢循军队残部,五代年间王审知入闽时被夺去田地、驱入水中的农民,元末为避汉人报复而下水的蒙古人后裔,等等。本朝疍民已多达十数万人。自古以来,疍民就多为世人所轻贱,不过他们大多性格坚韧,当地官府倒也不太重视。

聂长恨回头望了望东峰尖,似有所悟。

山顶墓前,祭扫接近尾声。

李紫涵一身白衣,面容和蔼。他渐渐收回了远眺山下闽江的目光,慢慢转身扫了一眼伫立在侧的楼楚源,说了一句:"回去吧。"

楼楚源默默跟上步伐。

谁知走了不到二十步,李紫涵忽然停下,表情变得凝肃,悠悠道:"罢了,难为这么多位朋友等了老夫许久,也该歇歇了。"话音未落,右袖闪电般挥出,竟然是一把铜币状的纸钱。

楼楚源一动不动。

他眼见柔软的纸钱如同最可怕的暗器,以二人为中心,向八方呼啸而出。距离最近的一张,他甚至隐约感觉领口被划开,紧接着就是苍松之间的一片惨呼。

然而四周还有剩余的杀手,他们手上的兵器五花八门,唯一的共同点是在阳光下皆透着一点幽蓝。

李紫涵沉声道:"你右我左!"一声断喝,身影已不见了,紧接着松涛之间不断传来闷响。那边楼楚源短剑如风,一连迫开数人,但一个乌衣蒙面者手持三才夺,招法奇诡,眼看已占了上风。

不远处李紫涵已点倒七人,重创两人,回首定睛一看。只见乌衣人一招"草木皆兵"成功夺下短剑,楼楚源双掌齐出,将三四人打倒在地,但匆忙后撤破绽已显。李紫涵脚下一滑,独门武功"牧云腿"快如星火,瞬时挡在乌衣人面前。后者深吸了一口气,看来深为忌惮,手指微转,原来三才夺前端系有铁链,随即呼啸而出,乃是他的最强杀招"星分翼轸"!

与此同时，楼楚源在李紫涵背后忽然一低头，后领处三点寒芒激射而出，声音极为轻微，在三才夺的声响覆盖下几不可闻。就连李紫涵有防备时，也绝对无法察觉。

楼楚源眼看着暗器即将命中，心中万分亢奋，他甚至已经想到了李紫涵待会儿绝望的眼神。

"这不能怪我！都是你不好！"

一个人如果决心要十恶不赦，总是能找出很多理由。比如没有将掌门之位相传、没有把所有绝学倾囊相授、没有将小师妹许配给自己等，但其实只是为了能少一些负罪感。楼楚源内心十分清楚，如果没有海南剑派的多年暗中拉拢，派出若干高手相助，并且承诺下任掌门之位。他绝不会，也断然不敢这么做。

暗器已没入白衣，楼楚源心花怒放，几乎笑出了声。

恍惚间，场中有一声轻叹。

下一刻，寒芒似乎被什么所阻，以两倍的速度倒飞了回来！

楼楚源大惊，但他的"牧云腿"已得李紫涵七成火候，登时缩身避过。然而另一道劲风却横扫而来。他额前出汗，勉强擦着头鬓角躲过，接着胸口一麻便瘫软在地，一片纸钱缓缓飘落在他的身上，场景诡异无比。

此时，只有乌衣人看得最为清楚。李紫涵左手并指如刀，自上而下刚好划在三才夺前端与铁链的连接处，这下他感到自身内力如艳阳消雪般弥散，如同一头猛兽被扼住了咽喉。眨眼之间，他顿觉大事不好，撒手后撤，面色通红，左手捂着右手的腕部，如飞一般遁走。

李紫涵望着地上如死蛇一般的三才夺，喃喃道："当断则断，不愧是雄踞天南的高手。若再晚一霎，整条手臂的骨头就全碎了。"

然后他慢慢回头，看了看跌落尘埃的楼楚源。

一时之间，相顾无言，此刻任何解释都成了多余的虚妄。

楼楚源冷笑："义父，看来你也并未完全信任我！"

"你错了，祭扫之前，我从未怀疑过你。"

"我哪里有破绽？"

"你没有破绽,只是有人提醒了我。"

"一派胡言！哪有什么人？"

李紫涵走上前拎起楼楚源,好似提着一个破烂的麻袋,几下跃到了适才的山顶悬崖前。

"趁着还没散,你好好看看吧。"

楼楚源莫名其妙,抬眼观瞧,猛然惊得目瞪口呆。

只见闽江之上,水澄如碧、波光粼粼,百余艘疍民的大小船只头尾相接,分明组成了三个巨大的字：

楼

叛

师

李紫涵振衣长叹道："你最大的失败,就是只顾盯着我,却连我的目光所及,都丝毫没有在意过。"

28. 东方马车谋杀案

万历七年,霜降。

朔风、冷日、荒原、雪。

关外的大地上几乎看不见一点绿色,积雪隐没了官道两侧的界限,到处都是一片白茫茫,人若久视四周,不免头晕目眩。

深秋已至,路上仅有一辆孤独的马车。车夫五十许的年纪,短髯阔鼻,身形有些佝偻。他身上棉衣厚重,满是补丁,感觉颇为拮据。不过一双鹿皮手套却带着几分锃亮,仿佛透出半辈子的骄傲和自尊。

一会儿,一个身穿黑色斗篷,大约三十五岁,身形挺拔、面色黝黑的汉子从帘子里钻了出来,伸了个懒腰,慢慢挪到车前。

车夫立即开口,语气带着些许诣媚:"尚大人,距离淳阳县还有二十多里,你怎么出来了?外面天可冷。"

尚秋崖捧起腰间的酒葫芦,喝了两口,笑道:"老夏,这里面是暖和,可跟一具尸体同乘哪会惬意?若不是我这赶车的功夫不及你,风雪又这么大,我真想赶会儿车,让你进来歇歇。"

老夏连忙赔笑:"尚大人说哪里话,小人哪有这个命。"

尚秋崖瞥了一眼身后的帘子,道:"老夏,你们从即墨出发,路上走了三五天,想必你对他们也有些了解,不妨说说。"

老夏慌忙道:"大人说笑了,我们这些一条贱命的车把式,头一件忌讳就是路上乱听乱看,都只管埋头走路而已。"

宋朝时期,市井出现了大量被后世称为"共享模式"的合租车、轿、畜类出行方式。至南宋,则更为盛行。据宋人笔记可知,当时的临安城内遍布着形形色色的"民车驿",专门从事这种生意,《马可·波罗游记》中也有类似记载。到了明朝,城中官员、富户、士子出行多弃车坐轿。然明朝疆域远迈两宋,尤其关外之地,更需长途跋涉。于是许多车驿改做长途生意,供多人合租车辆,除车夫外,一车最多可搭四人,力求舒适,可远赴西域辽东。

眼前这一辆车,便是从即墨出发,奔赴辽阳的。出发时共是两辆车,有五位客人,四男一女。分别是一位瘦骨嶙峋姓秦的走方郎中,一位姓崔的旁花匠,一位衣着颇为华贵的季姓师爷及面色有些苍白的夫人柳氏,一位身材魁梧、自称采参客的徐姓大汉。那对夫妻唯恐途中不便,索性包了一辆车,其余三人便乘另一辆。二车出山海关往辽东疾行,本来一切无事。谁知走到第五天,众人早晨起来一看,其中一位客人头颅已然不知去向,身躯倒伏于雪地之中,登时吓得魂飞魄散。幸好此地距离淳阳县不过三十余里,车上又备有信鸽,连忙报官求援。不到半个时辰,主簿尚秋崖果然带着两名衙役骑马赶来。一番详细询问后,尚秋崖在官道附近勘察了近一个时辰,然后带众人到了旁边的镇子,让衙役看管起来,接着和一名车夫载着死者,准备共同运到县里。

尚秋崖好像心情不错:"适才我向众人问案的时候,想必你也听到一二了。从脖子的怪蟒纹身看,死的不是别人,正是纵横南北的独脚大盗——过天蟒!"

老夏不禁缩了缩脖子:"不瞒大人,小人心里现在还是害怕,竟然与这索命的阎罗、吃人的魔君共处一车数日,想来脊梁就直发冷。只是不知是哪位好汉要了他的命。"

尚秋崖淡淡道:"过天蟒武功过人,即使熟睡之际也不会毫无提防。这次却身首异处、不见头颅,凶手以快刀杀人,看来绝非等闲。你可知我问话后去了哪里?"

"小人不知。"

"我去了留雁湖。"

老夏恍然道:"噢,对了。早就听人说留雁湖距官道不远,莫非,那人是从湖上跑的?"

尚秋崖点头道："我仔细观察,发现从你们马车旁的篝火堆到五里外的湖边,有一行清晰的足印,看大小像是壮年男子。昨夜这里并未下雪,痕迹明显很新。"

老夏皱眉道："这么冷的天,又是在外,谁能泅水脱逃?想必是准备了船只。"

尚秋崖笑道："你想的挺快。从现场来看确是如此。过天蟒动辄杀人越货,仇家遍地,昨夜有苦主等你们睡熟之后手刃仇人,再带走头颅驾舟遁去准备归乡祭奠亡魂。过天蟒包袱里的盘缠分文不少,显然凶手不为求财,所有推断合情合理。"

老夏叹道："阿弥陀佛,果真是天理循环、报应不爽。"

尚秋崖顿了顿道："可是我细查之下,在脚印附近十数丈外,发现了别的痕迹。雪地中每隔丈余,就会有一点被压散的足印,多绕了半里路后,一直延续到篝火旁边。"

老夏勒缰绳的手似乎一紧,道："大人是什么意思?"

尚秋崖活动了一下十指,道："很简单,凶手其实就是车上的一人。此人轻功不俗,只比踏雪无痕略逊一筹。杀人后,他假意跑到湖边,再施展轻功折回来,正是希望查案之人以为是外部的人潜入杀人,自己好高枕无忧。而我仔细观察,那四个人都不会武功。"

老夏沉吟道："难道大人怀疑老黄?不会吧,他在车驿两年了,平常喝了点酒走路都摇摇晃晃,哪有什么轻功?"

尚秋崖目光如炬,道："我并没有怀疑老黄,我怀疑的人是你!你乔装得虽好,可呼吸吐纳细微处仍然掩不住悠长。你双掌间的老茧也不像是赶车,反倒是练习兵刃时造成的。事到如今,还不束手就擒!"话音未落,双手齐出,抓向对方前胸后背几大要穴。

电光石火间,老夏竟咧嘴一笑。

尚秋崖心道不妙,忽觉眼前一花,身侧之人已经不见踪影。然后便是后颈一凉,像是金铁之物横在肩上,只得闭目待死。结果等了片刻,耳畔唯有风声,连脖子上的触感都没了,睁眼一看,原来"老夏"已经脱下了易容面具,露出一张中年人的精干面孔,身形也变得无比挺拔,正微笑着望向自己,左手还举着一块金色令牌,大约就是刚才贴肌的东西。

尚秋崖定睛一看,顿时张口结舌:"……你你……你就是聂……"

聂长恨收起令牌,继续握住缰绳:"在下刑部捕快聂长恨。同为公门中人,尚兄不必客气。尚兄勘察现场不避严寒,心细如发,堪为官吏楷模。若不是我分散了你的注意力,尚兄未必发现不了真相。"

尚秋崖呵气成霜,叹道:"惭愧,请聂兄指教。"

"本案的布局不可谓不精妙,然而凶手是车中之人已被尚兄看破,其实距离揭开谜底仅有一步之遥。关键在于车上的客人之中并非无人懂武功,只不过不是练手上的武功而已。"

"那到底是谁?"

"柳氏。"

"是她?"尚秋崖颇为惊异,那样一位蜷缩在丈夫怀里的娇弱女子,宛如一只畏惧冬夜瑟缩的寒蝉,居然是位深藏不露的高手?

"对于老江湖而言,手上有没有练过武功一目了然,腿上和内力却比较难以判断。再加上女子体轻,稍不留意就会被彻底瞒过。"

"可即使丢弃头颅的是柳氏,她不会用刀,如何能杀人?"

"因为斩下过天蟒头颅的不是她,而是季师爷。"

"但他不会武功。"

"不会武功,亦能以快刀杀人,这又是江湖中人判断时易犯的错误。季师爷手臂孔武有力,多半是干农活出身。而车上的秦大夫身为医家,必定熟知人体经络穴位,若由他从旁指点,季师爷平日又多加练习过,出刀较快也不足为奇。"

尚秋崖一惊,似乎明白了什么:"莫非,车上的人……"

聂长恨幽幽道:"不错。这是一起五人合谋杀人的案子,包括车夫老黄。其中三人直接参与,剩余两人配合策应。可笑我混入

129

车驿，本来是想一路跟随过天蟒到辽阳老巢，起获贼赃，却也因过于防备他，竟然不小心着了旁人的道。"

尚秋崖微微愣神。

聂长恨道："也罢，我就完整说吧。这五人策划良久，终于有机会与过天蟒共乘一车。唯一的外人，就是我。于是昨夜在篝火边饮酒时，他们借机将我与过天蟒迷倒，而配药自是秦大夫所长。过天蟒一路虽谨慎小心，但长路漫漫，还是难免大意。根据我的推测，他们合力将过天蟒除去，先埋起头颅，再由柳氏换了一双男人靴子奔到湖边，伪装成外人作案。之所以选择昨夜，是因为这几天中只有昨夜没有下雪，这样脚印才不会被盖住。不料当即就被尚兄识破。"

尚秋崖慨叹道："我还有两件事不解。就算这五人都是过天蟒的仇人，难道真有这么巧能聚在一起？还有，他们明明杀贼有功，朝廷自有悬赏花红，为什么还要费大力布此迷局？"

"你说的第二点是为了免去麻烦。过天蟒虽然独来独往，不会有什么党羽报复，但他劫掠多年，老巢藏有不少金银珠宝。如果声张出去，黑道中人便会一波一波地来找他们逼问。至于第一点，那是因为他们本来就是一路人。"

"一路人？"

聂长恨凝视着路边枝头的残雪，道："就在上午，我们等尚兄赶来之际，我接到了前几日发去京城的信鸽回函，证实了猜测。你可记得三年前过天蟒血洗成都杨举人府邸，杀了主仆共十三人的案子？"

"略知一二。"

"根据那几人的姓氏和体貌特征，加上一点推断，我认为那位秦大夫，便是杨夫人的表兄。柳氏其实是杨举人的亲妹，只不过为避人耳目，易杨为柳。听说她的丈夫季师爷曾受杨举人大恩，二人不但是姻亲，且相交莫逆。至于车夫老黄，更是从父辈开始，就在杨举人家做工，对他们一家忠心耿耿。这些人不约而同，都在三年前消失无踪,想必是苦心搜寻凶手,终于得偿所愿。"

"那崔花匠呢?"

"三年前,成都知府因急于破案,不惜拷打侥幸逃过一劫的剩余杨府仆人与门子。据说一位崔姓老奴熬刑不过,惨死狱中,我怀疑崔花匠便是他的儿子。"

尚秋崖沉默了好一会儿,摇头道:"看来这案子的凶手是永远找不到了。"

聂长恨大笑道:"尚兄不愧是侠义之士。过天蟒虽死,贼赃还不见踪影,我要尽快赶到辽阳寻找,这赶车的活真要交给你了。江湖广阔,就此别过,后会有期!"说罢再无拖沓,一个"八步赶蝉追云式",身体腾空而起,瞬时已滑出三五十丈。

尚秋崖急忙拾起缰绳,看着远处迅速变小的黑点,突然高喊道:"聂兄,你昨夜真被他们暗算了吗?"

四野无声,唯有风吟。

29. 狂　禅

淮南,荒野,冷风,刀光。

今夜无星无月,唯有远处不知哪里的村舍透出一点如豆的火光,成为古道上仅有的暖意。

可它不是这里唯一的光。

更亮眼的光在灌木丛中不断闪烁,同时浓重的血腥气夹杂着诡异的甜腻逐渐扩散。

狂僧刀交左手,右手猝然出掌,又重创了一个使三节棍的高手,而呼吸声愈加沉重。

埋伏的人共有二十三人,黑夜中他们的武功路数仓促间不能一一辨明,不过无一例外都堪称高手。但是他最在意的是目前只有二十二人出过手,剩下的一人除了刚现身时的几次鼻息、雪泥鸿爪,之后便不见踪影,大约正在蛰伏待机。

然而敌人越众、武功越高,狂僧越不害怕。

这么容易就害怕了,岂不是辜负了狂僧之名？

狂僧名叫闻郡,并不是僧人,只不过是从小被一座小寺庙住持收养的孤儿,再加上后来喜剃光头,所以绰号"狂僧",本名反而被世人淡忘。那位住持守着名不见经传的荒僻孤寺,实则是一位隐居遁世的前辈高人。因此闻郡在他的教导下苦练二十载,已臻江湖一流高手之境。18岁后,住持说他不该留在此地,也不能剃度出家,关于理由仅念了"禅机未至"四字,便让狂僧下了山。

一下山,便入了江湖,至今已达十五载。

这么多年间,狂僧先后加入过两个帮派,纵酒狂歌、宝马轻裘,最喜锄强扶弱、劫富济贫,遇到大奸大恶则出手狠辣,导致仇敌远多于朋友。所以像这样的埋伏,一年不遇到三五次,简直让他提不起劲来。

眼下他重创了七人,其中两个即使不死,恐怕也奄奄一息,而自己左肩添了两道血口,但只要无毒,区区小伤不足挂齿。他已看出这些人武功虽都不弱,但彼此缺乏配合。一场暗夜的埋伏居然如此差劲,若是自己的手下,他早就忍不住破口大骂了。

对于狂僧而言,狂是他喝酒时的性格,拼杀时的法宝。只有真正了解他的人,才知道用心细如发形容毫不为过。在江湖上刀头舔血,谁都不可能没有弱点。既然如此,不如先暴露一个不是弱点的弱点为好。

这些人使用的兵器十分杂乱,除了刀剑还有弯刀、跨虎篮、铁尺等,不过狂僧渐渐摸出了门道,又兼有掌中无比锋锐沉重的鱼鳞紫金刀,所以始终未落下风。他一边腾挪一边盘算,对方屡攻不克、损兵折将,气势已然大减,等到合适时机就是大举反攻的时候,至少可以再干掉一半人。接着天快亮了,就能清楚到底都是些什么"臭鱼烂虾"。

可是狂僧终究是慌了。

因为黑暗中低沉的一句话:"点子扎手,去抓谢夫人的兄弟呢?"

狂僧的心瞬间如山崩地裂,险些被侧面的链子枪扎了个透心凉。

谢夫人?!

慧儿!

这是真的吗?

事实上,狂僧千里迢迢赶到淮南,就是听说慧儿要在不远处的枫林渡过河。

他已经十五年没见过她了,且杳无音信。

当年,小寺庙旁的一户养蚕之家,一对夫妻的家境还算殷实。他们对礼佛颇为虔诚,逢年过节便带着名叫慧儿的女孩到庙里求签还愿。每次夫妻与住持在厢房品茗叙话之际,慧儿便到后院找她的玩伴,那个总是满头大汗、苦练武功的小光头。而当初的闻郡之所以那么刻苦,很大程度上也是为了在她面前表现。

待到狂僧可以轻松跳上屋顶的时候,传出了慧儿马上要出阁的消息。某天,他最后一次看到了她的秀靥,隐约透着七分憧憬与三分感伤。

那夜,狂僧眉宇间始终掩盖不住一抹失落,他第一次喝得酩酊大醉,第二天就下了山。他放弃目睹慧儿成亲的样子,只是默默把几件陈年的玩具和干瘪的丁香花蕊放进了包袱。

很多年后,狂僧仍旧孑然一身,他慢慢开始打听慧儿的消息,但除了知道她夫家姓谢之外所得甚少。直到最近,他多方打探,才得知她会在近几日到达枫林渡。

不过,看来埋伏的人也一清二楚。

他心中一急,刀法渐散,刚想抽身离开,忽然眼前一道黑影凭空而来。其实不是凭空,倒像是从地里长出来的。只见他长眉阔鼻,招式如鬼似魅,软鞭已缠住了鱼鳞紫金刀。狂僧刚发力甩开,链子枪破空而至,背后一人双刀齐出,他连忙左手并指如刀,自下而上震歪了枪头,双腿一招"南雁北飞"将使双刀的踢出一丈来远。可是,之前的黑影一拳快如闪电,狂僧勉强避了一下,躲过胸口正中肩窝,登时面如金纸,嘴角溢血,背靠着一棵柏树慢慢坐倒。

本来激烈的打斗,突然停了。

狂僧以刀拄地,朗声道:"森罗拳法,想不到巨鲸帮副帮主洪宗武,也是卑鄙无耻之徒。"

被点破身份的洪宗武穿着黑色大氅,难掩得意之色:"狂僧不愧是狂僧,若不是先乱你心神,我也没有把握能擒下。"

狂僧面色一变,道:"江湖客,武林死。你要杀要剐,姓闻的没有二话,休要牵扯旁人!"

洪宗武以手扶额道:"我倒是不想胡乱杀人,就是不知手下弟兄抓人时下手会不会没轻重。要是谢夫人有点姿色,那就更说不准了。"

狂僧发出了一声落入陷阱般野兽的怒吼,尽管明知对方是故意激怒,仍然忍不住提刀冲去。洪宗武不慌不忙,右手异动,三根透骨钉射出,专等狂僧应对躲闪时用软鞭一击致命。

正在这时,半空中三声脆响,三道暗器竟自己落了下来,同时滚入草棼的是一枚灰色的石子。

洪宗武脸色突变,狂僧也不解其意,猛然有人尖叫:"有鬼啊!"

众人各个回身扭头,但见一袭白衣在黑暗中急速飘来,煞是骇人,极像是脚不沾地的阴间恶鬼,转瞬间在惊呼声中撞入人群,又似出栏的水牛势大力沉,前后五人倒在地上挣扎不起。

洪宗武看得真切,那五人俱非庸手,绝不是被简单撞翻,而是在方寸之间、电光之际被点倒在地,回首间白衣人已横在狂僧身前,随手抛去一个小瓷瓶,道:"服一粒。"

洪宗武虽看不清来者面容,但心头一动,脱口而出:"白衣剑邵雨歌!"

白衣人淡淡道:"知道是我,还不走?"

洪宗武脸上阴晴不定,终于一摆袖子,道:"背上动不了的,走!"

片刻之间,二十多人消失得干干净净。除了地上依旧流淌的鲜血,仿佛今夜的一切都没有发生过。

狂僧结束盘膝运功,一跃而起,大笑道:"哈哈哈,都说洪宗武有才无略,果然如此。要真是邵白衣,怎么可能不出剑而是点穴?老聂,你这个名捕假扮他人来救人,我真是好大的面子。"

聂长恨苦笑道:"没办法,我是公门中人,若非如此,怎能偏帮于你。这年头,许多我真正想抓的人、想做的事都无能为力。比如上次你杀的那个知府的胞弟,欺男霸女、横行不法非止一日。若是你再晚一个月动手,也许我又要做一回蒙面杀手了。"

狂僧扔回瓷瓶,用麻布衣角擦了擦刀上的血迹,道:"你怎么来得这么晚,老子刚才差点了账。是不是整日花天酒地,快跑不动了?"

聂长恨顿了顿,道:"那是因为我绕道解决了去枫林渡的人,你还不谢我?"

狂僧忙正色道:"多谢多谢。她……他们没事吧?"

聂长恨好整以暇,道:"已经渡河了。"

狂僧听罢安静了下来,半晌抬头看了看天。

四周的风慢慢停了。

他似有所觉,松开了手中的刀。

聂长恨双眉一挑,默默无言。

微光下,狂僧第一次看着像一位僧人,全身笼罩着纤尘不动、万籁俱寂的静。

甚至连他的呼吸吐纳也几不可闻。

天之将明,其黑尤烈。

但对于一些人而言,白天、黑夜原无多少分别。

片刻后,狂僧莞尔一笑,眼神清澈如赤子,不去捡刀,而是向西南方大步前行。

聂长恨发现竟然看不出这个内伤未愈的人功力深浅,道:"你要去哪儿?"

狂僧并未停下,摆了摆手:"我回寺找师父,后会有期。"他明明走得不快,声音却似乎已离得很远。

聂长恨回头盯着小半截入土的鱼鳞紫金刀,手心渗出的汗比刚才与一众高手对峙时还要多。

其实,慧儿从始至终下落不明,根本没有被任何人找到,所有的消息都是洪宗武散布出来诱导狂僧来此的。

然而,这个谎也算歪打正着。

过了很多年,聂长恨都不确定闻郡到底有没有摩顶受戒,只知道从此江湖上再也不见"狂僧"的名号。

30. 长恨钩

小寒，傍晚，应天府高淳县，固城湖畔。

天寒地冻，呵气成霜，几个推着板车、穿着杂色棉衣的百姓路过这段官道时，瞥见湖边两道人影分分合合，一蓝一灰，快到看不清身形面貌，只有兵刃相接的金属声响回荡在空中，显得尖锐而突兀。对于升斗小民而言，目睹这等事情绝不是看热闹的所在，故而皆是缩袖低首，避之唯恐不及地匆匆而去。

第一百二十七招，许子陵勉强向后跃起，躲过划向咽喉的一道金色锐芒，心中苦楚又增。从七八年前当上华山派长老以来，还需要亲自出手的次数屈指可数，只怕一年也轮不上一次。至于来挑战决斗的感觉更是几乎淡忘了，即使偶尔出现，也是由其他弟子代劳。然而眼前这个人提出比武，偏偏难以拒绝。

因为他是聂长恨。

作为刑部名捕，号称"捕魁"的公门中人，即使是各大门派的掌门，也不得不高看一眼。可是，任凭见面伊始许子陵如何绞尽脑汁，也回忆不出什么时候得罪过这个陌生人，而怪异的事情还不止这一件。

一身灰衣的聂长恨，成名兵器是一柄金钩。但此次二人一交手，他却以钩作剑，使得全是剑法。开始许子陵还以为是想出其不意，结果发现对方招招如此，像是故意要以剑法打败他这位名家。

天山剑法"七夕银河"，点苍剑法"八方风雨"，青城剑法"一骑绝尘"……许子陵发现聂长恨非但对各门各派的剑招信手拈来，同时尤其对华山剑法了解颇多。幸好他成名多年，绝非浪得虚名，也不止精于本门剑法。二人出剑时有默契般没有带多少内力，都是想以纯粹的招式力克取胜。

百招过后,许子陵暗道一声"惭愧",他察觉出聂长恨若用钩法而非剑法,恐怕胜负早分。即使如此,再过几十招他多半也得甘拜下风。很多人说"拳怕少壮",其实拳掌尚可以多加弥补,剑法的快、稳与年纪更加息息相关。他已近四十五岁,聂长恨则正当盛年,再打下去只怕要见血。想到此处,他看准时机连退三步,刚准备横剑认输。想不到聂长恨像是料到一般,也同时收招,拱手道:"许长老不愧是武林名宿,剑法精深,咱们不分高下,不如去村头野店畅饮一番如何。"用词虽然客气,语气却带着几分不容置喙。

黄昏时分,等酒过三巡、菜过五味,螃蟹也啃了两只,许子陵还是有些摸不着头脑。聂长恨与他畅谈大江南北的经历,唯独不提这次为何执着于比武。他平日养气功夫不可谓不深,结果仍有些按捺不住,刚想出口相询。聂长恨放下酒杯道:"许长老,听闻你见闻广博,可曾来过这高淳县?"

许子陵一愣,默默思索起来,天气十分严寒,似乎连思绪也受了影响,变得愈加朦胧。"不瞒聂兄,南都倒是常去。高淳县嘛,大约十几年前,我好像来过这一带。"

聂长恨仿佛了然于胸,幽幽说道:"不错,十七年了。许长老还记得距此向东二十里的柳府吗?"

一听此言,许子陵犹如《三国演义》中的"青梅煮酒"般"哎呀"一声,竹筷掉在了桌上。刹那间,他的心里晃过两个原本早已淡忘的身影。其中女子身形颀长,喜穿淡紫色的裙衫,薄纱遮面也难掩国色,可惜眉尖总是蹙着,已经印出淡淡的痕迹。而男子……

他不可置信地侧身,道:"你就是那个少年?"

聂长恨嘴角溢出一丝苦笑:"许长老见笑了,这下你明白我为何一定要用剑法与你交手了吧。"

许子陵定了定心神,道:"当初我客居南都,因为与柳家是世交,所以被柳员外请来做客。后来才听他说,有个后生……"

"纠缠他未出阁的女儿,时常通信。"

"是。"

聂长恨摇了摇头,叹道:"彼时我自以为练剑初成,你以剑二十招内败我,我自是心悦诚服。谁料外出遍寻名师之际,柳员外已将女儿许人了。我大失所望之下,远赴西北,数年未归江南。想不到辗转加入公门之后才听说婕儿……柳姑娘的夫君早卒,柳员外也在不久后离世,柳家亦风卷云散。我大失所望之下,改名长恨,舍剑用钩。多年来,我借查案之名探访她的下落,始终不得要领。当年你大约是不愿表明帮派,又未曾用华山剑法,因此直到最近我才查出你的身份。十几年不见,忍不住技痒想一较高低,抱歉了。"

许子陵抿了一口酒,道:"原来如此,聂兄真可谓一往而深。说到柳姑娘,我倒是好像记得后来柳员外来信中说过些什么。"话音才落,左腕已闪电般被轻扣住,对方虽未发劲,但速度丝毫不亚于过招之时,他感到适才即使凝神聚力也未必能躲过,不禁略微色变。

聂长恨的神情第一次失去了从容,急道:"你记得什么?"

许子陵皱眉苦思,半晌道:"我想起来了,当时柳员外信中说,柳姑娘因心中郁结,决定搬到茅山中的青阳观居住,闭门诵读道教典籍。那里的观主是他的莫逆之交。"

聂长恨慢慢抽回了手,喃喃道:"不错不错,婕儿自小有向道之心,对老庄之学研习颇深。想不到……我竟忽略了道观,哈哈哈哈。"

许子陵看到这一幕也颇为自得,蓦然生出一股少年心性,玩笑道:"看来聂兄今夜便恨不得前往茅山,那我更要再请教一二。"没等聂长恨回过神来,右手握住一根筷子,一招"分花拂柳",刺向聂长恨的眉心死穴。聂长恨此时心绪繁杂,依旧反应奇快,随手抄起一截蟹腿,险险架住,不等许子陵变招,似缓实疾地一勾一带。许子陵登时感到对面的蟹腿上生出一股粘力,化解了后续剑招。他慢慢收回筷子,欣然道:"好功夫,今日我终于见识到聂兄的钩法了。"

聂长恨刚想答话,只见手中的蟹腿已被震断,半截落在了碗中,不禁莞尔一笑,道:"惭愧得紧,在下出招失了分寸,见笑于方家了。"

"不,"许子陵重新斟满两杯酒,揶揄道,"聂兄心中块垒之物方去,旖旎春色已生,以后江湖中要添一件憾事了。"

"什么事?"

"哈哈哈,聂兄遗恨既消,自然是这'长恨钩'的威力,怕要大打折扣了。"

31. 捕　心

正月十二日,傍晚,茅山南麓,霜林镇。

还有十几里路就要到青阳观了,聂长恨渐渐有了一种"近乡情怯"的感觉,这让他自己都觉得有些滑稽,造访一座普通的道观,心中竟比去诏狱里走动更为压抑紧张。

去年小寒,他从华山派长老口中得知少年时的恋人柳婕正在青阳观中,十数年未解的谜题陡然真相大白,反而令他略微有些茫然失措。正当他准备星夜兼程赶去时,又迅疾卷入南京兵部的一件大案中,连春节也在昼夜查访。等到一切尘埃落定,元宵节已经遥遥在望,好在茅山相距极近,他连忙快马加鞭而至。到了山下霜林镇的客店,才觉得腹中饥饿,打算吃些东西再上山。

客店门前湛青色的酒幌半新半旧,牌匾上是"云舒老店"四个大字,笔法遒劲、刚直有力,也许是年关才过,表面擦得颇为干净。两旁对联龙飞凤舞地写着:

佳肴品出三尊地,
洌酒香成一洞天。

聂长恨一眼扫过,不禁莞尔。茅山是道教名山,山中道观香火鼎盛,想来客店也沾了不少"仙气",眼前对联可见一斑。

前几日大雪才过,眼下虽是蓝天白云,地上却到处是积雪,檐下更是有不少细长的冰凌,缓缓滴着水。聂长恨把缰绳交给闻声而来招呼的杂役,信步走进店内。只见里面并无顾客,身披锦缎、大腹便便的掌柜兼账房坐在柜台里端着书眯眼观看;跑堂则在殿勤地擦着桌子。他虽穿着灰布棉服,但看起来颇为俊俏,油头粉面,神态更是机灵,已经笑脸相迎地走了过来。聂长恨在窗边的位置坐定,要了汤面、猪肉和米酒,身上的寒意已经消散了不少。

元宵节前,各家都在团聚,店中冷清也是人之常情。聂长恨刚吃了一会儿,门帘忽动,竟是一个火红色的身影从下方钻入。原来是一个四五岁的女娃,身着粉色斗篷,穿虎头帽、虎头鞋,再看头脸,如粉琢玉雕般惹人怜爱,两只眼睛四处打量,灵动非常。再看后面,一位身穿白色半臂、青色袄衫、浅蓝色纱衣的女子款款走进店里,仪态气质,望之非俗,三十许的年纪。掌柜一看立马满面笑容,快步走出拱手道:"玉璇散人有礼了,今个还没回山?怎么来我这荒店了。"

玉璇还了一礼,脸上尽是疲惫之色道:"郝掌柜久违了,本来准备回观,小孩非要喝甜的东西,所以来叨扰一二。"

郝掌柜哈哈大笑,道:"原来如此,散人太客气了。正好,我地窖里有冰镇的杨梅。小元,快去弄一杯热渴饮来!"刚才那个机灵的伙计立刻答应一声,奔向后厨。

明代饮品较之宋、元更为丰富,出现了果蔬型的饮料,称为"渴水",在《本草纲目》《农政全书》中均有记载,且种类繁多。例如林檎(沙果)渴水、木瓜渴水、五味子渴水、杨梅渴水等。掌柜的又陪女子聊了几句,看到她像是十分困倦,因此也不多打扰,回到柜台。玉璇的头歪枕在右臂之上,对着小孩一侧趴着,眼神满是柔情。小孩则东张西望,不时说着"娘亲,渴水来得好慢啊",一会儿又在店里快速绕了一圈,显得活力四射。

聂长恨坐的位置稍远,见女子虽未着道装,但想来八成是青阳观中人,犹豫着想要上前打听,又觉得有些不便。恰在此时,刚才那个跑堂拿着一个颇大的碧绿色竹杯走了过来,隔着桌子递给玉璇散人。却不知是女子过于劳累,抑或杯子有些滑腻,总之二人指间一个参差,竹杯落到桌上,杨梅渴饮霎时四溅流出,玉璇一声轻呼,慌忙护住小孩。那边郝掌柜已然骂道:"好个狗材!"玉璇连忙再三说是自己大意。跑堂弯腰捡起滚在一旁的杯子，然后回到柜台摸出一块旧抹布，仔细将桌子擦净，一面道："仙长且坐一会儿，我到后面再备一杯，马上送来。"随即转身向后厨走去。玉璇连声道谢，一边轻轻抚摸着小孩的头发。

此刻，聂长恨忽然一皱眉，然后慢慢趴在桌子上，眼睛也闭了起来。同时郝掌柜身体也软软地倒在柜台中，只有那对母女形若无事。女孩仰头问道："娘亲，他们是瞌睡了吗？"玉璇含笑点了点头，低声嘱咐了一句，转身张望了一下，果然看见跑堂四仰八叉地躺在后面的地上。她微微一笑，疲倦之色尽去，慢慢踱到前厅，刚准备出门。忽听得脚步声纷乱而来，须臾之间，七八位男女道士鱼贯而入，身上道袍或为青紫，或是鹅黄，大多携剑而来，面色焦灼。为首一位约四十岁的道士看到母女安然无恙后，眉头这才舒展，道："师妹，你太冒险了。不是让你等一二日师父出关后再来对付崔啸然，你怎么又急着故技重施？"

玉璇行礼道："大师兄抱歉，小妹唐突了。只不过崔啸然奸淫掳掠无恶不作，武功确实不俗。观中除了师父外即使我们一拥而上，也没有必胜把握，何况客店中还有百姓。再说我也怕夜长梦多，他要是闻风逃了再去伤人，那就是咱们的过失了。"

旁边一位女道四下看了看，道："事不宜迟，咱们快把他捆起来，押回去明天交给官府。"

玉璇点头道："三师姐言之有理，另外赶紧给那二位服下解药，'忆相逢'药性霸道，迟了怕有什么伤损。"

聂长恨听到这里，坐直身体，目光炯炯道："各位道长请了，解药我就不用了。"

这一下把诸人吓得不轻，三四个直接拔剑在手，幸好聂长恨带着刑部腰牌，费了不少口舌才解释清楚。接着他走到崔啸然旁边，运指如飞，连点前心的四处要穴。后者闷哼一声，竟然也睁开了双眼，满是愤恨不甘之色。

"你还是有些大意了。"聂长恨的眼睛紧盯着玉璇："'忆相逢'

虽是奇药,但崔啸然在黑道成名多年,绝非等闲之辈。他全身酸软不假,但前后只昏了片刻,现已开始运气逼毒,区区绳索不在话下。若不封住要穴,莫说是几个时辰,只怕还没回到青阳观他就会暴起伤人了。"

他说得不轻不重,玉璇却像是被人点了哑穴,变得张口结舌,死盯着男子的面庞,脸上乍红乍白,如窗外忽明忽暗的月光。

聂长恨率先开口。

"婕儿。"

"鸿宇。"

青阳观的众人与玉璇相处多年,此刻脑子转得快的已经想明白了一些,开始小声议论。

一炷香的时间之后。

一行人走在返回道观的山路上,崔啸然被绑在马背上,小孩则是由另一位女道抱着,始终嘟囔着嘴,大约因为最终还是没有喝到渴饮,然而已经睡熟了。

聂长恨和玉璇渐渐地走在最后。

夜色漠漠,他们谁都没有说话。

半晌,聂长恨才道:"你趁崔啸然低头捡杯子的时候,将袖中的药粉下到弄洒的渴饮中,手段真是高明,连我几乎都被瞒过了。"

玉璇的神色透着几分羞涩与得意,道:"'忆相逢'无色无味,遇水即化,除非预服解药,不然常人闻到一缕就会昏睡。崔啸然的手上抹桌子时肌肤沾到许多,想不到居然能清醒过来。"

"估计他在倒下前服下了提神解麻的药,这些人为防暗算,都是随身携带的。"

"幸好有聂大捕头在。"

听着这声普通的揶揄,聂长恨感到心弦一震,接着又是一句。

"所以,这么多年,你究竟在'长恨'些什么呢?"

他情不自禁地转过头,玉璇依旧目视前方,只不过两腮上渐渐多了几丝嫣红。

分别了十七年,照理说他应该问问她的近况,以及小孩的事情。可在这条依稀可见两旁堆积的残雪,映着温柔月光的狭窄山道上,聂长恨忽然觉得其他一切都不重要了。他可以什么都不多问,她更不用特意解释。只要能这样继续默默地并肩走下去,就是上天垂怜的最大幸福。

　　恍惚间,聂长恨萌生了退隐的念头。

32. 中间人

万历七年冬,河北,保定府。

保定建城历史悠久,向来是拱卫京师南面的重镇,素有"北控三关,南达九省,畿辅重地,都南屏翰"之称。年关将至,这里的繁华虽比之江南稍逊一筹,也是摩肩接踵、商贾云聚。

一进保定城,提起做古玩珠宝的马家,真可谓无人不知、无人不晓。他们这一家从隆庆初年开始,借着"开关"的机会,远涉外洋,获利无数。到了万历朝也是商运亨通,时至今日已是良田千顷,仆役成群。

可是,此刻马家的大少爷马赞,却独自一人步行走过长街。

马赞二十出头,生得面容俊俏,加上年少多金,在保定府平日向来是呼朋引伴、奴仆相随,然而今天却孤身行走。只见他身穿一件褐色程子衣,外罩斗篷,平日里那些金丝银绣的华服尽皆不见,分明是成心不想引人注意。

他走过积雪的街道,前方的目的地已经在望。其实要去这个地方,即使是个瞎子也能独自前往,因为它是整条街上最嘈杂的地方。

"浮生赌坊"。

马赞紧皱的眉头略微舒展,走近一看,赌坊的大门坐北朝南,颇为气派,一副对联写得洒脱不羁,倒是很是恰当:

> 浮生皆若梦,
> 为欢能几何。

虽然化用自李白的句子，但也确实为赌坊增添了几分难得的风雅之气，可他自小并不好赌，也很讨厌这种地方的浊气。幸好要找的人，大约已经在望。

一个右边额角有块伤痕的中年汉子，头戴小帽，身着一件青色曳撒，正倚着赌坊外墙打量着行人。远远注意到马赟的目光，迅速点了一下头，转身向围墙另一侧走去。马赟暗暗握紧拳头，紧赶几步跟了上去。

两人一前一后地走了几十步，转进一条小巷，马赟才发现赌坊还有一扇侧门，位置较为隐秘，显得无比幽静，一棵大榆树让门口掩映在浓荫绿影之中。门是虚掩的，上面的红漆已经大半剥落，汉子推门而入，摆了一下头，示意马赟一同进来。

门里悄无声息，马赟有些彷徨。旁人或许不察，但他知道此时自己的前胸、背脊已经出了一层细汗。他知道现在如果转身离去，多半还不会有人阻拦，可是若迈进这道门，今后的人生恐怕就会发生翻天覆地的变化。

一道普普通通的门，却像修罗地狱的入口般令他胆寒。

可是事到如今，难道不是他自己的选择吗？

赌坊里的喝骂吵嚷声虽然几不可闻，但还是有只言片语细微地钻进耳朵。马赟定了定神，还是迈步跟了进去，一如重入轮回的生灵魂魄。

门里是个静谧的小院，墙上挂满黄色的枯藤。马赟看到汉子脚步不停，速度不快不慢，径直进了西边的屋子。虽然他不懂武功，但是这几年走南闯北的经商也练就了些眼力，这汉子脚步沉稳，偏又不显得笨拙，看来必是高手。

等他走进主屋之后，汉子就候在门边，立即反手关上了门。马赟眼睛四下一扫，这里似乎是间库房，并没有多余的陈设，墙角背阴处堆了些圆形木桶。最令他惊奇的是，有一面墙壁已经悄无声息地裂开了一个一人多高的口子，里面有灯火透出。

马赟心中明白，汉子抢在他进屋前开启暗门，就是不想让他看到机关的位置,看来对方行事确实谨慎周密。

汉子拱手道:"马公子,请随我来,先生在等您。"马赞微一点头,二人便走进暗门之内。

暗道并不阴暗闭塞。左右两边用砖石砌成,每隔五六步墙上都有青铜灯盏,火光照得四周颇为亮堂。暗道约五尺,走起来还算宽敞。此外,马赞还感到隐约有微风拂过皮肤,只怕不知何处有不少通风口。

他们走的时间并不长,不到半炷香的功夫已经到了暗道尽头。汉子在一扇木门前停下,轻轻敲击了三下,两轻一重,片刻后门缓缓打开了一半。汉子脚步一滑,闪过一旁:"马公子,请吧。"

马赞怔了一下,明白自己要一个人往前。他的手仍旧在袖中,慢慢走出了这扇门。汉子并未跟随,而是如惯例一般等他出去后将门关上。

马赞再不回头,走出了门。

门外是一个屋子,有不太明亮的灯光射出。

马赞走进了房间。

房间不大,所有的情形都能尽收眼底。

马赞暗暗吃惊。

他来自商贾之家,从小吃穿用度都价值不菲,房间陈设也是镶金嵌玉,极少看到如此简单的屋子。

屋子里只有一条长桌和两把旧圈椅,除此之外就是放在桌上的一盏孤灯。

椅子上坐着一个人。

马赞一边上前一边仔细观瞧,这人大约三十多岁,好像有点眼熟,头戴儒冠,短须阔鼻,相貌看似平庸,但却有一股说不出的阴冷气质。

那人看到马赞走来,未曾起身,只是拱了拱手道:"马公子,请坐。"

马赞又一次环视左右,这才坐下。

那人道:"马公子,你我商议的是非常之事,我也就不拘俗礼了。公子若有问题,可以发问了。"

从几天前开始,马赟一直在府中寝食难安,等的就是现在,忙道:"你是谁?"

那人道:"在下王延汜,是城中'黄庭茶社'的掌柜。说起来与马公子还有几面之缘。"

马赟身躯陡然一震,这才想起为何会觉得熟悉。他向来自视甚高,从不会对一个普通掌柜高看一眼,此刻大感意外。

王延汜接着道:"想必那封信,马公子已经焚毁了?"

马赟面色一寒,点了点头。

王延汜道:"好,这样大家方便。其实马公子或许不知,此地就建在茶社下面。"

马赟道:"那你和赌坊……"

王延汜笑道:"自然是两方合作。"

"合作?"

"马公子,不管哪朝哪代,这赌、色二字都让人趋之若鹜。可是大部分男人要出来逍遥一番,多少有些不便。特别是一旦成家之后,就更麻烦了。"

马赟眉头一皱,恍然道:"原来如此。所以你可以让那些男人以喝茶聚会为由,实际上通过密道去赌坊秦楼。若真有人来找,想必也能及时返回。"

王延汜拊掌道:"公子是聪明之人,一猜便中。其实还是赌坊利大,我不过抽些油水而已。不过,在下还有一门生意,可就更不足为外人道了。"

马赟身躯抖动,咳嗽一声,道:"你是怎么注意到我的?"

王延汜道:"实不相瞒。在下关心公子也有段时日了。公子欲行大事,却不够精细。你偷偷派人出城买药,且不说如果买通仆人下药,此事知情者便太多了。就算侥幸成功,万一令尊心存疑虑报官,一旦仵作验尸查明死因,首先怀疑的必定是你。到时候,不论你如何遮掩,必然留有破绽。"

马赟压低声音道:"你说的这些,我何尝不知。"

王延汜似乎胸有成竹:"在下明白公子的无奈。像我们这种生意,正是为公子分忧的。公子不认识什么江湖中人,求路无门,而一般人又不可能应承此事。所以在江湖杀手与公子之间,就需要我这样的中间人!"

马赟的右手抽出了袖子,道:"说下去。"

王延汜道:"只要公子点一下头,剩下的事情我自会安排高手处理。五日之内,必有结果,并与公子毫无关系。"

马赟目视王延汜,忽然明白了他蕴含的气质究竟是什么。

那是一种表面客气,实则不带一丝情感的交易。他既为商贾之人,平日里也见得不少。可是像王延汜这样把他人性命当作生意攀谈的中间人,确实是生平仅见,不禁足底发寒。

王延汜徐徐道:"公子大可不必紧张,也不用再犹豫了。难道这三年来,你还没有想清楚吗?"

马赟闻言暗自提了一口气,道:"你早就注意我了。"

王延汜微笑道:"公子应当明白,在下这种生意与买卖古玩珍宝相仿,讲究的是'三年不开张,开张吃三年',自然不能找些升斗小民。细说起来,保定府里能光顾的人也不多,自然要早做打算。话说回来,我们的规矩是生意只谈一次,公子若再犹豫不决,当心将来追悔莫及!"

马赟神态如同一个被逼饮鸩止渴的人,道:"就算我不这么做,也能分得不少家产。既然如此,又何必铤而走险?"

王延汜点头道:"不错,公子是能分得一些。但是我知道贵府的产业已不止在河北、河南两地,光是直隶、山东的铺子就有不下四五十间。究竟能分得几成,公子可有把握?"

霎时,马赟的右手紧紧扣住椅子边沿。

王延汜叹道:"自古以来,不论帝王将相还是士农工商,父亲怜惜幼子都是人之常情。就连汉高祖、汉武帝那样的英雄都想改立太子,何况是马员外?最近几年,他对你们二人的态度不是已经很明显了吗?令弟虽然年纪不大,但娘舅家那边的人可不少。"

马贽右手陡然一松,脸上半红半白道:"可他毕竟是我的弟弟,我下药只不过想让他患病卧床几年,并不是想结果他的性命。"

王延汜就像一个高明的赌客,已经看准了桌上的赢面,脸上寒光一闪即收,缓缓道:"公子与他又不是一母所生。再说,莫非公子自幼饱读诗书,还不知道唐太宗吗?"

马贽倏地皱起了眉,似乎等了片刻,才轻声问道:"如果我答应,你们会怎么做?"若不是知晓内情者,现在看他,就会发现与待字闺中的少女谈婚论嫁时,含羞带腆的样子颇为相似。

王延汜早已了然于胸,道:"江湖上总是传闻有'无色无味'的奇毒,大多言过其实。其中绝大部分如果遇到高手验看,多半可以查出些端倪。即使最终并未查出,马老板心中也容易起疑。既然如此,不如假装成绿林草寇深夜入户偷盗,伤了人命为好。"

马贽想了想,沉声道:"你们要多少钱?"

王延汜细看了他一眼,缓缓道:"五百两黄金。"

马贽呼吸一滞,道:"这个价钱可不低。"

王延汜随即道:"确实不低,很多人的一世之资也未必有这么多。可是想要请动高手自然要付出代价。这些钱如能换来贵府的全部产业,岂非沧海一粟?"

马贽沉默片刻,脖子上的冷汗已涔涔而下。

王延汜感到十拿九稳,他干这一行已有多年,见过各色人等,足以判断一个人眼中的杀意是否浓厚。像马贽这样的人是比较好对付的,他们出生在商贾之家,从小就习惯于利益权衡。只要种下一粒种子,终有破土发芽的时候。

眼下要做的是决断。

王延汜咳嗽一声,开口道:"时辰不早了,公子一言而决吧。"

马贽脸上阴晴不定,像是即将说出什么重要的话来。

王延汜看他如此形状,心中暗暗发笑。现在,他所想的问题已经不是马赞会不会答应,而是该找谁合适。他心中一边盘算着价钱,一边想道:是找"岭南双煞""丧门妖剑",还是"青鱼客"?第一个离得太远,第二个丧门剑要价偏高,"青鱼客"倒是比较合适,可他太好渔色,要是在保定城漏了行藏,恐怕将来会节外生枝。

马赞遽然抬头道:"我……"

恰在此时,门外又传来急促的敲击之声。

王延汜刚谈到紧要关头,不禁心中颇为恼怒,但更多是惊讶。他深知外面的老秦跟随自己多年,绝非糊涂之人,既然此时要进来,必定有大事发生。

想到这里,他右手不知在桌下按了什么地方,门传来轻微的机栝声响,逐渐向内打开。

名唤"老秦"的汉子衣袂翻动,面色惊慌,一点也没有刚才的从容之色,闯进门来立刻回身堵门,大声道:"老大,公门狗!风紧!"

这几句话不仅王延汜听得心中惊诧,马赞更是面如土色。

他怎么也没想到公门中人会这么巧,偏偏今日找到这里。事到如今,他哪里还有雇凶杀人的勇气,能平安脱身就烧高香了。

王延汜惊愕更甚。

他早年是黑道豪雄,但十年来已甚少亲自出手,更不必说杀人。多年来,他隐身保定城中小心谨慎,今天怎么竟会被堵在老巢里。

可惜一切已由不得他们细想。

恰如老秦在这一刻,想必也思量了许多。可无论他有多少陈年旧事、新愁往恨涌上心头,此刻都成了绝响。

因为一柄金钩。

他空有一双铁掌,一招还未出,刚按住门,只觉眼前金光一闪,遍体生寒。

他眼见金钩穿过不薄的杉木门,如切豆腐。

钩柄在门外,那钩尖在何处?

老秦全身颤抖,发出了一声类似狼嚎的声音。

在鲜血滴在地上之后,他才感觉到胸前剧痛。

他至死都难以相信,对方隔着门刺出的一钩,不论方向、位置,抑或角度都拿捏得恰到好处,直穿过心脏。

在他轰然倒下的时候,木门也被一股大力震开。这一下势大力沉,但又举重若轻,不明就里的人看了,多半会以为是普通人推开了一扇柴扉。

王延汜虽然才瞄了一眼金钩,但已知道了敌人是谁。

这让他感觉一只脚已经踏入了枉死城。如果正面交手,估摸自己走不过二十招。

可是他不会认命。

像他这样的人,常常玩弄别人的性命于股掌间,轮到自己时却最是惜命,这也正是他很多年手不沾血的原因。

电光石火之间,他已来不及躲到另一条密道,自忖只剩下一个保命的方法。于是他右脚在桌腿上借势一点,冲着旁边面色苍白的马赟闪电般扑去,左手要扣住他咽喉,右手欲先点穴道。

马赟惊叫一声,今天之事变故之大,他若是能活下来,此生永难忘记。他刚才着急逃走,可又不知机关,实在无路可避。只得在心里安慰自己还未曾答应王延汜,就是被拎到衙门,想来也不是什么重罪,顶多论个"误交匪类"。凭马家在保定的势力,倒也不足为虑。

一念及此,他就想躲到墙边听凭处置。不料还没起身,王延汜面露凶光,已像野兽般扑了上来。马赟吓得三魂出窍,两腿抖似筛糠,差点背过气去。

王延汜没有丝毫手软。

一个人在求生时,总会爆发出惊人的能力。

但这一次,他所做的一切都是徒劳。他突然感到后颈一阵疾风,随后便觉伸出的两条胳膊一轻。

这是种很可怕的体验。

王延汜与马赟本已贴身相接,然后他就看到自己的两只手如同没有足够力量射中靶子的箭矢一样,不甘愿地掉落在地上。

当他发出一声大喊摔倒之前,聂长恨左手已运指如风,不但点穴止血,还封住了他双腿的穴道。

王延汜面如金纸般摔倒在一旁,马赟的脸色比他也强不到哪里去。

尘埃落定。

聂长恨重新系好没沾到多少血的金钩,脸上的表情和缓了些。刚才的遽然一钩,看似简单,其实是他钩法中凌厉的杀招之一,名曰"藕断丝连"。多年来黑道中人,丧在这一招之下的已不知凡几。

他看了看马赟的脸色,慢慢道:"受不了就脸对着墙。"

马赟如蒙大赦,赶快转身两只手撑着墙壁干呕起来。此时地上鲜血、皮肉、碎骨四散,令他感觉胃里一阵翻滚。刹那间,他简直想以后都吃素,再也不碰肉食了。

王延汜双目圆睁,死盯着聂长恨,像是一个赔光的赌徒。

聂长恨直视着他,眼神中既没有愤怒也没有怜悯,仿佛例行公事般说道:"我知道你在这一行里不是泛泛之辈,保定府衙里也有眼线。有道是'强龙不压地头蛇',所以这次我并没有知会当地官府,你也就不会有过多防备了。"

王延汜有气无力道:"你是怎么发现的?"

聂长恨不多做解释:"世上哪有天衣无缝的事,何况你还常年跟一群赌徒来往。"说罢再向马赟:"马公子,借一步说话。"

马赟注意到四周墙壁上有不少喷溅的鲜血,宛如一幅地狱的恐怖图景,早就不想待了,慌忙点头。

二人一前一后走回密道之中,十数步后聂长恨停了下来,转身看着马赟。

马赟咳嗽几声,勉强镇定心神。他虽非江湖中人,但刑部"捕魁"之名也是如雷贯耳。眼下他受到牵连已然不免,纵使马家花钱为他脱罪,在父亲心里的分量也再难挽回。

聂长恨的脸色在阴影中看不真切:"马公子,你可知我为何要选在刚才出手？"

马赞茫然摇头。尽管天资不错，但今天之事兔起鹘落般接踵而来，他早就心神慌乱、头晕目眩了。

"因为我不想等你说完那句话。"

马赞惊得倒退三步，脸上全无血色。

聂长恨道："我入公门数十年，碰到的案子中，大部分凶手原本都不是坏人，所以也未尝不会可惜。善恶，本就在人的一念之间。"

马赞张大了嘴，心里顿时又有了希望，慌忙道："在下明白，多谢聂大人。"

聂长恨右手在黑暗中如闪电般搭在马赞的左肩上，看似并没有用力，却让他双膝一软，几乎跪倒。

"我不是大人，只是个捕快。马公子，'知善知恶是良知，为善去恶是格物'，我奉劝你这辈子都记住今天的事情！"

马赞倒吸了一口气，连连点头。

聂长恨语带冰冷："这次王延汜的供词中不会涉及你，尽可放心，但如果我以后听到什么消息……"

马赞慌忙摇手道："不敢，不敢。"

聂长恨收回了手，压力也随之散去："你明白就好。我安排善后的帮手估摸着快到了，你从密道退出去，直接回家便是。"

马赞用袖子擦了擦额上的冷汗，张了几次嘴，最终畏惧占了上风，仍是什么也没讲出来，快步向出口跑去。

聂长恨看着他的身影消失，从怀中取出一方丝帕，质地细腻平滑、隐隐泛光，一角有着无锡城鼎鼎大名的"砌梅轩"的寒梅图样。他仔细擦着金钩上残留的血迹，没有漏过任何一处，然后将它折叠后拢回袖中。

此刻他只想早点回到外面的雪地中，再看一会儿白茫茫的大地。

33. 巫峡·玥

隆庆四年，九月十六，巫山县。

孙宸正在山道上飞奔。

他皮肤白皙，面容姣好，甚至有些宛如女子，因此得了个"小何晏"的外号。然而在刀光剑影的黑道中，这实在不是一件好事，弄得常常被不了解内情者误以为是采花贼。其实他明明是夜盗千户、纵横江淮、独来独往的侠盗。

此刻他一身乌色短装，足蹬厚底长靴，眉间微蹙，双眼紧盯着千尺山道之下，一艘大船迎风招展的锦帆。

那是洛阳符家的船。

大明开国以来，洛阳符家便以寻觅珍宝的本事，让江湖黑白两道闻之侧目。与珠玉字画相比，他们更偏爱收藏古代兵器、暗器和历史掌故深厚之物，其中亦不乏价值连城的重宝。然而凭借与开封的周王交好以及白道各大门派的支持，近几十年已很少有黑道豪雄敢打符家的主意。

可是这次从一开始，孙宸感觉完全不同以往。

近年来，符家在各地有好几处别院。然而坊间传闻，唯有重庆府的一处防范最严、藏货最多，已不亚于洛阳本家。而这次家族当家人，符坚的坐船从松江府出发，更是不换陆路，溯江而上，直奔三峡而来，显然所获之物不同凡响。

转眼之间，孙宸在江边已经跟了五六天。近一二日，由于江边的巫峡十二峰连绵起伏，道路越来越险峻，他不得已弃马徒步。若不是轻功过人，加上符家的船只并未全速前进，当真有些吃不消。

眼下这条船的吃水较浅，明显不载有大笔金银，但能让符坚不辞劳苦、千里护卫的东西，想必绝非凡品。数天之内，各种江湖上的隐秘消息，如水中的涟漪快速扩散。一开始都有些不尽不实，直到多方共同传出了一个字：

"玥"！

刚听到这个的时候，孙宸险些咬到自己的舌头。

根据宋代《广韵》《集韵》的记载，"玥"乃一种上古神珠，民间传闻是上天赐予少昊氏的神物。可惜神话年深日久，故而大多语焉不详。而这次据说符家在东海之畔获得的正是此物。

对于这个说法，孙宸始终将信将疑。然而，江湖上的各路黑道势力都是抱着"宁可信其有"的态度，只要能赶上的，已经如附骨之疽般尾随而至。

接下来发生的事情，比"玥"存在与否本身，更令孙宸惊奇。

因三峡暗流汹涌、波涛险阻，符家的船一路上昼行夜泊、逆流而上。这些天来，他耳闻目睹不下十拨人马，有些形单影只，有些三五成群，或白日拦抢，或黉夜登舟。然而一入船舱，纷纷如泥牛入海。多日以来，除了几个船工忙碌穿梭，他只看见符坚常常站在船头眺望，此外再无异状。这些黑道豪雄都不是等闲之辈，光是他认出的就有柴大先生、雪枫道人、泗洪三绝、"夜隼"季果然、昆仑弃徒廖哀怜等三四十个一流高手。

上述这些，如果以符家之力还能勉强解决。那么，当"毛毛雨"也折戟沉沙的时候，孙宸就彻底不可置信了。

"毛毛雨"本名唐晚非，在蜀中唐门辈分极高、个性古怪。他的绰号听起来很可笑，不过凡是敢当面嘲笑的人，十个中只怕有九个半已经入了土。

唐门中人暗器大多淬毒，唐晚非却不从来不屑，因为实在已不必。所谓"毛毛雨"，是指他暗器手法。人若被打中，初时感觉极轻，如细雨拂面，但若不能立即运功逼出，暗器隐含的内劲将在体内横冲直撞，最终破体而出，使人死状可怖。黑白两道，无不谈之色变。

可是,孙宸亲眼所见唐晚非三更时分潜入舱内,紧急着传来交手之声,夹杂数道锐响,四周顿时风声大作,连船身都在左摇右晃。不一会儿,唐晚非在爆响声中意图撞窗而出,可掠出不到半个身子,似乎就被点中穴道,只留下一句怒喝"是你!",直震得两岸四壁回响、草木纷飞,之后船上当夜再无动静。

奇哉怪也。

同样有些奇怪的是在昨夜子时,符坚仿佛很有兴致,还和庄客在船头饮酒作乐、欢饮达旦,随后下人将残酒冷炙倒入船尾江中,让几天没吃酒肉的孙宸好不气恼。

迎着朝阳,再往前数十里,重庆府的码头已然在望。孙宸脸色有些苍白,此时此刻不光是"玥",他对整件事都有些摸不着头脑。

已时三刻,船尚未靠岸,码头已是戒备森严。孙宸早先一步混在百姓中仔细观瞧,只见上百名捕快衙役迅速将一群绳索绑缚、穴道受制的男人从舱内抬上马车。不远处,符坚正在和三名身穿飞鱼服者在路边凉亭叙话,为首一人身材高大,正是刑部名捕,人称"捕魁"的聂长恨。

孙宸连忙舍下看捕快抬人的百姓,装作寻人的样子,悄悄从背后走到近前。他耳力过人,渐渐听清了几句对话。

聂长恨道:"这次多亏了符庄主合作散布消息,才抓了这么多要犯。"

符坚拱手道:"哪里。聂兄武功如神、运筹帷幄才成此大功,回京城想必声名更显。"

聂长恨摆手道:"聂某不过以逸待劳,占了些便宜。对了,符庄主这次东海之行,当真空手而归吗?"

符坚笑道:"聂兄上船多日,虽未明说,想必连船工伙夫的房间都查过了,哪有什么异宝? 符某半生探宝,恐怕晚节不保才是真的。"

聂长恨继续道:"符兄,你昨夜忽然约我赏月饮酒,何以如此兴致高昂?"

符坚道:"聂兄有所不知,我是看行程将尽,终于不用再提心吊胆,这才有了些兴致。且昨夜上有皓月当空、中有层林秋色、下有江流激荡,昔日曹孟德赤壁横槊赋诗,入眼景致亦不过如此。更添聂兄有缘至此,岂能不相约浮一大白?"

聂长恨笑道:"古人刻舟求剑虽贻笑千古,想不到若'刻舟求珠',倒是能不虚此行啊。"

符坚的背影似乎一震,道:"聂兄什么意思?"

聂长恨随手一指船尾方向,随即拱手微笑道:"聂某公务繁忙,符兄后会有期。"二人行礼作别。

孙宸听了半晌,若有所思好一会儿,忽然猛一抬头,纵身拔地而起,竟不顾展露武功,三两个起落跃到岸边。只见符家船只尚在,可船尾却换了一只锃光瓦亮的新锚!

他忍不住跌足长叹,恍然大悟。

昨夜,九月十五!

原来符家得"玥"确有其事,而符坚想连聂长恨也一并瞒过,遂将神珠暗藏于铁锚之中。此乃"欲隐故显"之计,堪称天衣无缝,果然骗过了一干黑道中人。然而昨夜十五,满月光华大盛,"玥"属上古神物,灵性虽目不可见,却能吸引江中鱼虾鳖蟹于船后结群而至,经久不散。符坚为防聂长恨察觉,故而约他船头饮酒,再把残酒冷炙从船尾倒下,用来掩饰水族的异状。想不到聂长恨心细如发,居然还是猜到了十之八九。

"有这两个人在,幸好自己没有出手。"

孙宸一阵后怕,待他回过神来,两拨车马早已去得远了。

34. 传国玉玺

嘉靖四十年,冬至,河北临漳县。

几场雪之后,北方的天气愈加寒冷。已经没有行人车马的积雪官道上,两骑缓辔而来,上面端坐的人锦帽貂裘、身披大氅,胯下高头大马,腰畔镶金佩剑,一望而见富贵之气。

官道旁边几十步外,有三座看似年深日久的土堆,大约四五丈高,彼此相隔数十步,如同三位遗世独立的巨人,昂然屹立于荒原之上。这些被大雪覆盖后的纯白之物,像是屈原笔下的《天问》般,孤傲地瞪着万里苍穹。

符融一边呵气成霜,一边抱怨道:"大哥,俗话说'冬至大于年',咱们不早点动身回家,这么冷出来瞎逛什么?"

身旁明显比他年长的符坚语气有些凝重:"既然是大冬天的出来,当然是有大买卖。"

二十岁出头、眉目清秀的符融在马上摇摇晃晃,似乎对"大买卖"一词无甚兴趣:"我的好大哥,你不会过节还要忙着探宝吧?"

当今江湖,说起"洛阳符家",可谓无人不知、无人不晓,就连白道八大门派也要多看几眼。原因无他,宝物动人心魄也。

自元朝末年,符家便在探宝、鉴宝上出类拔萃。到了仁宣之后,更是蔚为大观。据说符家一位先祖是南宋宫廷匠人,专为皇帝鉴宝。宋室覆灭后,散于民间,故有如此眼力,逐渐被公认为"武林第一藏家"。他们对书画之类的东西不感兴趣,达官贵人最喜欢的珠玉也只泛泛,而是偏爱收藏古代兵器和历史掌故深厚之物。饶是如此,"怀璧其罪"当然会不断惹来麻烦。所以符家不但家传武学精深,与各大门派关系融洽,更重要的是还主动与开封的周王交好。本朝藩王在地方虽不能插手军国大事,但论威望人脉,仍非江湖帮派可比,因此百年来敢打符家念头的已然绝迹。

符坚不语,忽道:"下马提剑,跟我来!"符融看他语气郑重,虽满腹狐疑,依旧默默照做。

两人把马匹系到一根路边的枯木上,符坚大步向前,直来到其中一座土堆之前,回头道:"小融,你可知这三座土堆是什么?"

符融仔细看了看,摇了摇头:"这似乎不像是陵墓的封土,莫非其中有宝?"

符坚长叹道:"你最近武功精进,看家本领反倒生疏了。咱们身处临漳县以西,你再好好想想!"

临漳县——邺城!

刹那间,一千多年前的历史长河在符融心中激荡回旋。遮天蔽日的兵甲、扶老携幼的难民、豪奢至极的殿宇、裙带翩跹的胡姬,长矛下的痛苦哀嚎与高台上的山呼万岁交织其间,最后定格在一幅天昏地惨的图景。数不尽的骑兵操着听不懂的语言鱼贯入城,而太极殿前的数百名男女老少早已全部伏跪于地,瑟瑟发抖。

"莫非这三座土堆……"

"你终于想到了。它们就是汉末曹操修建的铜雀、金虎、冰井三台,从建安风流到血流漂杵,漫漫数百年岁月,当日的无比辉煌至今荡然无存。你我是鉴宝世家,然而世间有形之物,最后谁又能逃脱此命呢?"

符融细细检视,果然在中央最大的土堆边发现了台基一角,慨叹道:"古籍上记载,铜雀台在后赵石虎时达到最盛。他在原有十丈的基础上又增高二丈,并于其上建五层楼,共去地二十七丈。四周窗户皆用铜饰,日光流转,灿若云霞。又作铜雀于楼顶,高一丈五尺,舒翼若飞,真是神仙所在。可惜旋即身死国灭,至今只剩下黄土了。"

符坚拄剑道:"我带你来这,并不是为了单纯缅怀古迹,而是探取重宝。"

符融奇道："大哥说笑了,这铜雀三台如此出名,地下恐怕早被无数人翻过,纵然有宝,哪会等到今日?"

符坚摇头道："那是他们不得其法。非但有宝,而且是世间第一宝!"

符融提剑的手不觉一紧："大哥你千万别说,周天子的九鼎就在这里。"

符坚笑道："虽不中,亦不远矣。它就是传国玉玺!"

符融吓得一个激灵："玉……玉玺!"

符坚道："刚才你说到后赵石虎大修铜雀台,彼时玉玺就在邺城。你还记得它是如何离开的吗?"

符融定了定神："此事史有明载,冉魏求乞东晋救援,传国玉玺为东晋濮阳太守戴施骗走,并以三百精骑星夜送至建康。由此,玉玺重归司马氏囊中。"

符坚道："不错。我符家百余年来一直追查玉玺的蛛丝马迹,我也为此物耗费了二十多年,从后唐末帝李从珂自焚于玄武楼查起,足迹遍布十一省。最终查出冉闵皇后董氏、太子冉智深恨东晋作壁上观,不及时派大军援救邺城,便私下仿制一枚玉玺交给戴施。当年石勒灭前赵,得玉玺后别出心裁,在右侧加刻'天命石氏'四字,所以内宫中存有图样,易于仿制。但他们更不想玉玺落入异族仇人之手,于是就以铜雀台为记,将玉玺埋于此处。"

符融欢欣道："大哥你好会遮掩,若是要掘地取宝,便该多带从人。现在天寒地冻,反正人不知鬼不觉,不如等开春再来?"

符坚缓缓回身,眼神中没有一丝得宝的兴奋："小融,你可知我查探到玉玺,付出的代价是什么?"

符融一时愣住。

雪又开始下了。

符坚喃喃道："拟将点点心头烬,拢作天涯袖底诗。"

符融倒吸了一口冷气,他很熟悉这句诗。

他的母亲袁氏是小妾,在家族中无甚地位,若不是生出了儿子,只怕日子更不好过。母亲生性娴静,除了抚养他,便是埋首女红针织。她的手很巧,与苏杭最聪慧的绣女相比也难分伯仲。不过无论绣出多么漂亮的锦缎,她仿佛也没有真正快乐过。从小到大,他总是在母亲自言自语时听到这句诗,可是从未吐露过其他的。后来,他遍翻古今名人诗作却一无所获,以为是母亲自己写的,时日一长便逐渐淡忘,直到三年前母亲病逝,记忆反倒深了些。

可是,他没有想到眼前这位大十八岁的堂兄会念出来。

符坚盯着对方的佩剑,悠悠道:"你听过,对吧?这个故事历经的时间很长,很不好听,我也从来没有说过。在你母亲进符家之前,我和她有过一段情。记得我与她相识,就是因为你手中这把昆吾剑。"

符融忽然觉得冰天雪地中的名剑变得无比烫手。

符坚淡淡道:"世上这种事情的开头与结尾总是千篇一律,我曾很爱她,但是她最终离开了我。"

符融的声音有些沙哑:"为什么?"

"因为那时候我还不懂。对了,最近你是不是恋上了无锡的那个女子?"

"别顾左右而言他!"

"你看,你现在就像当年的我。告诉你,女子需要理解和领悟,而不仅仅是陪伴。世上男子总是希望心爱的女子为自己改变,却很少做到为对方改变。我当年自以为送精致的礼物、写动人的诗篇就已足够。我将过往探宝的故事讲得绘声绘色,告诉她将来要一起去许多地方,可当她说起拿手的刺绣、年少的绮梦,我却总是草草敷衍。到了冬天,我会让人买来上好的沉香屑,却忘记握住她的指尖问询……小融,你要记住,当你习惯了对女子的付出理所当然,那么距离她心灰意冷也就只有一步之遥了。"

符融神色变得冰冷。

"最后,我再一次离她远去,忙着探访传国玉玺的线索。那是一个初春,万物复苏,可她望向轩窗的眼神却充满疲惫,似一只瑟缩的秋蝉。我依稀记得她的最后一句话是'你很久没有帮我画眉了'。"

"后来怎样？"

"后来她不见了。我找了她两年，比找寻奇珍异宝更卖力十倍。可是，当我空手归家时，才发现她已经成了伯父的小妾！"

符融退后了两三步，此时身侧高大的铜雀台遗址像是对他无声的嘲笑："所以家里的人都不知道？"

符坚自顾自说道："我再看到她第一眼就明白了，她在报复我。所以二十年来，我在年节时很少回去，就是不想再看这种眼神。几年之后，当我看到她对你关切的神态，明白了她现在最看重的是什么。于是我将武功和本事对你倾囊相授，还请华山和点苍的高手教你剑法。唯有这种时候，她的眼神才有一丝暖意。"

符融铿然拔剑，寒光耀目，紧盯着符坚："这么说，七年前，在父亲的葬礼之后，我听闻有下人看到母亲单独与你说了什么，是真的了？"

符坚将剑鞘插入雪地："她只说了一句话，'你的玉玺找到了吗？'"

符融愕然。

符坚仰首道："直到今天我还不完全明白她说这话的含义，因为当时看不懂她任何的神色变化，好像古井般平静。可是，当我终于寻找到玉玺答案的时候，她却已经不在了。"

雪越下越大。

符融抖了一下昆吾剑："我想，她一直在恨你。"

"也许我也在恨她，恨她的决绝与无情。随着你长得越来越像她，我就越来越难以忍受直视你的脸。所以今日，你我必有一战！"

"你说什么？"

符坚目光炯炯："你知道脚下曾经有多少为了争夺传国玉玺的鲜血与白骨吗？国之重器、天下至宝，你以为能如此轻易得到？"

符融感到一阵血气顶在喉头，不觉喊道："大哥！"

符坚横剑道:"铜雀台上建筑过多,地基必须稳固,因此不利藏物。后赵时期,金虎台下有藏兵洞,冰井台则多储粮、碳、兵器。依我探查的结果,传国玉玺就在冰井台东南方百步之遥,方圆不会超过七尺,深约丈余。以你的本事,找到并不算难。我比你多练剑十数年,但你的根骨优于我,又有昆吾剑在手,也算旗鼓相当。若你今日杀了我,只要将尸体处理干净,再加上寻获传国玉玺,不但能成为符家的当家人,进献朝廷后更有高官厚禄。所以无须犹豫,尽力出手便是!"话音未落,一剑闪电般刺出。

符融心下一慌,符坚临敌经验远在自己之上,不及细想,昆吾剑用力一隔,紧接着一招"乱红无数"朝前刺去。谁知符坚的长剑居然应声而断,随之胸口空门大开。幸好他没存杀心,长剑猛然穿过对方左边肩窝,登时血流如注,雪地上一大片快速扩散的殷红。符融迟疑不解,定睛看去,才发觉断剑并非是本来那柄陕西名师铸造的虽非神兵亦属利器的"冰莲",而是一把普通铁剑。

远处不知是哪匹马发出了一阵嘹亮的嘶鸣。

符坚醒过来的时候,本草熬煮的气味弥漫斗室,周围极为安静,只有捣药声从院子里幽幽飘来,隐约伴随着落雪。

一如与她初见的时候。

35. 山 海 匣

"符先生,选山还是选海?"

嘉靖四十二年四月初七,靖江县,废窑。

一声断喝,像长针一样穿透符坚的颅骨。

由于一年到头常在外面探宝,符坚的承受能力绝非钟鸣鼎食的普通世家子弟可比,虽然不像家族中其他人那样黝黑,但周身的大小伤痕和双手堆积的老茧,都足以让人高看一眼。

他曾在深山古洞中冒着瘴气前行,也曾在大漠戈壁含着最后一口水行走,甚至在南海孤岛学习采珠人的闭气技巧探寻北宋沉船。这些都令他险些丧命,可是感觉皆不及此刻倒在墙角的痛苦和恶心。

因为血。

巨量的血!

鲜血已汇聚成了溪流,在废窑里恣意横行,浸润了旁边一堆陈年的碎裂陶土。

江湖上流血本是寻常事,即便如此,在这无比简陋的县城一隅,今天的流血仍足以让人心惊胆战。

只因这些几乎都是武林黑白两道成名人物的血。

"匹夫无罪,怀璧其罪。"

从本朝初年开始,洛阳符家寻宝、鉴宝,"武林第一藏家"的名声日渐鼎盛,由此带来的麻烦自然也是愈演愈烈。多年来,凭借与开封的周王交好,极少有人敢打符家的主意。可是,近来随着周王病重,加上人们对重宝的趋之若鹜,终于酿成了今日惨变。

遍观附近,能站着的仅剩下一个人。他身高七尺有余,黑巾蒙面,仅露出机警的双目,身着紫袍,本来戴在头上的斗笠正握在手中。符坚注意到,边沿处一滴一滴的落血尚未停止,明显藏有锋利的寒刃,刚才最后三人围攻此人,其中不乏辰家僵尸拳、蜀中唐门的高手,结果被他用斗笠凌厉霸道地一击得手,全部身首异处。

"符先生,你得到'东海孤鸿客'井琅轩的'山海匣'一事,早已轰传江湖。纵然百般腾挪,也无法完全避人耳目。你看,倒在这里的人不少都是一方之雄,也算不枉这件宝物了,你还不说实话吗?"

符坚只能勉强看到紫袍人的肩膀,慢慢道:"那阁下对这山海匣到底了解多少?"

"五十年前,井琅轩曾称雄江湖,黑白两道公推武林第一人,除了武功,还因为他精通占卜星象、天文历法和各类机关消息。他制造的暗器机栝,就连当时唐门都被力压一头。据说他晚年看淡世事,隐居海岛,却意外发现了楚汉时期,田横埋藏用于复国的一批珍宝。于是,他死前就将这批珍宝的位置线索,放在了这山海匣中。"

符坚的视线停在他手上的那件,大约半尺见方的匣子上。此匣材质奇特,一半为石,刻有"山"字;一半为金,刻有"海"字。两面都有开口,似乎用些力气便能打开。只见紫袍人掂量许久,却仍是踌躇再三。

"你为何还不打开?"

"江湖传言,山海匣务必从正确的一面开启。'山''海'若是选错,珍宝的线索便不可得。此说法耸人听闻,符先生可否为我解惑?"

符坚叹道:"诚非虚言。井琅轩于机关消息一路天纵奇才。他在给家父的密信中提到,匣中设有桐油和白磷,若是开启不得法或用蛮力摔碎,机栝便会瞬时运转,将里面物件付之一炬。任凭武功再高,速度再快,也挽救无及。"

紫袍人咳嗽了一声。

符坚笑道:"世间无人知道该从哪一面打开,我若是知晓珍宝地点,又何必带着这劳什子赶路,徒然惹人注意?你若是一时解不开,何不带走慢慢参详?"

紫袍人冷笑道:"带着这个东西,岂能有一夕安枕?让我想想,井琅轩绰号'东海孤鸿客',田横的这批珍宝多半也是在岛上,看似非常合理。不过……"

符坚道:"不过什么?"

"不过'海'的一半为金制,未免有些掩耳盗铃。井琅轩一生淡泊,想来'山'字的一面才是对的。"

紫袍人说罢,右手在山海匣上摩挲良久,始终未曾打开。

符坚不解道:"又怎么了?"

紫袍人望着满地的尸体,道:"我转念一想,也许井琅轩正是希望后人这么想,其实还是应该从'海'字打开。"

符坚哂笑道:"人为财死,果然是千古艰难。那你到底要怎么做?"

紫袍人冷哼一声,道:"我自有办法。"说完手腕一动,山海匣被抛上半空。没等符坚惊呼出声,他左手击出一拳,力道不轻不重,正中"海"字,一阵碎裂声响,但匣中并未起火。他刚想纵身而起,突然一道黑影从匣中窜出,刹那间落在地上,奇特的是,它竟又忽然弹起,反身接住了下坠的匣子,稳稳地放到一边。

场中的两人均目瞪口呆。

原来匣中竟是一个高约一尺半,峨冠博带,面容粉白的偶人。只见他头部不停左右转动,像真的在观察四周情况,无论是面容还是四肢,皆惟妙惟肖,与真人毫无二致,甚至还有五官神情的变化。

紫袍人倒吸了一口气:"这偶人……是井琅轩的手笔?"

符坚简直忘了穴道未解,道:"真乃巧夺天工!符某半生鉴宝多矣,从未见过此等。"

紫袍人喃喃道:"莫非珍宝的线索,就在它的体内?"慢慢走近几步,伸出手碰了一下偶人的额头,他早已百毒不侵,自然无所畏惧。

忽然,偶人停止了转头,嘴巴开合之间,竟然唱出了声,嗓音古

朴高亢,在废窑中激荡回响,弥散着说不出的神秘意味:

"魂兮归来!东方不可以讬些。
长人千仞,惟魂是索些。
十日代出,流金铄石些。
彼皆习之,魂往必释些。
归来兮!不可以讬些。"

远处的符坚微一皱眉,道:"《招魂》?!"

没等两人缓过神来,只见偶人歌声未毕,双膝一弯,跃向半空,身上陡然射出四五根钢针。紫袍人虽惊不乱,手中斗笠早起,将暗器尽皆砸飞。岂料就在他视线一晃之际,偶人却不见了。

符坚倒在地上,看得真切。偶人一击不中,竟能贴地滑行,绕到紫袍人身后,仿佛真的可以视物。随即又是十数枚钢针从体内发出,角度之奇诡无与伦比,且劲力更增数倍。

一声凄厉的惨呼激荡四壁。

半个时辰后,符坚站起身来,顾不得掸掸身上的尘土,默默走过紫袍人的尸体,仔细端详已经打开的山海匣,里面放着一本厚厚的册子。"山"字背面龙飞凤舞地刻着两行字:

先贤神术,勉力仿成,战国帛简,阅后可取;藏之名
山,以待后世,先通此卷,自能操纵。

符坚看着不远处一动不动的偶人,沉声道:"偃师造人!原来是这样的珍宝。"

恍惚之间,他想起,据记载齐王田横死于临近洛阳的偃师县,名字完全相同。

唯有偶人依旧安静地伫立在一堆尸体和血污旁,嘴角仿佛多了一点刺目的嫣红。

【附记】

　　周穆王西巡狩,越昆仑,不至弇山。反还,未及中国,道有献工人名偃师。穆王荐之,问曰:"若有何能?"偃师曰:"臣唯命所试。然臣已有所造,愿王先观之。"穆王曰:"日以俱来,吾与若俱观之。"翌日偃师谒见王。王荐之,曰:"若与偕来者何人邪?"对曰:"臣之所造能倡者。"穆王惊视之,趋步俯仰,信人也。巧夫!领其颐,则歌合律;捧其手,则舞应节。千变万化,惟意所适。王以为实人也,与盛姬内御并观之。技将终,倡者瞬其目而招王之左右侍妾。王大怒,立欲诛偃师。偃师大慑,立剖散倡者以示王,皆傅会革、木、胶、漆、白、黑、丹、青之所为。王谛料之,内则肝胆、心肺、脾肾、肠胃,外则筋骨、支节、皮毛、齿发,皆假物也,而无不毕具者。合会复如初见。王试废其心,则口不能言;废其肝,则目不能视;废其肾,则足不能步。穆王始悦而叹曰:"人之巧乃可与造化者同功乎?"诏贰车载之以归。

——《列子·汤问》

36. 迎 亲

清明初过,苏州虎丘,雨霁的山林清新自然、鸟鸣阵阵,浑然不觉一股杀气正在暗处肆意流淌。

茂盛的竹林里,新破土的竹笋正在拼命地向着天空生长,争夺着斑驳的点点阳光。而三十多人的恶蛟帮,已经在此埋伏了近两个时辰。

作为苏州本地的黑道帮派,恶蛟帮虽然不足以在江湖上名声大噪,但在本地也算是打出了几分名气。只不过,最近苏州城内风声有些紧,前几次打家劫舍折损了好几个兄弟,因此帮主冯延凌决定在城外拦路截道,碰碰运气。

一双三角眼、满脸横肉的冯延凌喝了一口酒囊里的"竹叶青",颇有些不耐烦。按照他的设想,苏州一带河道纵横,若从陆路往来,南来北往的很多队伍经常会离开官道翻越虎丘。所以在此守株待兔大有油水,想不到快到傍晚只过了几个衣着寒酸的单身赶路之人,这种货色并不值得暴露行藏。

在他身旁,一位文士打扮、面容白净,名叫梁韬的中年汉子双眼正仰望着不远处的云岩寺。冯延凌在一旁也不禁看了几眼,他虽非什么饱学之士,在作为世代生长在此的本地人,也知道这座建成于北宋建隆二年的七层砖塔,历经数百年风雨,几度遭遇火灾,至今仍存着实不易。正当他思忖着"这塔看起来越来越斜"的时候,衣袂摩擦声传来,一个身形矮小的瘦子从树丛中钻了出来,眼睛泛着贪婪的目光,在他耳边说了几句话。冯延凌用腰刀拍了两下身边的一根粗大竹子,声音清亮,附近的手下听出是按兵不动的意思。

171

不到片刻,马蹄与铃铛的声音便响了起来。众人引颈望去,只见二十多人的一队迎亲队伍由远及近。一共有一匹马,三顶轿子,个个披红挂彩、喜形于色。冯延凌定睛看去,除了八名轿夫和新郎官之外,还有约十几名执事。包括吹唢呐者、提锣者、提篮者、提灯者、护院和抬箱者。大约是刚出城到了无人处,队伍并未奏乐。冯延凌想了想,身形又稳了下来。这时,旁边的中年汉子凑到近前,道:"老大,我看这一票可行。"

冯延凌心念一动,涩声道:"老梁,我知道你的心思,想抢那女娃子。可刚才老五已经探过风,这队人不过是小富之家,箱子也不太沉重,迎亲的也不会带多少红货,不比那些商贾。你还是先忍忍吧。"

梁韬声音一沉:"老大说哪里话。小弟虽甚好渔色,怎么敢误了帮中大事。照我看来,这队人大有古怪。"

冯延凌盯着马上的新郎官,皱了皱眉。武功高强之人下盘极稳,即使骑在马上也不会如此左摇右晃。

"什么古怪?"

"老大你瞧,他们的队形看似随意,实际上并非排成两行,而是有意识地护住后面两顶小轿。"

冯延凌双目一亮,细看确实如此。同为花轿,后面两顶显然是婢女所乘,对它的护卫不可能超过新娘的大轿,的确另有乾坤。

梁韬接着说道:"还有,小弟仔细倾听,小轿的八名轿夫呼吸吐纳在所有人之上,世上哪有轿夫的武功比护院还好?想必小轿中就是夹带的红货,迎亲队伍只是幌子。"

冯延凌一拍大腿,梁韬加入帮派不过数月,但心思缜密且见多识广,自己早已倚为智囊。于是他点了点头,一声呼哨,恶蛟帮众人一拥而上,如饿狼般扑向迎亲队伍。后者一时人喊马嘶,各种杂物丢落于地,随即四下奔逃。冯延凌看得真切,果然如梁韬所料,一群人在奔逃时把大轿和箱囊尽皆丢弃,反而抬着小轿飞奔。他连忙指挥手下也分为两队加速追赶,梁韬止住脚步,道:"老大,小弟在此地收拾物品,等大伙儿回来。"

刚才花轿落地之际,里面传出的一声女子的娇哼清晰入耳,冯延凌已猜到大概。他哈哈一笑,说了声"那好,兄弟留下快活吧",拔腿追击而去。

不一会儿,竹林外又变得悄无声息起来。

梁韬身形一晃已逼近轿子,一时之间色授魂销,仿佛已经闻到了新娘的阵阵香粉味。

下一刻,异变陡生。

大红色的轿帘突然腾空而起,向他直直撞来。梁韬视线受阻,虽惊不乱,后跃同时左手一掌挥出,右手握拳留待后发杀招,准备攻击帘后的敌人。

想不到一道银光竟然穿帘而出,梁韬只顾注意四面的动静,没想到暗器从此处而来且认穴极准。他来不及躲闪,无奈地软倒在地,却没有皮肉的刺痛感,定睛看去,一颗珠子滚落在草丛中,泛着银色光华。

一位女子慢慢走入视线,虽身着嫁衣,但没有戴着繁杂的珠玉首饰。她身材颀长,蜂腰柳眉,浅笑看着四脚朝天的对手。

"你是谁?"

女子回话不疾不徐,却冷若冰霜。

"梁九鸢,你在荆州残害致仕的傅老尚书一家,奸淫掳掠无恶不作。然后又'小隐隐于野',化名藏身在恶蛟帮这等三流组织中,当真是屈才了。以你的眼力,自然能看出八个轿夫不是等闲之辈。其实不光如此,苏州公门中人精锐尽出,分别在虎丘外的两处埋伏,以逸待劳,想必恶蛟帮已经被一网打尽了。"

梁韬忍不住倒吸了一口凉气,他本来以为这是帮派争端,或许还有缓和余地,现在看来并非如此。

女子垂首看了看略微不太合身的嫁衣,纤腰摆动,自言自语道:"可惜这身衣服是借来的,短了些。要是让兴哥看见,又该调笑我了。"

这声"兴哥",让梁韬如梦初醒,猛然叫道:"你就是'鸳鸯名捕'高雯!"

梁韬久在绿林,对六扇门中的高手当然如数家珍。他早已听说近年来有一对年轻的爱侣声名鹊起,抓了不少黑道的元凶巨恶。男子叫蔡兴,女子叫高雯,江湖中人合称"鸳鸯名捕"。

高雯展颜一笑,红装更添几分娇媚,道:"现在才猜到我,不觉太迟了吗?"

37. 乌 江 诀

> 水深激激,蒲苇冥冥;枭骑战斗死,驽马徘徊鸣。
>
> ——汉·佚名《战城南》

汉高帝四年十二月,乌江北岸。

我醒来的时候,脸上传来一阵阵轻柔的触碰,犹如潜藏多年记忆深处的那一双母亲的手。然而区别很是明显,因为它透着一股刺骨的寒意。意识陡然恢复,全身一阵阵剧痛和山崩般的疲乏袭来,我逐渐明白,刚才是江水有节奏的拍击。

记忆刹那间沸腾肆虐,我猛然坐了起来,来不及拂去脸上苦腥的泥沙,就大喊了一声:"大哥!"然而四周只有江风呼啸,没有人回答。

检查了一下身体,全身多处受创,左膝被戟刃划开的伤势最重。幸好铁甲和圆盾挡住了大部分的攻击,只要休养一段时间就能完全恢复。作为一个六年的老兵,我有相当的把握。

我抬头看了看太阳,估摸着至少昏迷了一个时辰。适才在上游约莫三五里外,我和大哥一共二十六名骑兵在江边跟随项王与数千追击而来的汉军短兵相接,进行着悲壮且徒劳的战斗。我心里很清楚,即使宛如天神的项王也不可能把对方全部杀完,更不用说还在蜂拥赶来的各路援军。大哥也许是最后一位为项王效忠致死的卫士,他被利剑刺入小腹,倒在了项王的脚边。我没有看到项王低首看他的眼神,但是感觉大哥凝固在脸上的表情似乎是笑容。而我则呼喊着掷出青铜剑洞穿了一个敌人的身体,然后用力抱起大哥涉水跃入了江中。汉军眼里的目标只有项王,毕竟那就是赏

拭剑录

千金,封万户,根本不在意我的死活。在我的头没入水之前,听到项王声若惊雷般地高喊"吕马童"的名字。

最终,我没有找到大哥的尸体,不知被冲到何处。当我沮丧地坐在岸边乱石上的时候,发现眼前的乌江景致瑰丽灿烂。夕阳下,水面如浅蓝色不断抖动的锦缎,远处芦苇荡中几只水鸟正在悠然地觅食,仿佛在嘲笑人世间的殊死拼杀。

后来我解下盔甲,找到附近的乡舍,谎称是汉军受伤的士卒才得到救治。幸好我身上还藏了一些钱,那是大哥教我养成的习惯。数日后,我听说了项王自刎的结局,悄悄回到了乌江的战场,发现那一片新增了大大小小几十个坟茔,看来楚军与汉军的尸体被随意地混杂埋葬。这些生前的死敌得以同穴,大约是某种残酷的讽刺。我趁四野无人,偷偷拾起一把埋在浮土中的锋利短剑,用布包好,然后决定去寻一个人。

田父!

此前项王突围渡过淮河,身后的骑兵仅剩百余人。至阴陵,我们迷失了道路,大哥自告奋勇向道旁一个扛着锄头的田父问路,对方回答向左,于是部队陷入一大片沼泽中,延缓了速度,从而被汉军追上。在往东城的途中,大哥忽然转头对我说道:"那个田父,一定是汉军的细作!"我有些吃惊,他则继续说道:"现在想来,他当时看大王的神色很不自然。而且最重要的,他的右手掌心虽然有茧,左手却没有。如果真是老农,两只手应该都有,就像父亲。"

"难道说……"

大哥的表情坚毅:"那是握剑的手!你还记得他的长相吗?"我点了点头,与大哥一样,这方面我也很擅长。

然后大哥没有再说话,一路拼杀直到乌江,在最后一次下马之前,他说:"小弟,如果你能活下去,找到那个人,问清缘由。若他真的只是为了封赏,就替大家报仇。大王可以战死,但他那样的人不该被愚弄!"那一刻,我心凉了。因为大哥太了解我,他知道我虽然作战勇猛,但内心对楚国的贵族精神并不十分认同,甚至颇有微词。比如现在,我就不理解为什么项王只是为了一个女人的死,就抛下十万大军让他们犹如羔羊般被屠戮。我也不理解,为什么在他眼里舍死忘生跟随着的最后二十六个属下的生命,还不如一匹乌骓马。我始终不像大哥,不能彻底为了君主的尊严死不旋踵。但同时,大哥又知道作为一对从小相依为命的孤儿,我也很可能会不愿独生。因此他给了我一个求生的理由,而且不等我反对便决然故去。

在乡舍的时候,我在布帛上画出了那个"田父"的长相,他右颊的一颗痣成了明显的标识。于是我打扮成农人,回到阴陵开始按图追索,谎称正在寻亲。乱世之中,这类事情实属平常。经过十数日的艰辛,我终于打听到他的踪迹。没想到不出大哥所料,有人告诉我,他在项王到来前一日乘车匆匆而至,花钱买了一套衣服和锄头,还跟当地人说楚国败兵即将到此,赶快离开不要受到牵连。闻听此处,我不禁更为忌惮。接着,我一路探寻他的踪迹,果然指向那个熟悉的方向——关中。

于是,我扮成一名樵夫,绕过武关,翻山重返那个曾经跟着大哥一步步厮杀接近的地方。关中与楚地不同,作为汉王……应该称之为天子的大后方,已经恢复了些许元气,百业兴旺发达,人口比楚地稠密许多。虽然我总预感那个人一定在长安,却也不敢确定,只能在各地反复打听。就这样,我靠打柴足足寻访了近两年,终于查到了关键的线索。

汉高帝六年十二月,长安城东南。

出乎我的意料,当年的"田父"竟然没有官爵在身,真的是一名居住在城外乡野的老农,每天在长安的霸城门外沿街叫卖。如果我不是对那张脸记忆犹新,简直不敢相信曾经传闻中有过马车的人,会落魄到这步田地。事情到了这一步,也许我不必杀他,两年的时光已经改变了许多事,但为了大哥,我一定要问个清楚。

漆黑的夜,我越过颇为低矮的土墙,"田父"正在弯腰低头给田地除草。我打定主意,要把剑架在他脖子上,问清所有的根由,所担心的只是他的喊叫。想到此处,我顺着墙根从后侧面慢慢接近,两年的平民生活并没有消磨掉我的武艺,反而使我的心性更加沉稳。在他直起身子的瞬间,我一剑闪电般刺出,剑锋堪堪搭在他肩膀的时候,忽然手腕一阵剧震,短剑差点脱手。接着颈间便是一凉,定睛看去,只见一把镰刀正冷冷地靠在咽喉。尽管它是那样粗重和锈钝,但从刚才的力道,我丝毫不怀疑自己的生命已经被人拿捏。在这个时候,惊愕完全胜过了恐惧,我唯一害怕的是假如稀里糊涂的死了,到了黄泉无法向大哥交代。

然而,老人夺下我的剑,退后几步,看了看我,居然露出了一丝微笑。他随意地坐在一棵枯树下,抛下镰刀,打了个手势,示意我也坐下。我满腹狐疑,不由自主地听从。

"我记得你!"老人的声音很轻却清晰,"真没想到,你居然没有死,不容易。"

我缓缓道:"那天在阴陵,向你问路的就是我大哥,他是我在世上唯一的亲人。他死了!"

他的表情有些动容,手中掂量着那柄短剑,道:"抱歉。不过,你到长安不是来杀我的,也不是想为项羽报仇。"

"何以见得?"

"刚才那一剑,你没存杀心。至于不是为项羽报仇,再简单不过。如果你要效法豫让,那应该去行刺天子,或者项伯、英布、周殷之流,何必来找我。你叫什么名字?"

我迫不及待地说道:"楚人周蓉。你的剑术如此厉害,究竟是什么人?"

老人将剑轻轻插进土里,表情带着几分讥嘲,一时流露出狂狷之色,道:"问得好,你听着!我便是大秦东陵侯——邵平!"

我愣住了,眼前之人的确不像布衣。

接着,他跟我讲了自己少年时如何因军功得爵,本以为可以慢慢晋升高官,却因为与公子扶苏交往而被始皇帝弃之不用,只被封了一个看护其生母赵姬陵寝的东陵侯。秦末战争,他的三个儿子加入章邯平乱的大军,屡立战功,最终被楚军坑杀。大汉立国之后,他依旧入仕无门,只得流落城郊,以卖瓜为生。

"所以你为了儿子当初要对项王报仇,可你怎么可能出现得这么精准?"

邵平叹了一口气,半晌道:"其实我根本没想报仇,我只是想亲眼看到活着的项羽,看看他是仍旧威严还是狼狈不堪,看看重瞳到底有什么神奇之处。至于为什么能出现在阴陵,那是在行伍之时学到的照地图推算的本事。只是没想到你大哥会朝我问路,我根本不知道附近的路,只得随手指了个方向。"

我沉默了片刻,道:"我没想到仅仅是这样。"

邵平摸了摸花白的胡须,道:"你想回楚地吗?以后准备做什么?"

我茫然地摇了摇头,两年来支撑我的目标消失了,只感到无比空虚。

邵平看着我,悠然道:"小子,你忧愁什么？老夫已是旧朝的残党,而你在新朝仍旧大有可为。说到楚地,你知道韩信前几日已经从楚王被贬为淮阴侯了吗?剑指三秦,横扫赵魏,破齐灭楚,何等豪迈。结果不足两年,也不过风卷云散。昔年李斯劝始皇帝不行封建之法时,我正执戟廊下,忆来恍如昨日。依老夫看来,这些异姓诸侯王不久必反,英布、韩王信、陈豨甚至卢绾,天子年近六旬,还能再活几载?这天下有的乱呢,你又何必发愁没有用武之地？"

我坚决地摇了摇头,道:"先生高论,可我不会从军了。"

邵平闻言,突然爽朗地笑了起来,那笑声像参透了从巍峨宫阙到龙战于野的无数沧桑:"既然如此,那你就跟着我在这长安城种瓜贩卖如何?这瓜我最近刚试了新种,又大又甜,连萧相国都称赞不已呢。等老夫不在了,瓜田都是你的。再替你大哥立个坟,给你说一门亲事。"

不知为何,我自从十六岁从军以来,第一次抱头大哭。

38. 凤 凰 台

明正德十三年秋,白露,南都。

从观音门一路向南,二十五岁,满脸络腮胡须的冒膺已经走过了四道高大的城门,当双足已然微微发麻时,他终于置身于这座闻名天下的南都。

尽管有思想准备,但当他真的置身于纵横交错、人声鼎沸的街巷时,仍旧感到有些头晕目眩。多年的军旅生活,令他感到有些不适。在军营中,即使聚集数万大军,四周也常常处于少有人言的状态。只有当操演或开战时,嘶吼声才会如浪涛般此起彼伏。

南都的天气刚刚从夏季的闷热中撕扯出一阵凉意,秋雨过后,街上人流熙攘、热闹非凡,四周建筑更是目不暇接。酒肆、画寓、戏台、庙宇、浴堂、茶馆等鳞次栉比、错落其间,不少是他之前从未见过的。而更让他这个出身大同府小镇的汉子感到新奇的是,内秦淮河上的彩舟画舫、渔船木筏往来穿梭,两岸士子、商贾、游人倚栏赏景、悠闲品茗、对弈插花,衣着多鲜艳锦绣,一派富足之象。

在客店放下行李,吃了一顿面食后,他按照记在心中的地址问了几个人,傍晚从夫子庙走到了凤台山下,一处不大的民居映入眼帘。粉墙黛瓦中,几根青翠的修竹茂盛地刺出院落。大门上写着"冯府"的木质匾额擦得锃光瓦亮。冒膺在门口徘徊了片刻,直到有邻居已经露出狐疑的神色,他才深吸了一口气,叩了几次黄铜的门环。

没有人出声,一阵轻盈的脚步声由远及近,不一会儿门缓缓打开。一个未着粉黛、身着青衫的妇人露出身形。她面容姣好,但过于清瘦,感觉有些弱不禁风。在豪奢风气渐盛的南都,她并没有戴多少头面首饰,只有两根玉簪斜在脑后。冒膺连忙拱手施礼道:"冯夫人,在下是冯大人麾下小旗冒膺,特来拜访。"

被称为"冯夫人"的女子闻听双眸猛然一亮,露出一股慑人的光芒,似要穿透眼前的男子。她行礼后欠身道:"冒大哥远来辛苦,快请进。"

从前院来看,这里明显是一个殷实之家,方寸没有多大,但布置得颇有丘壑。花木扶疏间,掩映着一座不高的太湖石假山,深得两宋之时"瘦、透、漏"之神韵,堆叠手法去繁就简、一目了然。假山之上有薜荔藤萝、白芷杜若,下方小池中几尾红、白鲤鱼悠游从容,整个院落见之忘俗。可惜即使是江南名园冒膺此刻也无心赏玩,步履沉重地跟在后面。

正堂中,清茶香气弥漫,冒膺没有去端茶盏,眼神扫过四周的陈设。跟预想的一样,屋内窗明几净,没有什么胭脂香,反倒透着股书卷气。侧面的帘子布料洗得有些发白,门内隐隐透出一架织机的一角。冯千彰性格孤傲,多年来即使是酒后也很少谈及家事,但也曾提到妻子名叫全紫菀,出生于苏州,精通织造之术,在南都颇有名气。

见面至今,冯夫人的风姿气度绝非市井寻常女子可比。然而正是因为这份聪慧,从她适才放下托盘时双手的微微颤抖,冒膺觉得她已经猜到了自己的来意。

"请问冒大哥此番是告假至此吗?外子最近怎么样了?"

冒膺咬了咬牙,迎上女子恳切的目光,沉声道:"不敢欺瞒夫人。三个月前,冯大人带领我们一队兄弟在朔州城外巡哨,结果遭遇大批鞑靼骑兵。交战不利后,我们只得分散突围,冯大人奋勇杀敌,终因寡不敌众,不幸战死!"

虽然有了预料,全紫菀的脸色仍旧变得苍白,随即侧身耸肩,像在强忍泪水。

"夫人请节哀,"冒膺语气沉痛,"冯大人为国捐躯,朝廷的旌表想必就快到了。"

全紫菀惨然道:"说什么'大人',千彰的职位不过是千总吧,兵部岂会在意这等小人物?"

冒膺急忙道:"夫人有所不知,去年应州大捷后,今年开春冯大人已经升为副守备,只可惜……冯大人曾说他出身寒微,军中无人,只得一刀一枪挣出功名。他平日分析敌情时兵书战策侃侃而谈,常能一言而中,实乃大将之材。"

全紫菀默默无言,像在回忆过往,半晌叹道:"千彰心气太高了。他本是苏州的佃户,并非军户,好不容易赎了身,说自己学书不成,非要去卫庭拼命,光耀门楣。说什么要效仿汉卫青、宋狄青,搏个封妻荫子。可千载之下,这样的人与累累白骨相比又有多少?其实这些我都不看重,我只要他能安好而已!"

冒膺从怀中缓缓掏出一个香囊,道:"后来指挥佥事将军下令将兄弟们的遗体寻回,都在军前安葬了。除了冯大人交给我的香囊外,帐中其余他的东西就剩一些书册。"

全紫菀默默扭过头,道:"冒大哥如此恩德,妾身感激不尽。待会儿我去准备菜蔬,请务必留下用饭。"

冒膺摆手道:"我与冯大人生死之交,他数年中屡次救我,跑一趟何足挂齿。"

全紫菀思忖道:"外子临终前可留有什么言语?"

冒膺想了想,道:"当时冯大人在乱军中除了把香囊递给我,确实还有几句话。他说,如果此次遭了不测,就请您在南都凤凰台上设一衣冠冢,将衣物与香囊葬入,以求百年之后死而同穴。"

"凤凰台?"全紫菀陡然秀眉轻挑,眼睛扫过冒膺,喃喃道,"他真是这么说的?"

冒膺点头道:"不错。在下虽粗通文墨,也知道李白《登金陵凤凰台》的名篇。在边关的时候,每当思乡之时,也曾听到冯大人常常吟诵这首诗。"

全紫菀想了想,拿起桌上的香囊,正巧一面绣的是凤,另一面是凰。她翻看了几下,抬头看着前院的天空方向,远处被屋檐挡住的土丘若隐若现。

"冒大哥,你可知道当年李白写出这首千古名篇之时,凤凰台早已是有名无台了。"

"是吗?"

"嗯。相传南朝宋文帝元嘉十六年,有三只神鸟,状如孔雀,飞至建康永昌里王家宅园中。随后百鸟结群比翼而来,数百而千,满城遂翅影遮空。当时扬州刺史、彭城王刘义康为此在保宁寺后之山兴建楼台,以为纪念,名曰'凤凰台'。然而数百年光景,朝代更迭,风卷云散,待盛唐李白登临时,该处只是一片隆起的丘原而已。所以,世人皆知李白的《登金陵凤凰台》通篇化用崔颢的《黄鹤楼》,实则二者一虚一实,全在诗人念想之中。"

"原来如此,夫人果然是饱学之士。"

全紫菀笑了笑,脸色缓和了不少,道:"后院是外子练武之处,我想请冒大哥去看看。"

二人一先一后来到后院,四周陈设极为简单,墙边竖着刀枪剑戟与弓矢箭垛,件件光亮如新,显然经常擦拭。

全紫菀望着夕阳斑驳的墙头,一只白猫伸罢懒腰一跃而下,不见踪影。她缓缓道:"外子可曾跟你说过,我们在苏州是如何相识的?"

冒膺微一愣神,道:"这倒是未曾听过。"

"当年,我住在苏州虎丘,是教坊司的乐籍,而他是杨员外家的佃户,后来当过仆人,我们就是在一次酒宴上相识的。你可知为何苏州的乐籍人数众多?只因百多年前元末之时,苏州一带支持张士诚,惹恼了太祖。城破之后,他将苏州大量的官员、士绅、商贾的子女编入贱籍。我虽是官伎,身份比私妓高些,但也如风中蒲草,不能自主。后来,我和千彰想方设法才得以各自赎身,成婚搬到南都居住。为了日后谋生,我遍寻名师,苦苦哀求,才学会织造之术,日子总算渐渐好了。所以千彰如此想出人头地,一多半也是想有朝一日旁人对我艳羡高看。"

冒膺喟然长叹,道:"想不到贤伉俪的经历竟如此坎坷。"

全紫菀走到兵器架前,道:"现在军中配发的腰刀是柳叶刀吧?"

冒膺稍觉疑惑,道:"的确如此,夫人果然博学。"

全紫菀毫不迟疑,伸手抽出一把柳叶刀抛掷而去。冒膺大惊失色,下意识地接过,定睛一看,对方已经拔剑在手,一扫悲怆之色,双目死死盯着自己。

冒膺感到冷汗直冒,腰刀在军中当然不算沉重的武器,可是全紫菀单手抛掷动作潇洒干练,分明懂得武功,这可是冯千彰从未提起过的。

"夫人,这是何意?"

全紫菀眼眸冷若冰霜,道:"冒膺,别装了!是你害死了千彰以及那队人马的吧?"

瞬间,冒膺额上冷汗涔涔而下。

"夫人何出此言,切莫多疑!"

"多疑?"全紫菀冷笑着举起香囊,"这个香囊你一路上可曾动过?"

冒膺慌忙道:"自然没有,香囊到我手上便是空的。"

"不错,里面是空的不奇怪。可是它的底部有一个隐藏的夹层,是我亲手缝制的,里面藏有结发和红绳。可是,我刚才翻看的时候,不但东西不见了,而且里面还有几个带血的指印。你说,这是怎么回事?"

"也许是因为头发早已遗失了,指印是冯大人交给我之前不小心印上去的。"

全紫菀切齿道:"是吗?可在我看来,这是外子提醒我,他的死定有冤情!若我所料不错,他已经判断出你被鞑靼人买通,泄露了军队的行踪。可当时你已有防备,他根本无力杀你。于是,他想出此计,假装绝对你信任有加。我猜他除了跟你说了那些话,肯定还说自己家中有不少积蓄,只要你将香囊送到南都并转达遗言,我必然会重重酬谢于你。所以你才千里迢迢地来了,说不定还想着财色兼收,对吧?"

冒膺全身更觉冰凉,道:"夫人都是臆想之词,如何能定我之罪?"

"那我就说点不是臆想的。"全紫菀横剑涩声道,"你说千彰想让我在凤凰台上设衣冠冢,以后合葬于此。你可知道,这是根本办不到的!"

冒膺登时感到心内轰然炸响,如遭雷亟,原来最大的破绽是在这里。他后悔传话之前没有找当地人细细打听一下。

全紫菀的声音越来越凄厉:"你以为凤凰台原址的丘原,今日还是寻常的土山吗?自洪武年间,其已被一分为二,一半为开国功臣魏国公徐达的西园;一半被兵部征为骁骑仓的粮仓,当地人俗称'仓顶'。千彰与我久居此地,焉能不知,试问他怎么会选这种地方做坟冢?所以他是想再次提醒我事有蹊跷,再加上所谓'死后同穴',分明在暗示,是你让他死无葬身之地!"

冒膺的神色彻底变了,紧紧握住刀柄,语气狠辣道:"佩服。想不到我骗了军中所有人,竟然瞒不过你们相隔数千里的一人一鬼!可我不懂,既然你想明白了一切,为什么不暗算于我,反而要把刀递给我?"

全紫菀长剑指着他,道:"因为千彰是死于疆场,所以我不会暗算于你!若当真是苍天无眼、乾坤颠覆,你尽可以再杀了我。否则,那些被你害死的英灵,定会助我为亡夫报仇!"

话音未落,一道寒光直刺咽喉。

冒膺狼狈招架,几乎是贴地翻滚才避过这一剑。从他背叛的那一刻起,就已经不相信鬼神之说。可此时多年边塞沉浮的旧创像是全部开裂一般疼痛。眼前的女子仿佛消失了,只有一身青影与一道剑光在周围奔行游走。不知道多少招,他渐渐感到力不能支。

终于,鲜血凌空迸发,喷洒在那排兵器之上。

第二天,冯府的匾额被摘下,旬月之间便换了主人。

从此,南都再也没有一个叫"全紫菀"的女子出现过。

39. 林下之风

那一天,她的丈夫和儿子们死了。

东晋隆安三年冬,会稽,王宅。

号称"王与马共天下"的江左王氏,偌大的宅邸内,穷奇极丽,费以千万,经历代之功修建完善的山、池、阁、楼、亭、塔,此时此刻都失去了所有的意义。举目望去,在重岩复岭、深蹊洞壑间不时奔走的仆婢,脸上尽是惊惶之色。而高大院墙外的惨呼与兵刃相接声也越来越近了。

鬓发斑白的她正在更衣,解开青碧色的螭龙纹玉带钩,换上一身短打的武人衣衫。然后默默从颇大的樟木箱底捧出一个红油漆彩盒。打开之后,一股清冷杀伐之气迎面扑来,竟是一柄铸造精巧的六面汉剑,剑柄之上刻着篆书的"幽玄"二字,笔力苍劲,风骨不俗。

"'峨峨东岳高,秀极冲青天。岩中间虚宇,寂寞幽以玄'。幼度,当初我大婚,你亲手铸造相赠的幽玄剑,想不到终究有沾血的一天!"

王府正厅巨大的屏风后,须发皆白的谢家老仆谢迁默默伫立,看着满室被恐惧与焦躁笼罩的男男女女,有些甚至在瑟瑟发抖。他虽然担忧,但并不害怕。作为谢家人,他真正看重的除了小姐,就只有此刻紧紧护在身前的稚子。

一声门响,她手提宝剑,眼神凄清地迈步而来。

"小姐,这把剑莫非是车骑将军送的?"

她沉声道:"正是。迁叔,这么多年你终于不叫我夫人了。当年玄弟淝水之战以八万北府兵横扫秦国苻坚号称的百万之众,追亡逐北,兖、青、司、豫四州望风而降,是何等威势豪迈?而今日才过了十几年,国势便孱弱到如此地步,连区区数千海寇都能破城屠戮。我看这晋室的国祚,不会长了。"

"小姐,要是太傅和车骑将军还在,会稽怎么会变成这样。眼下您说怎么办?"

"我准备带着涛儿冲出去。"

谢迁闻言大惊道:"小姐,高墙之内还有些遮蔽,若到街巷如何躲得过贼寇?这万万不可!"

她拂袖道:"涛儿虽是外姓,但身上有我骨血。我谢家子弟素来衣冠磊落,即便利刃加身又岂会是只知藏匿的鼠辈!随我来。"

半个时辰后,会稽城中。

五斗米道教主孙恩,从未觉得如此痛快过。出身琅琊孙氏、寓居江左的末等士族,他除了因杀父之仇痛恨司马家,便是恨以王、谢为代表的门阀。今日杀了王凝之稍解其恨,正在城内烧杀抢掠之际,忽听前面小巷中几声惨呼,听着像是手下党羽,急忙一声呼哨,带着数百人持刀赶去。

巷子中,两名贼寇已经被婢女们随身携带的短刀刺死,一顶青色小轿正被簇拥着向前疾行。孙恩虽惊不乱,情知那边的手下早已堵住了去路。

街巷的另一头,吴国内史正满身泥泞地被绑在一棵桑树上。晋朝存在吴国,听起来有几分讽刺。然而晋成帝咸和元年,随着司马岳被封为吴王,吴郡自此改为吴国。而这个吴国内史还没当几天,就赶上了海寇作乱。他本来想找会稽内史王凝之商议对策,结果直接成了俘虏。此刻,他看到七八个贼匪正狞笑着举刀冲向轿子周围的婢女,如同屠户冲向牛羊,望着几个女子万分绝望的眼神,他已经忍不住要移开目光。

然后他就看到了那个身影、那道剑光!百年来的竹林旧游、江左风度中隐含的风骨精神,仅剩的一点余晖全化在了剑光中。

巷子中的男子全都惨叫着倒下,兵刃如秋色黄叶般落了一地。

内史睁大了眼睛,看着一袭乌衣的女子银发玉簪,昂首独立,说不出的风韵高迈,透着一股凛然的庄肃。

看着满地被开膛破肚的尸体,孙恩只感到一阵悚然。眼前这个人他很久之前曾远远看过,现在想来,比起只会清谈拜鬼的王凝之,相差不可以道里计。如果不是身边人多势众,自己几乎想转身而逃。

"难道这就是寒门的难以企及之处吗,还是这个人本身的卓尔不群?"

"谢道韫!"

数年后,会稽老宅,后堂。

太守刘柳的拜访已经持续了很久,在谈完了家族旧事与诗辞文章之后,隔着白色织锦幔帐的两人一时之间变得很安静。

刘柳像是犹豫了一番,刚想屈身站起告别,帐后的女子忽然开口:"刘大人,隆安三年我曾见过你。"

刘柳的身形一滞,面色有些苍白。

谢道韫的语气变得轻快:"当日大人举止虽狼狈,也是迫于无奈,难道多年后还怕一个老妇笑话不成?"

刘柳默默喝了一口茶,道:"岂敢。只是没想到夫人在危难关头,还能记得下官。古之神勇之人,亦不过如此了。"

谢道韫摇头道:"谬赞了。"

刘柳行礼道:"夫人当时临危不惧,痛斥奸佞,令孙贼也不敢加害,实在让人万分钦佩。可我有一事不明,夫人的武功如此高强,到底是何人传授?"

谢道韫不答反问:"刘大人,你可曾听过一个典故。几十年前隆冬骤雪,叔父向几个子侄问出了一句'白雪纷纷何所似'。"

刘柳欣然道:"此事早已遍传江左,哪个不知?当年谢太傅问毕,长度公答曰'撒盐空中差可拟',而夫人回答'未若柳絮因风起',太傅为之大笑。后来士族中人都说,夫人的答案更优。"

谢道韫悠悠道:"其实世人并不知晓叔父因何发笑。那次叔父不仅考我们的才思,更重要的是考了武学见解。"

"武学?"

"正是。谢家子弟的武功都来自家传,叔父从东山开始,就经常传授、指点我们这辈人。所谓'白雪纷纷何所似',是指若敌人内力深厚,拳掌既出如层层积雪遮天压来,该如何应对。朗兄了解叔父各项武功中精于暗器,尤善以棋子击打人周身要穴,百发百中。于是故意说撒盐空中,用盐粒比喻暗器,意思是可用暗器先挫其锋,避实击虚。而我的回答'未若柳絮因风起',是指用身法步法顺着对方的拳风掌劲腾跃周旋,如风中柳絮般浑不受力,再伺机反击,叔父大约更喜欢我的想法。"

刘柳愣了半天,道:"下官惭愧,竟如此无知无识。"

谢道韫叹了口气:"大厦将倾,独木难支。就算一家一姓文武兼修,又怎能护住王朝?北府兵乃我谢家一手创立,可在我看来有朝一日葬送晋室江山的,恐怕也未尝不是……"

刘柳身体前倾,急忙道:"夫人千万慎言!"

谢道韫笑了笑:"多谢刘大人,我早已是残山剩水、神游物外了。今日一夕谈议已然足够。大人请便吧。"

夕阳下,刘柳看着背后缓慢关起的大门,久久凝伫,怅然若失。

刹那间,他仿佛看见了几千年前那个叫作"妇好"的魂魄。

【附记】

及遭孙恩之难,举厝自若,既闻夫及诸子已为贼所害,方命婢肩舆抽刃出门。乱兵稍至,手杀数人,乃被虏。其外孙刘涛时年数岁,贼又欲害之,道韫曰:"事在王门,何关他族!必其如此,宁先见杀。"恩虽毒虐,为之改容,乃不害涛。

自尔嫠居会稽,家中莫不严肃。太守刘柳闻其名,请与谈议。道韫素知柳名,亦不自阻,乃簪髻素褥坐于帐中,柳束修整带造于别榻。道韫风韵高迈,叙致清雅,先及家事,慷慨流涟,徐酬问旨,词理无滞。柳退而叹曰:"实顷所未见,瞻察言气,使人心形俱服。"道韫亦云:"亲从凋亡,始遇此士,听其所问,殊开人胸府。"

——《晋书·列女传·王凝之妻谢氏传》

40. 雨　恨

嘉靖十七年冬十月清晨，陕西蓝田驿。

三十五上下，宽脸短髯，面色青白，身穿青色曳撒的赵颖正坐在屋外的台阶上闭目冥思。院子里偶尔有同样衣着的人不断走动，半晌却无人敢上前打扰，甚至连呼吸声都刻意放轻。只因在场者都心知肚明，此时这位华山派掌门高足的心情可谓恶劣到极致。

邹浒潼死了，终究还是死了。

赵颖感受到越来越明显的冷意，目光扫过院落里的几堆黄叶。

严格来说，邹浒潼不算江湖中人，只是西安府"仁多堂"的药铺商人。唯一的联系，就是他的一位公子拜在华山派门下，并且与门派中人来往密切，颇多资助。所以当听掌门说他需要有人保护时，赵颖还以为只是同行相轻放放狠话。

"不！"竹林精舍中，华山掌门连玉箐的表情少见地凝重，"虽然消息不确切，但听说可能是'吹叶小筑'。"赵颖初闻感觉手足有些冰凉。

吹叶小筑是江湖上近十年倏然崛起的刺客组织，来历不知、神秘莫测。该组织第一次于敦煌出手，便斩杀大漠马贼首领——"疯斧"高镰，声名大振。至于组织如何运行、首脑何人、成员多少则难以查证。

问题是，吹叶小筑以往出手多是黑道豪雄，或是山贼恶霸。邹浒潼为什么会被盯上？

赵颖曾反复了解过，邹浒潼经商并不算利欲熏心，也没有盘剥下人伙计，相反经常与人为善。最值得人称道之事，就是嘉靖十三年陕西瘟疫肆虐，人畜多死，西安府遭灾甚重，不少药铺趁机以药材不足为由囤积居奇。而"仁多堂"正是第一批主动降价的商家,在关中一带传为美谈。

恐怕吹叶小筑云云只是流言吧?

连玉箐抿了一口六安茶,道:"无论怎么说,你都要带人五日内将他护送回山。咱们华山派若连咫尺之遥的朋友都护不住,那就算颜面扫地了。另外,你此番一路上除了要担心武林中人,尤其要注意文士儒生。"

赵颖神情有些困惑,连玉箐笑道:"'吹叶'二字,意为吹奏、歌唱。出自晚唐李义山的《柳枝五首并序》,'柳枝,洛中里娘也……吹叶嚼蕊,调丝擪管,作天海风涛之曲,幽忆怨断之音'。看来此组织的首领绝非粗鄙不文。听说其中新晋的两位护法武功奇诡,尤其不好对付,你下山之前,可再多了解。"

一日前,赵颖带着其他四名弟子,接上邹浒潼火速出城上了官道,然后便一路感觉有人尾随。为了加快脚程,特地取捷径来到这座蓝田县外的小驿站。而昨夜,便是至关重要的时刻。

从安顿马车、检查房间、准备食物,赵颖皆亲力亲为。虽然以往吹叶小筑从未用毒,但他也不敢大意。驿站中只有两位须发皆白的老年驿卒,赵颖自然也仔细确定了他们的身份,确系在此干活近二十年,更不会武功。

夜半之际,驿站二层南侧的厢房中,赵颖又检查了一次门窗。在一楼大厅用过饭之后,他将两名弟子布置在环廊两侧,另两名武功较高的安排与邹浒潼同住屋内,并叮嘱驿卒今夜不要上楼,然后亲自隐伏于屋顶,盯着前院和后院。对于他而言,好消息是听闻吹叶小筑每次行刺都是一人前往,己方人数占优。

二更刚过,每个人都有些困倦。赵颖活动了一下提剑的手腕,忽然听到一声似有若无的轻微响动,紧接着就听厢房兵器撞击、呼喊声大作。他暗骂一声,急忙飞身跃下,只见环廊里两名弟子已经四仰八叉地躺倒,像是被点中穴道,其中一人还未来得及拔剑。房间门闩被撞断,屋内的两名弟子正在奋力招架,但已有些左支右细。赵颖拔出厚背重剑，冲上前去，见一人黑衣蒙面，头戴竹笠，身材纤细，手中剑薄而细长，登时想起什么，心中暗道："莫非是'雨恨'？"

吹叶小筑的两名护法名号合称"雨恨云愁"。传闻中，雨恨剑法飘忽，云愁内力精深。一念及此，赵颖正欲前后夹击，忽然看到刺客全身轻盈诡谲，如同唐人传奇中的提纵术般，像要闪过面前两人，直奔床头面如土色的邹浒潼而去。他连忙大叫一声："拂柳，快护住邹掌柜，灭烛！"

在场五人中武功仅次于赵颖，且为人精明干练的魏拂柳急忙退后两步，剑风至处分别将两盏灯笼扫灭。除了窗口透进的点点微光外，屋内霎时一片漆黑。

电光石火之间，另一名弟子小腿已经被利剑扫中，不得不忍痛退到墙角，而赵颖也终于用剑圈住了刺客。华山剑法本以快见长，而赵颖另辟蹊径，自小用重剑修习，更能克制敌方剑招。想不到刺客内功当真古怪邪门，二剑相交如触碰棉纱，浑然不受力使得他颇为难受。而魏拂柳持剑护在床边，一时不敢上前。赵颖见对方身法厉害，料想久战必定防不胜防，把心一横道："拂柳，你们先走！"魏拂柳应声拉起腿脚发软的邹浒潼，一脚踢开窗户。两人刚到檐外，立足未稳之际，赵颖忽然听到魏拂柳一声惊呼，二道身形随即坠下。紧接着刺客似乎早已料到，虚晃一剑，左袖一扬，像是要掷出暗器。赵颖略微躲闪，心下一慌，刺客趁机夺门而逃，瞬时身影掠过大厅。赵颖犹豫了一下，看着倒地的其他弟子，终究悻悻作罢。

天快亮了。

被抬回屋里的邹浒潼双目凸出，脸上神情犹带惊惧，早已气绝多时，一根钢针扎进喉咙，切断了气管。

魏拂柳叹了口气，道："大师兄，我刚出窗户，就看远处围墙上站着一人，天黑看不清楚身形样貌。接着一道寒光袭来，我猝不及防，没能救下邹掌柜，实在惭愧得紧。"

赵颖有些沮丧地摇了摇头，道："三师弟，这不怪你，是我布置失策。再说，数丈之外用小小的钢针置人于死地，除了暗器手法高明,内力更是深不可测。只怕多半不是云愁,便是'吹叶小筑'首领亲至。咱们把尸体运回蓝田县衙,处理事毕就回山请罪吧。"一行人收拾了一会儿,带着受伤的弟子退出了驿站。

一个半月后,西安府龙首原,西汉旧宫城。

斑驳的石墙下,两道人影一黑一白,已经坐在石阶上好一会儿了。

黑衣者正是魏拂柳。他没有佩剑,腰间别着一把折扇,穿得像个普通举子。而另一人碧色衣装,白色面纱,与当日刺客身形依稀相似,竟是女子。

女子道:"赵颖的剑法确实不错。我本以为重剑多为大开大合,不利于狭窄室内施展。想不到亦有不少绵密处,倒是有些小觑了他。怎么样,没人怀疑你吧?"

魏拂柳望着荒芜的宫墙缝隙间的杂草,道:"没有。咫尺之间,四野无人,他们也只能接受了。雨护法的计划着实精妙。"

女子沉声道:"当日你主动与小筑联系,我们还有些吃惊。若不是你偶然从酒醉的邹辕那里得知嘉靖十三年的事,邹浒潼多半还能继续蒙骗世人。想不到他在大疫之时,一面看似行善,一面竟然破坏山道桥梁,使外地的药材迁延运入,暗地里赚得盆满钵满,当真是中山狼!"

魏拂柳道:"可惜此事虽有疑点,却无铁证。邹浒潼更是与陕西省官员多年往来。他若不死,朝廷也不会彻查此事。现在真相大白,稍可告慰亡灵了。"

女子站起身来,缓缓道:"邹浒潼多年来精于算计,抱上华山派是为求自保。赵颖为人固然不错,但君子欺之以方,以后若执掌门派未尝不会吃亏。有你辅佐,也是好事。保重。"说罢,身法一挫,滑开数尺,转瞬之间已去得远了。

魏拂柳抖开折扇,望着婀娜的背影,一时怔怔出神。

41. 云　愁

　　嘉靖十八年二月初一，黄昏，高邮湖。
　　虽说立春已过多日，但寒风依旧凛冽。偌大的湖面上，竟不见一艘船只。别说是楼船画舫，即使是零星渔船也踪迹全无。若是诗人游子在此，只怕也难觅佳句。
　　忽然间，就在太阳逐渐掩入湖山之中的时候，一艘不大的船只从芦苇荡间快速蹿出，借风势往南岸劈波斩浪而去，速度之快就像后面有无数冤魂厉鬼在追赶一般。船头一面黑色牙旗猎猎作响，上面画着一只血盆大口、齿如刀戟的鳄鱼，竟是怒鳄帮的船只。
　　说起怒鳄帮，在高邮湖当地已称霸多年，是令整个南直隶都颇为头痛的水匪。他们依靠二三十只快船横行无忌，不断抢劫过往客商，甚至上岸将富户乡绅搜刮一空。朝廷几次调兵征剿，无奈高邮湖水面广大、芦苇丛生、道路复杂，又兼与大运河、长江相连，水网纵横，沟河港汊数不胜数。再加上近年来南直隶赋役沉重、民生困苦，怒鳄帮又时常将抢来的财货分给湖边贫苦人家。久而久之，百姓大多作壁上观，把他们当作《水浒传》中的梁山泊好汉。
　　然而这次让三四百人的帮派土崩瓦解的主要原因并非官军，而是吹叶小筑。
　　此刻船头的四个大汉上身赤膊，满脸横肉，手提钢刀，正四下紧张地扫视湖面。当确定没有船只跟着时，脸上的表情才略微放松了一些。
　　前舱里放着一些桌椅陈设，一个四十多岁，头发半白，细眉阔目的中年人靠在椅背上，身侧倚着一把宝剑。此时他正看着旁边埋首煎药的白衣女子苦笑道："云姑娘，我知道你岐黄之术高明。

可吴某此番多半不是死于刺客追杀,就是被岸上官军捕获斩首。纵然你妙手回春,又有何用?"

女子面纱后的话音不轻不重,手上的动作并未停下,说道:"吴先生,我是医者。不管你是白是黑,既然我已经答应诊治,就不能半途而废。这最后一服药吃下去,你脏腑间的病痛便可大体痊愈了。"

吴霄歉然道:"五日前兄弟们鲁莽行事,拦马逼着姑娘给我治病。因此让你卷入这些杀伐,实在过意不去。待会儿靠岸,姑娘赶紧离去。在下身边还有些金银,诊费务必收下。"

女子凝视着他,刚想继续说些什么。四个大汉一一掀帘进来,钢刀已插在腰间,为首之人是帮中小头目,名叫钱世永,当先拱手道:"四当家,咱们怒鳄帮当真是要散伙了?"

吴霄领首道:"三位头领全部死于云愁之手,加起来才不到十招,你们都是亲眼所见。他刚一离开,官军就大举攻寨,足有五六百人,显然蓄谋已久。我们这次能逃出生天已属万幸,哪里还能东山再起?"

后面名叫吕万鞍的瘦高汉子啐了一口,道:"妈的!官军竟和吹叶小筑合作,当真是蛇鼠一窝!"

吹叶小筑是江湖上近十年倏然崛起的刺客组织,来历不知、神秘莫测,已经诛杀了不少武功高强的黑道豪雄,以及一些奸商劣绅。除了帮主武功深不可测,据说新晋的两位护法同样武功奇诡,合称"雨恨云愁"。传闻中,雨恨剑法飘忽,云愁内力精深。而这一次,让怒鳄帮三位头领饮恨暴死的刺客正是云愁。

不到半个时辰前,寨子里的一幕不断在吴霄心里重现。那个青衣蒙面的男子提着一根前细后粗、非箫非笛的管状竹制乐器。报上名号之后就以凌厉无比、带着悲音的无形剑气,仅仅几个照面便杀了三人,然后撞破屋瓦消失不见。那种风姿,令平日自诩武功不错的吴霄大感汗颜。

钱世永长叹一声:"既然如此,那就只能江湖再见了。"随即回身对另外三人道："兄弟们，这船上后舱还关着几个妇孺，咱们上岸后想办法卖了，分完钱便各走各路吧。"

"不可！"刚才一直语气和缓的吴霄登时手按剑柄道，"这种事不是好汉所为。你们若只顾逃命，便由我和云姑娘想办法将她们送回家中，不可再伤天害理！"

钱世永面露凶光："四当家，刚才官军攻打甚急，我们的金银绝大部分都来不及带出来。不卖了她们，逃命哪里有盘缠？"

吴霄冷然道："你们知不知道，吹叶小筑从不枉杀一人。这次出手必是因为近一年来三位首领行事过于狠辣，来往客商常被整船杀死，我早已多次劝诫。今日咱们眼看作鸟兽散，以后隐姓埋名即可，岂能再行不义之事！"

四人对看一眼，杀心渐起。吕万鞍上前一步道："吴先生，我知道你本来就是违心入帮，自然与我们不是一条心。你武功虽比我们高，但大病未愈以一敌四，再加上还得分心护着这个美娇娘。你是聪明人，有几成胜算还不清楚吗？"

他话音未落，吴霄早已拔剑而起，怒道："你们要火并，大家生死有命。可云蕙姑娘是江南女华佗，十年间骑一匹白马穿州过县，救人无数，百姓称颂为'白马慈航'。自古江湖争斗不杀医者，你们莫要丧心病狂！"

钱世永拔刀在手，沉声道："那可由不得你，把你的命和银子都留下吧！"四人围上便要动手。

眼看刀剑相交、电光石火之际，船身陡然一阵剧烈摇晃。五人都在水上谋生多年，连忙把住桩子，心内同时疑惑。明明湖面上风力有限，怎么会有如此浪涛？不待反应过来，吴霄眼角发现布帘一动、袍影一闪，紧急着围着的四人表情僵硬，钢刀坠地，顷刻都躺倒昏死了过去。他定睛一看，只见刚才的青衣男子面如冠玉、剑眉星目，正依着舱壁含笑看着自己，手上仍拿着那件不知名的竹乐器。

身后的云蕙开口说话，语气大有不同，道："吴先生请坐，这药可以喝了。臭鱼，你出手倒是越来越快了，这次我正准备自己动手呢。"

男子无奈道："适才你以内力震动船只，我躲在后舱顶上便猜到了八九，帮你省了些事。还有，当着别人不要胡说。我叫'愁予'，不叫臭鱼，出自南宋辛稼轩的'青山遮不住，毕竟东流去。江晚正愁予，山深闻鹧鸪'。多好的意境，全被你毁了。"

吴霄愕然，他是聪慧之人，已经听出端倪，涩声道："云姑娘，原来你也是吹叶小筑的人？"

云蕙浅笑道："吴先生有所不知，世人只知道吹叶小筑左右护法为'雨恨云愁'，却不知'云愁'实际上指的是两人，便是云蕙与这位盛愁予。之前你以为我不懂武功，不是心不够细，而是我事先用针法将丹田内力暂时散入奇经八脉，才能瞒天过海。至于他嘛，虽在武林中籍籍无名，若是把击败过哪些人都报出来，只怕又会吓你一跳了。"

盛愁予伸了个懒腰，表情变得严肃："吴先生，我们查过你的来历生平。你自小文武双全，怀有大志，谁知双亲辞世之后屡试不中，加上眼见官吏常年威逼百姓便断了科举之念。几年前路过高邮，为了同船之人免遭屠戮，自愿献上家财入伙，换取他们生路。加入怒鳄帮之后虽坐了第四把交椅，主要负责管理账目钱粮和整修船械，除了帮派互相殴斗和对付恶吏之外，没有杀害过普通的商贾百姓。刚才生死关头，更是道义尽显，确实可敬可佩。"

吴霄坐下弃了剑，拿起药碗一饮而尽，挥袖一抹嘴角道："惭愧，白沙在涅，与之俱黑，哪里值得敬佩？两位都是世之高人，切莫再取笑我了。若要将我绑了送官，吴某自当束手就擒。"

云蕙将药渣倒到一边的破布上，道："吴先生误会了，吹叶小筑不是官家，行事自有准则。此番上岸除了送回妇孺，再将这四人绑至官府，还要劳烦吴先生等风声过去之后与我们潜回寨子，把怒鳄帮窖藏的金银取出，分给附近几个州县的穷苦百姓。等此间事了，你无论去哪里隐姓埋名，我们都不会为难你。要是实在无处可去，加入吹叶小筑也未尝不可。"

吴霄又一次惊愕不已，且感到周身脏腑舒服了不少，连忙起身行礼道："姑娘不念旧恶，用心为吴某医治，还肯于收留，实在惭愧得紧。"

云蕙拿下面纱，展颜一笑，顿时摇曳生姿，说道："其实在寨里的时候，我就知道关于吴先生的为人传言不虚了。你的五脏失调乃是常年忧思过度、血气郁结所致。若非不肯同流合污，又怎会如此？"

盛愁予一抖手腕，道："看来这病不光要服药，还得听音顺气。吴兄你也是书香门第，可知这是何物。"

由于此前对方出手太快，吴霄直到此刻才得以细细端详，看着一端的圆筒形状，半晌忽道："莫非是觱篥？它本是羌胡乐器，南北朝时自龟兹传入中原，其音多为悲声，与筚并称，隋唐之后盛行于湖湘，本朝倒是逐渐少了。唐朝杜工部《夜闻觱篥》曾道，'夜闻觱篥沧江上，衰年侧耳情所向。邻舟一听多感伤，塞曲三更歘悲壮'。"

盛愁予朗声笑道："吴兄多年身处虎狼之穴，学问着实未曾搁下。不过觱篥也不都是悲声。眼下既然处在湖山盛景，我来吹奏一曲给两位品评。"

于是落日云水之间，一首婉转悠长的曲调，伴随着潮起潮落经久回荡。

42. 东风恶

嘉靖十八年三月初三，嘉定县，晨曦。

身处红色锦缎布置的轿中，庞嫣的精神自成亲当天以来第一次完全舒缓，很快便要到了。

隔着不断抖动的幔帐，她从缝隙中细细观瞧这趟回门的队伍规模，并不比三天前迎亲时的逊色多少。看得出樊郎花了不少心思，按照风俗献给岳父母的各类"回门礼"，从金玉到果品应有尽有，不远的路程雇了四个壮硕挑夫负担。当然，她早已不是天真烂漫的小姑娘，知道这一切除了夫妻感情外，更多的是樊家彰显月浦镇第一乡绅的气派与财力。

拐过一条街角的时候，她听到巷子方向传来一声马匹的嘶鸣。按理说稀松平常，可她蓦然间觉得有些熟悉，禁不住身体前倾，伸出青葱般的手指，掀起门帘定睛望去。围观人群的后方巷口，一匹高头白马映入眼帘，她差点惊呼出声，可惜由于人群遮挡，始终看不见牵马的是何人，转瞬间队伍已经一闪而过。她只得重新坐稳，朱唇紧咬，心里盘算着一种可能，半晌轻轻摇头。

"若是云蕙这位女华佗真回了嘉定，怎么会没有任何消息呢？"

不过，要是能让她和他们见一面，一定会尽其所能地报答。可惜，他们根本不是会对财帛动心的世俗之人。至于其他的事，自己又能帮到什么呢？想到这里，她不自觉抠着鲜红的指甲，默默出神。

同一时刻，盛愁予将手中的觽箓转了一圈，问道："不到庞府吗？"

"别了，莫要平添风波。"云蕙拍了拍白马的脊背，语气中透着三分讥诮与七分无奈,道:"她应该这辈子都怕见到我们了,因为一定会想起那些一直想忘记的事情,改日寄一封信问候就好。"

听她这么说,盛愁予也点了点头,回忆起半年前的难忘情景。

那是在嘉定县外的光头山上。据说此处原名"大山",最高峰不过三四十丈,说是山峰都觉勉强。此山共绵延八座山头,范围较广,因山形似塔,其上有草无林,故民间称作"光头山"。当时他正在山道上往上走,忽然听到杂乱的脚步与呼救声从右面传来,原来不远处是一座废弃的土地庙。他眉头一皱,几个纵身冲了过去。只见不远处庙门口的台阶前,一个穿着浅蓝衣衫的年轻女子钗横鬓乱、裙裾松散、神情萎靡,一望而知是奔跑脱力,只得趴在地上喘气,神色哀怜凄婉。而旁边的人五短身材、面黄杂须,身上穿着黑色短打,手提一把短柄雁翎刀,两眼正露着淫邪之光,不断上下打量着女子。

"你个小妮子跑啊,跑不动了吧?竟然能把姜老三打晕,老子倒是小瞧你了。等老子爽完之后,再把你弄回去卖个好价钱。"

庞嫣的脸色毫无血色,她不明白自己只是昨天和伯母到城外的空法寺上香,怎么会落到这般田地。虽拼死逃出生天,最后还是难脱罗网。想到此处,她一咬牙从怀中拿出一块尖锐的石头,显然是特意挑选出的,直接放在了自己的咽喉处:"你别过来!不然我马上就自尽!"

大汉略微吃惊,随即狞笑道:"呸,我还以为你有什么锥子、剪子,用这玩意自尽可不容易。你也别再挣扎了,反正又不是雏了,还是乖乖给老子就范吧。"说罢便扑了上去。

盛愁予犹豫了一弹指的时间。

之所以犹豫,是因为这种桥段老是在江湖上听说。更有意思的是,自从加入吹叶小筑以来,想杀他的人变多了。毕竟自己杀了不少黑道豪雄,暗榜上的花红悬赏也是水涨船高。身为刺客,却总要防着被别人杀死,实在是莫大的讽刺。而且,还真有人想利用他的侠义之心,设计类似的套路伏击,所以小心些也无大错。

不过这一次,这个素未谋面的女子眼神中的刚毅,让他选择相信。

大汉刚想扯开女子衣带,忽觉脑后风响,还未反应过来便觉身后剧痛钻心,然后便倒在尘埃之中。

庞嫣吓了一跳,脖子上已经划出血痕的石头稍微远离,望着这个拿着一根非箫非笛、竹制管状乐器的青衣男子,警惕之心犹在。

盛愁予嫌弃地看着倒在地上的尸体,轻声道:"姑娘别怕,我叫盛愁予,是来救你的。他已经被我点了死穴,活不了了。"见庞嫣依然有些犹豫,他右手举起觱篥,用力凭空一划,一丈外已经有些朽坏的窗棂顿时四分五裂。这种传说中的武功,庞嫣别说看到,连做梦都没梦到过。

盛愁予收起武器,道:"姑娘莫怕,这是告诉你,我若想击晕,或者点你穴道都易如反掌。你若信我,就先站起身来。"庞嫣想了想,默默扔掉石头,依言照做,抖了抖身上的尘土。

盛愁予继续说道:"姑娘大约出身富贵,绝非小户之家,但又并非如此简单。莫非姑娘是寄居在亲族府上?"

庞嫣的情绪镇静了许多,惊讶问道:"恩公如何知晓?我姓庞名嫣,嘉定县人氏,自小父母早逝,多年来寄居伯父家中。"

盛愁予颔首道:"果然如此。我是看姑娘头面首饰虽尽皆遗失,身着衣物仍价值不菲,做工乃是闻名天下的宋代杭绣,其用针如发、设色精妙、光彩耀目,显然不是出自寻常百姓门户。但奇怪的是看起来已颇为陈旧,似乎浆洗经年未曾新换,所以才斗胆猜测是姑娘投靠亲族之故。"

"恩公心细如发,小女子十分佩服。"于是庞嫣立马将自己的身世、近况和盘托出。盛愁予仔细听完,道:"跟我料想差不多,这几个贼人盘踞嘉定县与周边各镇数月,还可笑地起了个'饮马帮'的名字,此番我本就是要来对付他们的。庞姑娘,现在我还不能送你回家,咱们得再等大约半个时辰。"

庞嫣双臂有些发颤,恨不得一步踏入家门,道:"等什么?"

"因为要等一个人来,我两日前与她相约此地,以她坐骑的脚程应该快了,必须得由她送你回去。"

"谁?"

"云蕙。"

"是那位江南女华佗。恩公,眼下我自觉身子尚可,为何一定要等她?"

盛愁予望着起伏的山峦叹了口气,道:"因为这样才是有始有终地救你。"

"恩公是说,山下有人要害我?"

"正是。"

"怎么会,是谁?"

盛愁予收回目光,满是无奈道:"天下人。庞姑娘,你如此聪慧,当真想不到吗?"

庞嫣本已正常的脸色登时煞白。从刚才开始她并非想不到这一层,只是在徒劳地逃避。

女子失节!

纵然被侠客救回,但包括伯父伯母在内的家族内外所有人,会如何看待自己。更不必说她已经与樊家订了亲,本来今年就要过门,对方也是屡出官宦的高门大户,闻听此事悔婚更是一定的,到时候恐怕更难自处,只能一死了之。

"庞姑娘,不必害怕,这就是我说要等云蕙的缘故。请你相信,她自有办法解决。"

"云姑娘真的有办法吗?"庞嫣的语气满是酸楚,眼看就快流下泪来。

盛愁予坚定地点点头,道:"是的,她会告诉你今后该如何做。"

接下来他们等待的时间确实不久,可在庞嫣心里却度日如年。终于,在盛愁予一句"来了"话音未落之际,那个白衣白马的倩影出现在道路尽头。

随后,盛愁予只单独和云蕙交代了极短的时间,便冲她挥了挥手,转身向山道奔去,霎时身影杳然无踪。而云蕙走到自己近前,牵住自己冰冷的双手,顿时一股暖流顺着经脉传来。而她充满怜惜的笑容让庞嫣更加安心。

"妹妹,你很了不起!"

在经过一路上的详谈之后,她们共乘一骑回到嘉定县。这下不说是万人空巷,庞府内外也算挤得水泄不通。正如云蕙判断的那样,樊家的几位长辈看来也在府中待了多时。她在众人各怀心思的目光中回到闺房,而前厅所有的询问都集中在了云蕙身上。

片刻后,云蕙慢慢放下茶杯,道:"昨日天黑前我途经光头山,见一伙贼人绑着庞姑娘前行,被我救了下来。岂料庞姑娘惊吓过度、诱发癫狂,我只得以金针刺穴让她先行安眠。就这样在山中破庙耽搁了一晚,今日我又让她多睡了一会儿,以随身药物给她服下,又找地方清洗身子,待完全恢复才启程回城。我一人无法分身报信,让大家挂心了。另外,我已帮她详尽诊治,庞姑娘除了身上几处擦伤,并无其他异状。全因她拼死反抗,贼人才未得逞,诚为不易。事情经过就是如此。"听了这番话,庞家与樊家的人互换了眼色,一时沉默不语。

云蕙淡淡扫视道:"难道诸位不相信我的话?"

庞嫣伯父庞树秩道:"不敢不敢,只是素闻云大夫是医中圣手,而这武道……"

云蕙闻言浅笑一声,忽然整个人"变矮"了。

紧接着又矮了一节。

众人这才发现,云蕙的红木圈椅四足竟无声无息插进上好的青砖地面接近半尺,如快刀直入腐竹,而椅子本身却不见伤损。

庞树秩连忙拱手道:"云大夫内力精深,老朽五体投地。小女千钧一发之际承蒙搭救,真乃万幸!"

云蕙还礼道:"不敢,微末伎俩,献丑了。"

大婚当夜。

随着屋外脚步声的临近,红帕下的庞嫣在心中又一次默念了一遍云蕙当时交代的话语。

"妹妹切记,两包药粉和这颗药丸你要贴身收好,我已分别做了标记。大婚仪式之前,你先服下药丸,饮酒便可无妨。接着估摸新郎快要进门之际,将这包药粉沾满指甲。待新郎灭烛,床笫之间将手指尽量靠近他鼻息之处,他便会很快沉睡,且翌日对前晚的记忆会极为模糊。至于另一包药粉,待新郎睡着后兑水服下,会使你气脉上涌,口中溢血,少刻即止……如此方能以假乱真。只因樊家的人纵然不提,心底恐怕仍有芥蒂,妹妹蕙质兰心,自然懂得我的意思。"

"姐姐大恩,小妹没齿难忘。对了,刚刚盛大侠急着去哪儿了?"

云蕙的眼中寒芒一闪:"自然是去把那几个禽兽不如、为祸世间之辈杀了,正好给妹妹绝了后患。"冰冷的语气,让坐在马上的庞嫣倒吸了一口凉气。

原来真正的江湖,比评书、话本里的更要冷酷十倍。

"但愿以后的生活会好吧。"

嘉靖十八年春,庞嫣成婚后夫妻恩爱,情意甚笃。嘉靖二十年秋,庞嫣忽于家中半夜服药自尽,寿二十。其夫不待丧毕,急赴空法寺剃度为游方僧人,遂不知所踪,县中时人皆讶之。因樊家百般遮掩、讳莫如深,种种流言莫衷一是。

深秋,坟茔,远处两人皆穿白衣,并肩而立。

送葬的人群终于散去,云蕙幽幽长叹了一声,面容有些憔悴,以手扶额道:"愁予,或许我们错了,当日就该硬把她带走的。我自幼遍研药典,可这礼教、道学给人心带来的怨毒,又有何方可解呢?"

白马又发出了一声嘶鸣,在空旷的丘陵上分外寂寥。

43. 海波平

（一）

嘉靖七年九月三十日上午，浙江昌国乡，宝陀山。

宝陀山，即后世声名赫赫的普陀山。作为汉传佛教中观音菩萨的道场，此山自唐以来便是一大圣地，鼎盛时期全山共有四大寺、一百零六庵、一百三十九茅棚、四千六百余僧侣，史称"震旦第一佛国"。然而，嘉靖年间尚未有"普陀"之名，还要等到万历三十三年，朝廷钦赐山上的宝陀观音寺为"护国永寿普陀禅寺"，后来山以寺名，为普陀山名之始。

盛愁予悠悠醒了过来。

完全清醒之前，他除了闻到海风的特有腥味，还有一股混杂了酒香、肉香、香料的刺鼻气味，此外近处似乎还有一缕幽香，带着丝丝中药的冷冽气息。

"盛公子，你醒了。"女子的声音从咫尺的上方传来，盛愁予一个激灵，顿时清醒了不少。

他爬起身来，只见一间杂色布料的帐篷中只有二人在场。白衣女子身侧的药炉仍在沸腾，火苗跳动间已经快熬干了药汤。这一下，他彻底想起了自己的处境。

帐篷外，喝酒、大笑、猜拳的声音阵阵传来。他握住插在腰间的翠绿色尺八，皱眉问道："云姑娘，小颜她没事吧？"

云蕙一边清理残渣，一边沉声道："没事，那个东乡已经醉倒了，小颜和母亲在一起。"

盛愁予长舒了一口气，道："那就好。"

五天之前，近二百多年来苦于倭寇袭扰的浙江沿海又遭一劫。这伙倭寇共五百多人，在舟山一带登陆后连败官军。本次他们不是漫无目地地游走，而是直奔宝陀山而来，显然就是冲着这里寺院的金银财帛。期间烧杀抢掠自是常态，他们除了劫掠不少妇孺，还绑了一些大夫。至于盛愁予则更为特殊，他是在附近城镇当乐工时与几人一起被绑的。原来倭寇酒、肉、声、色都占全了，居然还抓了几名乐工奏乐助兴。而他因为会吹奏尺八，容易勾起思乡之情，所以尤为被大小头目重视。

在倭寇的营寨中，他第一次见到了尚在及笄之年的云蕙。

一开始，盛愁予还以为她只是跟随长辈行医，在听说是自己一个人穿州过省时不禁颇为惊诧。那天傍晚，在宿营的间歇，云蕙走到刚刚建成的栅栏一角，那里满是被抓来的惊恐百姓。她主动对他说道："盛公子，我发现外围几个营寨全是汉人，加起来在五六百人中占了大半。"

盛愁予点头道："自弘治年间至今，江南历次海警中大抵真倭只占其三，而中国沿海渔民、盗匪、流民却占了七成。自本朝初始海禁实行百多年来，成化之后对往返西洋逐利的富商巨贾已形同虚设，反而使得沿海渔民生计困难，往往不惜跟随倭寇铤而走险。"

云蕙叹道："看来生民之多艰，多是朝廷考虑不周之故。若是不能开放海禁，即使官军能赢几次，倭寇依然会卷土重来。"

盛愁予望着不远处的大寨道："姑娘说得不错，然而倭寇之患自元朝至今早已养痈成患，纵然要开关，也得先行肃清，否则只怕百姓受害更甚。"

他们在这里被迫待了三天，倭寇围住观音寺与驻守的官军、武僧数次交战，各有伤亡。但他们估摸着寺内粮草将尽，因此愈加骄横，认为十拿九稳。昨晚倭寇头目们依旧宴饮，假倭被一律排除在外。三更左右，一名叫东乡泽的负伤倭寇喝醉出来想强暴一位颜姓少女，盛愁予冲过去想要拉开他，结果是两个人都摔倒在地晕了过去。

"盛公子,你不是普通乐师吧?"

盛愁予看着她,平静地说道:"云姑娘这是何意?"

云蕙神色不变,道:"因为你会武功,而且是高手。"

下一刻,尺八闪电般搭在云蕙的脖子上,盛愁予的眼神霎时变了。

云蕙一动不动,忽然如东风解冻般笑了笑:"好剑法,如果我没有猜错,你是南海门的人吧?"

盛愁予索性不装了:"姑娘怎么知道?"

云蕙不紧不慢道:"内力深厚者的脉象瞒不过我,加上你右手掌心的硬茧不是由乐器,而是练剑造成的。我若看不出来,也枉为医者了。再说南海门以剑法、掌法、拳法称雄东南,距此地不过数十里,近些年常常参与抵抗倭寇的行动,其实不难推测。"

盛愁予侧耳倾听,确认帐篷四周没有其他人,道:"姑娘目光如炬,请问是否把倭寇当作仇敌?"

"自然是。"

"那请为我保守秘密。"

"好。"

盛愁予盯着她看了一会儿,慢慢把尺八放了下来。

云蕙继续道:"盛公子甘冒奇险,而观音寺弹指就要被攻破,莫非南海门就要有所动作?"

盛愁予想了想,说道:"门中之事,请恕在下不能尽言。"

云蕙眨了眨眼,道:"既然盛公子深谋远虑,那为何昨夜要冒险与东乡泽冲突?"

盛愁予转了转手中的尺八,道:"因为我实在做不到视若无睹。"

云蕙像是不认识一样看了他半响,忽然下拜行礼,慌得盛愁予顾不上男女大防,慌忙扶住,刹那间感到对方身上的酥软。

"云姑娘,这是为何?"

云蕙眼中闪着赞赏之色，道："古往今来，不论是庙堂名将还是草莽英雄，总是会由于所谓'所谋者大''顾全大局'，而将女子性命轻易牺牲，史书非但一语带过，还能被建庙立祠、光耀后世。比如彪炳史册的唐朝张巡死守睢阳，最后也是先杀小妾给将士们充饥。盛公子忍辱负重，还能以一女子为念，合该受我一礼。"

盛愁予摇了摇头道："在下未竟全功，实在惭愧。"

云蕙接着道："还有一件事，你自幼便有晕血之症吧？"

盛愁予登时手心冒汗，面色苍白。

"昨夜你拉开东乡泽的时候，就是因为看到他身上伤口流出的鲜血才会晕倒，对吧？你身患此症，竟然还敢混入倭寇与虎谋皮，当真非比寻常。"

盛愁予愣了一会儿，苦笑道："姑娘当真是在世华佗。这次任务是我自己向掌门争取的，纵然未能克服晕血，也想为万民出力。"

云蕙拍了拍衣服上的尘土，道："此病我可治。"

盛愁予一阵欣喜，转而无奈说道："我相信姑娘的医术，可惜恐怕这次是来不及了。"

云蕙伸出三根娇嫩的手指，道："未必。"

盛愁予略微摇头："三日绝来不及。"

云蕙轻啐道："谁说是三日？你太看轻我了。我的意思是，只需三服药，而且你已经吃了一服。午后和傍晚再吃两服，晕血症自能痊愈。"

盛愁予大喜过望，忍不住深揖一礼，道："姑娘大恩，在下没齿难忘。这样一来，我今夜便可放胆冲杀了。"

云蕙失笑道："你毕竟还是说了。"

盛愁予拂袖道："君子待之以诚，我相信姑娘。"

云蕙想了想，说道："实不相瞒，我混入这里，就是想伺机在酒菜或者饮水中下毒。可惜已两次被甲贺秀明察觉，险些露出破绽。"

盛愁予沉声道："此人是甲贺派高手，被倭寇奉为军师，不但心思缜密,且武功高强。相对于头领石川悠一等人的有勇无谋,当真不好对付。"

云蕙点了点头,小声道:"不过我已经有了办法,明日倭寇必然要发起总攻,观音寺朝不保夕,今夜必须行事。"

盛愁予听罢道:"正合我意!本门弟子和中中、中左两千户所的官军援兵已按计划埋伏在四周,但不知……"

两人的声音渐渐更加低沉。

黄昏已尽。

一身黑色甲胄的甲贺秀明完成了天黑前的最后一次巡营,正往大寨而来。今日试探性的进攻已感到观音寺守军是强弩之末,明晨必可成功。刚才探子来报,几十里外的南海门八十余人不见踪影,可能在往观音寺靠拢。可惜就算加上他们,也不足为惧。倒是内部要注意不战自乱,比如那些大夫和乐工。

天完全黑了,甲贺秀明陡然觉得有些不对。这帮人的军纪程度他十分清楚,虽然已经三令五申,但是各帐中平日也不乏酒醉喧闹之声,可是今夜却安静得出奇。想到这里,他急忙往中军大帐而来。门口一名带甲守卫刚向他行礼,甲贺秀明已掀帘步入大帐。只见石川悠一与几名头目各自歪倒在案上,杯盘狼藉间酒菜冒着热气。他心知不妙,足尖一点向后疾退。

突然角落里三根蚊须针激射而来。甲贺秀明虽惊不乱,右袖一挥,三枚四角手里剑破空而去,堪堪挡住了暗器。

云蕙缓缓起身,拊掌道:"不愧是东瀛一流高手。"

甲贺秀明拔刀道:"果然是你!你怎么下毒的?"

云蕙的语气冰冷:"你对全军饮食确实万分小心,可惜唯独忽略了油。"

甲贺秀明顺着眼光望去,桌案上的油灯仍在燃烧,不禁怒道:"不可能!你以为本将是三岁孩子?灯油我亲自验看过,绝无问题。"

云蕙不疾不徐道:"谁说是灯油?告诉你也无妨,正是给你们爱惜如命的武士刀用的油！江南潮湿，你们又渡海而来想必存货不多。昨日有一队亲兵去镇上抢来大批上好的菜籽油，我便知道定是用来涂抹佩刀，于是在取药材时找机会下了'闻香落马'。果然今日上午你们集中分发，二百余人入夜前都涂抹了至少一次。这样一来，从肌肤、呼吸慢慢渗入之后，凡是使用武士刀的真倭片刻皆会中毒，剩余假倭自然一触即溃。我知道甲贺派流传独有的吐纳辟毒之术，不过其他人可没有这种本事了。"

甲贺秀明闻言看了一眼手中还在散发着油味的宝刀，心中大急，顾不得与女子纠缠，连忙夺门而出。如果对方所言非虚，那么全营上下能战者只怕所剩无几。正当他身形似飞，想着如何突围遁走之际，在冲出大帐明暗交错的瞬间，一道寒光笔直袭来，接着便是钻心的剧痛。下一刻他已蜷缩在地，鲜血洒上了自己的佩刀，最后满眼不甘地望向虚空。

盛愁予扔掉假扮守卫的头盔，看着已经刺穿脖子的尺八，嫌恶的神色毫不掩饰，说道："尺八自从隋唐传入倭国，已在当地蔚然成风。若不是要混进来，谁耐烦吹这玩意。"说罢从怀中取出一个圆筒拧了一下，随即营寨上方升起一道耀目的长剑状烟火。

（二）

嘉靖七年十月一日，清晨。

经过夜间并不激烈的战斗，官军正在把挨个五花大绑了的倭寇押送离开。盛愁予抛下滴血的外衫，走回大帐边，笑道："云姑娘暗器之高明不在医术之下，在下更佩服了。前夜东乡泽昏迷不醒，也是你的手笔吧。"

云蕙浅浅一笑，道："我行医江湖，又不懂武功招式，总要练一点手段防身。你头还晕吗？"

"刚才有些恶心，现在好多了。"

云蕙颔首道："那就好，幸而你并非滥杀之人。只可惜我们赢了这一次,还是难靖海疆。"

　　盛愁予望着一片狼藉的战场,正色道:"泱泱华夏,岂无栋梁?哪怕还需要二十年、三十年、四十年,只要庙堂草泽同心协力,大明海上的烽烟一定会散尽!"

　　与此同时,在千里之外的山东,一个男婴的啼哭声划破夜空。他出生之后,窗外阴霾尽去,光照万里。

44. 惊鸿一剑

嘉靖十年立夏,黄昏,湖广归州巴东县苗人仙家寨。

"冀北双雄"包姓兄弟躲在寨边一座废弃的房屋中,嚼着已经风干的牛肉,紧张地观察着窗外。紫棠色面庞的弟弟包鹏宵不满道:"大哥,咱们本来在太行山吃香喝辣,却沦落到这等鬼地方,真是流年不利。"

包鹏秋抖了抖脸上的横肉,肩背上用杂色麻布草草包裹的伤口依旧在不断渗血,沉声道:"别抱怨了,姓盛的点子扎手,比六扇门的鹰爪孙追得还紧。咱们要不是躲到苗人土司的地盘,只怕更躲不开他。"

包鹏宵点了点头,兄长智计百出,他一向甚为服膺。苗人仙家寨地处湖广与四川交界之处,是由北部巫山、东南部武陵山、西部齐跃山三大主要山脉组成的山地。这一大片的地层呈现明显阶梯状,山间谷地星罗棋布,石崖、溶洞、漏斗、空谷、伏流、深林俯拾皆是。虽然多野兽毒虫出没,但城寨中汉夷杂居,是躲藏的好地方。只不过目前再凶猛的野兽,在包鹏秋心里,都比不上长相颇为秀气的盛愁予可怕。

他们兄弟二人纵横北方多年,烧杀抢掠穷凶极恶,即使碰上公门中人和江湖好手,凭借自幼苦练的合击之术,再不济也能全身而退。可就在两天前,以二敌一与赤手空拳的盛愁予交手仅五招,自己手中的丧门剑就被随手夺去,然后便被连肩带背砍了一剑。若不是二人冒险跃下山谷溪流,只怕已经上账。

"大哥,下一步怎么办?是不是入夜后搞些金银潜出寨子?"

包鹏秋皱眉道:"走自然要走,只不过先要去弄些药。进寨子的时候,你可曾听到苗人说东北角的药庐中有个汉医正孤身在此?咱们趁夜去夺了他的药材和盘缠,再出寨子不迟。这里我以前来过多次,夜里集市颇为热闹,正好掩人耳目。"

"就依大哥。"

入夜时分,仙家寨家家掌灯,果然热闹非凡。整个苗寨依山而建、择险而居、层次分明,以斜坡吊脚楼建筑居多。一般为三层的四榀三间或五榀四间结构,底层用于存放工具、养家禽与牲畜等,二、三层则为厅堂、卧室和火房。顶层房屋外侧的栏杆之上多有苗人女子满头银饰,或独倚危阑或三五成群。道路两侧沿街叫卖的生意人则穿汉人服饰居多,人群在不宽的山道上川流不息,一派祥和。身着青衫的盛愁予在一个头戴儒冠的老书生摊子上买了一把折扇,并特意多付了一两银子。在对方的连声道谢中,他一面走路一面展开,只见扇面上题写的是宋代王介甫的《江上》。

"江北秋阴一半开,晚云含雨却低回。青山缭绕疑无路,忽见千帆隐映来。"

"青山缭绕疑无路……"盛愁予嘴里念念有词,似有所悟。他仰头看了看左侧的山峰,借着月光看到高处几个岩洞,位置足以俯瞰整个苗寨,不禁眉头舒展。正当他准备抓紧向上奔去时,忽觉四周嘈杂的话语声弱了很多,往常不断移动的人潮微微一滞。他定睛观瞧,只见前方一个雪白裙裾的女子二十来岁,面戴薄纱、身背绸囊,居高临下迎面而来,吸引了不少目光。盛愁予连忙侧身让开,二人身形交错间女子步履不紧不慢,依约暗香徘徊。盛愁予目力极好,注意到她头戴的玉簪金光微闪,上面贴着一个漆金的"符"字。

"洛阳符家!"望着女子渐渐远离的背影,盛愁予陷入沉思。大明朝开国以来,洛阳符家寻觅珍宝的足迹除遍布两京十三省外,西域、辽东、岭南也多有涉足。这白衣女子既然在仙家寨现身,想必此处必有重宝。不过看她似乎未与人同行,若是重宝,独来也算大胆。苗人向来热情奔放,特别是一群小伙子更是随着她不断调笑,盛愁予收回目光,毕竟他此番前来是想抓住"冀北双雄"。想到这里，他继续向上走，心头却陡然泛起另一个倩影。自从他因要事返回门派后，本来形影不离的人，已经数月没有消息了。今日到了这人生地不熟的苗寨，更是平添了几分相思。

月华如水，夜色昏昏。

"冀北双雄"一路穿墙越脊，不费多少周章便来到了药庐外。这座汉式小楼的斗拱飞檐在寨中颇为特殊。二人趴在树上向院里看去，四周万籁俱寂，房中没有丝毫光亮。而院中的旧藤椅上，一个身着黑色长袍的瘦削老者正和衣而卧，不知是否睡熟。此时苗寨很是闷热，半夜睡在院中也属正常。包鹏宵涩声道："大哥，那个老头子便是大夫吧？""八九不离十，你先在这留意四周，我下去制住他，还得逼问出药在哪里。"

"大哥，你身上有伤，不如我来。"包鹏宵说着露出腰间缠绕的九节鞭。

"不必，一个老头子不在话下。你下手容易没轻重，可别弄死了。"包鹏秋慢慢拔出靴管中的短刀。长剑被夺后，他身上只有这件兵刃。在几声蝉鸣中，他一个纵身跃进院中。老人一动不动，胸口起伏均匀。包鹏秋不加迟疑，如虎豹般猱身而上。眼看距离藤椅还有两三丈远，下一个刹那异变陡生。只听得屋内一声黄莺翠羽般的大喝："要命的，快退出去！"声音看似不够浑厚，却如同在耳畔发出，登时让包鹏秋顿住脚步。话音未落，只见藤椅上的老者身形无风自起，如苍鹰捕食般从半空中袭来。借着月色，包鹏秋刚想挥刀迎击，突然发现老人伸出的手掌戴着暗红色的皮质手套，蓦然想起了什么，立马面如土色。身后传来破空之声，想必是包鹏宵扬鞭已至。他一咬牙，手中刀闪电般变削为掷，朝老人面门激射而出。随即身形暴退，一把扯住弟弟的袖子，一直退到墙角才停下。

电光石火间，老人右手已抄住短刀顺手丢到地上。他脸颊细长，鹰钩鼻子，大笑道："你小子武功不错，反应也快，可惜有伤在身。既然冒犯了老夫，还不乖乖过来受死？"

包鹏秋咬牙道："阁下是'毒圣'莫销魂？"

莫销魂嘿然道："莫道不销魂,除老夫还有何人。"

包鹏宵这才回过神来,握鞭的手微微颤抖。江湖上早就传闻莫销魂出身西洋岛屿,在南方各地杀人如麻,最喜用毒术将人在一时三刻之间化为白骨。后来据说被青城派高手打成重伤,自此销声匿迹,不想竟在此出现。

包鹏秋深知莫销魂为人,知道跪地求饶亦无用处,小声道："鹏宵,我上前缠住他,你快跑,从水路离开寨子!"包鹏宵脸色半青半白,道："大哥,你我至亲兄弟,我岂能苟活,不如和他拼了!"包鹏秋眼见如此,不禁长叹一声。

莫销魂刚待逼近,只见房屋侧面窗户微响,连忙回身。只见一道蓝影已在屋顶堪堪站定。他冷笑一声,不顾二人转身追去。两道影子一黑一蓝便绕着屋子腾挪起来。

包鹏秋心念急转,才大概明白过来。莫销魂真正想对付的是这个蓝衣女子,大约有所顾忌不敢侵入屋内。而女子为了让他们有机会逃走不惜主动出来与之周旋,真乃侠肝义胆。他一把夺过九节鞭道："快!你先出寨子,我去看看虚实。"包鹏宵终究有些胆怯,忙道："大哥,那人救我们也是一片好意。再说,能让莫销魂忌惮的人物,你去了只怕也帮不上忙,不如先走为上。"

包鹏秋闻言刚要回答,忽然见面前之人怪叫一声,一蹦三尺高,随即摔倒在地。他顾不得莫名的诡谲,急忙蹲下查看,包鹏宵面如金纸,嘴唇紫红,早已气绝身亡。就在他茫然之际,锐风直奔左太阳穴。他一来伤势未愈,二来心神大乱,哪里能躲开?闭目待死之时,一道人影从天而降,紧接着耳旁风响,随即自己多处穴道被封,软倒在地。他睁眼一看,一条筷子粗细的红色赤练蛇被断为两截,掉在墙根,原来毒死包鹏宵的正是此物。

盛愁予面色铁青,左手拎起包鹏秋飞快来到屋前,一脚踢开房门,将他扔在满是灰尘的地砖上,随即身形冲天而起。不到片刻,两道人影又相互依偎着从窗口跳回屋内。二人立足未稳,女子气息未匀便急着开口道："快把扇子扔出去!"盛愁予不疑有他,立刻发力从大门扔出，扇子飞到一半便在空中散了，直挺挺落在院中。细看破碎的扇面上，刚才的墨汁已变得如同酸液。

盛愁予眉头一皱，关上大门道："莫销魂用毒果然名不虚传，我发现'冀北双雄'的踪迹刚刚赶到，险些来不及助你。云大神医，你不懂武功招式，仅凭轻功就敢如此行险，妙手仁心也要量力啊。"

云蕙脸上的红晕褪了些，白了他一眼道："近来青城派几位道长被莫销魂毒倒，我为救人到仙家寨寻九叶萱草炼制解药，今夜大功告成。不料莫销魂尾随而来欲置我于死地。幸好他还畏惧几分我能克制毒术，你来看。"盛愁予低头一看，屋里靠近大门的青砖四周缝隙间的杂草尽皆发黑枯死，上面撒了不少黄色粉末。

云蕙轻声道："江湖上用毒的一流高手善用蛇虫鼠蚁下毒，莫销魂早已不止于此。他的毒术以毒掌隔空见长，已达有形无质之境，可借由金、木、水、火、土传出，令人防不胜防。刚才你以扇作剑挡了他一掌，若是握着扇子再多半刻，只怕手掌便烂完了。之前他故意躺在院子里，暗中将毒力从土中渗入屋内，想要不知不觉间取我性命。"

盛愁予正色道："他的手套看起来也非凡品。"

"不错。蜀中唐门弟子以鹿皮手套拿取毒药暗器，而莫销魂的毒掌更毒。他的手套来自南海独有的火浣鼠皮，剧毒无比，且能挡刀剑。你手中缺少神兵利器，即使咱们合力，也没有十足把握。"

盛愁予听罢盯着她黑暗中的白皙肌肤，微笑道："至少我见到你了。"

云蕙呼吸一重，娇哼道："你还是这般愈懒。"

院中莫销魂见爱蛇断成两截，不禁杀心更涨。他望向包鹏宵的尸体，想着是否用血毒之法对付二人。倏然之间，一阵香味飘至。他急忙抬头，但见白影寒芒当头罩来。

与此同时，屋内两人同时身躯一震，云蕙几步上前拉开房门，盛愁予紧跟其后道："是谁？"

"洛婉兮。"

"你说的是洛阳符家的……"

"快看!"

盛愁予循声望去,只见两道人影在树丛中忽隐忽现。白衣女子剑法之凌厉让他大为叹服。二人斗到约第八招,女子不知为何竟能克制毒术。莫销魂唯恐有失,左手一把攥住长剑,右掌夹杂腥风呼啸而去。盛愁予看着心惊,刚想助战,女子竟松开佩剑,腰身扭动如灵蛇拨草,疾如闪电,人影晃动间,一人从空中重重摔下,随即一切风平浪静。女子从树杈间滑向屋顶,右手握着一把滴血短剑,左手竟提着莫销魂的头颅,月光中宛如勾魂女鬼、万分骇人。饶是盛愁予经历过不少血战,也险些呕吐出来。

"蕙儿,我记得相传元末有位女侠武功盖世,使子母阴阳剑并自创'惊鸿八式',剑法奇绝独步武林。刚才她杀莫销魂想必便是其中最后一式'惊鸿一剑'!"

云蕙长舒了一口气,揶揄道:"不愧是名门弟子,见识还挺广的,我还以为你只顾着看人家的脸蛋了。"

盛愁予:"……"

天光渐明。

埋了两具尸身后,已无面纱的洛婉兮将剑囊整理完毕,道:"小蕙不必担心,我随身带了两件符家的辟毒至宝,所以莫销魂不足为惧。待会儿我们把包鹏秋送到归州府衙即可。"

盛愁予奇道:"洛女侠,你们好像很熟悉。"

洛婉兮展颜笑道:"那是自然。小蕙你看,盛兄为惩奸除恶千里追凶,可谓侠行;不与师兄抢夺海南派掌门之位而远避,可谓义气;危难之际勉力救下恶人性命,可谓仁者。而昨夜与你同生共死,看得我是既羡又妒,这个……"

云蕙咳嗽一声,打断道:"兮姐别说了,你就代统领直接问他便是。"

一脸发蒙的盛愁予还在惊讶于别人对自己的了解程度时,洛婉兮已然轻启贝齿,呵气如兰。"盛兄,你听说过吹叶小筑吗?"

45. 赴清池

"你快要死了!"

嘉靖九年,入伏日傍晚,开封城周王府。

案上的青铜香炉为怪兽踏龙造型,通体鎏金。炉盖为兽首,露齿吐舌,鼻息微仰,蹙眉圆目。炉身一侧有尾下垂,身上浅雕如意纹饰,足踏一龙,活灵活现,正喷着袅袅青烟。但再浓的暖意,也挡不住这句话的严酷。活了二十年,第一次有人一边逼视着自己,一边问出这句话,紫涵感到仿佛被扼住了咽喉。尤其是问话的人不是穷凶极恶的歹徒,而是一个清艳婀娜的白衣女子,语气好像正在谈论京城最近流行的妆容。"云大夫,我身体无恙,你这是什么意思?"

云蕙轻叹了一口气,望向窗外。天气极闷,院子里的荷花池上蜻蜓不时结群掠过,却似乎始终无法高飞。于是紫涵更感紧张,她感到这位自称来送家信的人,真实目的绝非如此。

云蕙收回目光,压低声音道:"辰妃娘娘,你入府虽只一年,也该有些思量。周王已奄奄一息,非药石可救,薨也只在数日之间。你是否想过,一旦如此自己将会怎样?"

紫涵有些愕然,她虽然单纯,但自小聪慧,已隐隐察觉到了什么。

云蕙一字一句道:"诸王妃中,只有你无所出。世子已暗暗下令,要将你殉葬。"

紫涵的脸色由青紫转为苍白,双手握拳不住颤抖。

"人殉",如此残忍的字眼无论在历朝历代都会让女子不寒而栗。

"我原以为,人殉近些年来已废止了。"

云蕙的目光饱含同情:"哪有这等好事?自正统帝下诏以来,天子驾崩确实再无人殉。但洪武、永乐以来数十年积习,朝野一时难以革除。成化、正德两代帝王之间,王府、勋贵人殉之事仍不绝于耳,甚至影响到民间百姓,周王府又岂能例外?说实话,一年前王爷纳你为妃,恐怕就是此等打算。"

直到此时,紫涵出嫁前的记忆陡然变得如此清晰。连父母当时的复杂神色都历历在目。

"看来,别人都是知道的。"

云蕙冷冷地道:"令尊起自寒微,虽中了三甲进士,不过是正八品的县丞。若你当真被人殉,依前朝旧例,他能被赏个锦衣卫正六品的世袭百户。这或许就是他没有对你细讲的原因吧。"

紫涵紧握的双拳渐渐放开,一瞬间她觉得全身上下的珠翠金玉都像是一道道枷锁,让她越来越难以喘息。

"原来我的命居然还不算太轻贱。"紫涵的语气透着明显的自嘲,"云大夫好意来告诉我,莫非是要大发慈悲给我毒药,让我少些痛楚吗?"

云蕙的眼神一凝,道:"不,我是想帮你活下去!"

片刻后,云蕙从侧门离开王府,转过两条横街,走到一座不起眼的小院前,轻轻敲击了三声门环,往复三次,随即有人开门引入。她来到院中的凉亭旁,一位大约三十五岁,身材修长,短髯细眉,紫衣锦缎的男子,望着天边不断堆积的雨云,神色颇为轻松。

"云姑娘,你回来啦。"

云蕙淡淡道:"你穿成这个样子,真不愧是洛阳符家的家主了。"

符韫玉一摆袖子,道:"你就别讽刺我了,若不是待会儿要去王府,我才不穿这劳什子。"

云蕙沉默了半晌,道:"老实说,你和兮姐刚来找我的时候,我完全没想到符家竟然会行如此大逆之事。"

符韫玉故意正色道："不是符家，而是我。你忘了吗？现在我的身份是'吹叶小筑'的统领。"

云蕙浅笑道："世人只知'吹叶小筑'是刺客组织，有几人知道它救的人早已成百上千。"

符韫玉道："这种事本就不是为了让世人所知。对了，你都跟她交代清楚了吧？"

"都说好了，今夜三更。我看这天色，正好有一场大雨。"

"嗯，周王当真撑不过去了？"

"病入膏肓。若非我三日前用金针刺穴，逼出他最后一分生机，早已魂归道山了。今夜四更左右，必然是无力回天。"

"好。我晚间献上北宋米芾的《研山铭》手卷，世子欣然之下必然请我留宿，到时候便可行事。"

云蕙动容道："《研山铭》？莫非是南宋右丞相贾似道收藏，传至元代又被号称第一藏家的柯九思所得的书法极品？"

符韫玉朗声道："不错。可死物纵然再珍贵，在我眼里，又怎么比得上生者的性命呢？"

云蕙看着身边之人，眼中满是钦佩。

自本朝初始至今，洛阳符家在探宝、鉴宝方面闻名于世，陆续藏有不少重宝，被公认为"武林第一藏家"。除了与各大门派关系融洽，更重要的是与周王交好，才让黑道各路豪雄不敢染指。而眼前这位家主，居然为了保全一位素不相识的女子性命，甘冒奇险，甚至赌上整个家族的一切，当真侠骨仁心。

"你好像还有担心。"

"我怕即使救了紫涵，世子盛怒之下，万一坚持让其他侧妃殉葬或是处死侍女怎么办？"

符韫玉颔首道："所以这件事最难的地方不在于救，也不在于藏，而在于不会牵累到旁人。你放心，我已经想好了。入夜之后你就在这里等人回来就好。"

夜深，暴雨倾盆。

整个王府只有周王的居所还亮着灯,像是尸居余气的躯体还在无声地翻滚、挣扎。

两道人影,黑衣蒙面,一前一后轻落在三层小楼飞檐。洛婉兮右手慢慢推开窗户,果然未曾上栓。她对同伴使个眼色,两人小心跃入屋内,反手关窗。昏暗的房间中,紫涵穿着一件蓝色衣衫,正紧张地盯着他们。

洛婉兮露出面容,涩声道:"娘娘,我姓洛,是云大夫的好朋友,专门来救你的,这位是简先生。'枕黄粱'你已经点燃了吧?"

紫涵勉强答道:"是的,刚才一直含着云姐姐的药丸。"

洛婉兮展颜一笑道:"'枕黄粱'这种熏香会让屋内的人睡得昏沉,药性不太重,是为了以防万一。你把头发束紧,让简先生背你走。之后的事情,我们自有安排。"

紫涵点点头,蹙眉道:"洛姐姐,你真的能脱身吗?"

洛婉兮小心地披上一套翠绿色的裙裾,笑道:"放心,他们抓不到我的。你们快走,半炷香之后我就动手。"

片刻后,紫涵犹如腾云驾雾般在屋脊上"滑行",密集的雨滴打在她的头脸上,开始如针刺般疼痛,后来索性失去了知觉。她情不自禁地回头,最后看了一眼高大魏峨的王府。今后若能逃出生天,自己只怕是要与过去一刀两断了。

同一时刻,廊下的王府护卫长魏廷谦挎着雁翎刀看着尚不见小的雨势,颇为不耐。这种天气,出去巡查一次后着实不想去第二次。正在此时,他忽然听到了几声女子凄厉的大喊,从西北角雨幕中顽强地透了过来:"娘娘!娘娘!娘娘快回来,别跑啊!"

魏廷谦一个激灵,今夜他太关注王爷和世子的动向,原以为其他地方翻不出什么浪来,没想到当真有意外。他五绺长须一阵乱抖,怒喝道:"一队、二队不动,护住正堂!三队跟我围过去!"说罢不待众人,一个"燕子三抄水"当先冲出,循声而去。王府地域广大,他费了一会儿工夫,快赶到时又听见一声水响。当他冲到荷花池前,另外两个侍女还在上气不接下气地小跑过来。好不容易才问清楚,说是辰妃夜里突然打开门冲了出来,一直向荷花池奔去,她们惊醒后苦追不上,雨水太大,视线更觉模糊,只听得一声水响,早已看不见人了。

魏廷谦感到头皮有些发麻,思忖道:"那辰妃八成听说要殉葬,所以一心提前求死,这下只能等世子定夺了。"想到此处,他感到周围雨声小了些,远处传来一阵杂乱的哭声,在空旷的庭院中徐徐飘散。

不一会儿,三十多岁、方脸阔鼻的世子带着一帮护卫匆匆赶来,同行的还有洛阳符家的当家人符韫玉。

偌大的荷花池里,因暴雨已不见任何游鱼的影子,荷花荷叶七零八落,水面上漂着的整套衣物和一双丝履随即被打捞上来。可无论护卫用网兜来回寻了几圈,却始终不见辰妃。

魏廷谦咳嗽几声,凑到近前,道:"世子,这池塘年深日久,底下淤泥甚厚。想要找到辰妃的尸骨,只怕要天亮调水车来把水排干。"

世子冷哼一声,道:"这可真是怪哉。父王才离人世,我正想天明举丧,若是陷于此等尴尬之事,岂不误了大计。再说大动干戈传扬出去,市井小民肆意编排,王府颜面何存?"

符韫玉看了看四周,踱步过来,道:"世子,借一步说话。"

二人向回廊远处走了几步,符韫玉道:"世子,本朝言官猖獗,又总盯着宗室勋贵的一举一动。此事若处理不好,万一别有用心之人添油加醋,莫说是颜面,只怕问罪亦有可能,不可不慎!"

世子脸色发青,道:"符先生见识深远,不知有何良策?"

符韫玉道:"如今尸首无踪,您也未及册封爵位,势成骑虎,求稳为上。在下倒有一个主意,不但可以化险为夷,还能让圣上褒奖世子。"

"计将安出?"

"世子可还记得'大礼议'之事?"

"此事前后三年搅得风起云涌,致使杨廷和首辅致仕归里,仅因廷杖而死的大臣就有十六人。才过去数载,朝野谁人不知?"

"正是,由此可见,圣上乃纯孝之人。若世子再行人殉之事,有碍人伦,恐怕未合上意。还有一事,圣上自小身体羸弱,所以对修道之事很是笃信,不知世子可否耳闻?"

"略有耳闻,那与今日之事何干?"

符韫玉沉声道:"圣上登基未久,又经'大礼议'之事,心中郁结非止一日。既然如此,世子何不就今日之事顺水推舟上一道奏疏。就说辰妃自幼一心向道,为人高洁出尘。王爷患病以来,更亲尝汤药、日夜服侍,最后因悲不自胜,自投入王府荷花池中。众人仅拾得衣物,却不见人身,疑为尸解升仙而去。于是您将她的衣冠与王爷合葬,并奏请为其旌表。如此一来,龙颜必然大悦,不就省却了许多麻烦。"

世子思索片刻,微笑道:"先生果然急智,那就依你所言。"

一个月后,洛阳城。

"兮姐,紫涵她还好吗?"

"嗯,她已经变换姓名到荆州府了,没有人再追查。"

"那就好,听闻姐姐那晚当真厉害。"

"是统领的计谋高明,我不过是使劈空掌打了个水花而已。小蕙,我听说你还是不肯加入'吹叶小筑'?"

云蕙淡淡一笑,道:"我只是性子太疏懒,怕误了你们的大事。"

洛婉兮望着远处草木繁盛的巍巍伊阙,轻笑道:"难不成,你非要等那位南海派的高足先加入才肯吗?"

"兮姐!"

46. 有 为 法

嘉靖十九年秋，重阳节，镇江府北固亭。

一身黑色劲装，面带黑纱的张祺，娉婷立于高大、耸立的亭子外俯瞰山下。今日是重阳佳节，故而夜色虽深，城内仍有不少地方灯火通明，就连城外江畔也是星火点点，不时还有宴饮鼓乐之声徐徐传至。

入夜之后，整座北固山似乎都失去了人迹。秋风肃杀，鸟语虫鸣也减弱了许多。张祺紧了紧左手的长剑，微微蹙眉。

自从加入吹叶小筑并成为护法以来，一直都是她主动上门对付别人。这样等着别人来对付自己的滋味果然不大好受。然而身在江湖，难免会有险关要闯。

吹叶小筑作为近十年倏然崛起的刺客组织，向来神秘莫测，出手多半都是除去黑道豪雄，因此树敌不少。不过，这次传来的隐秘消息称，敌人居然了解组织中的护法"雨恨"就在镇江府，并扬言要在三日内将其除去。不光是她，就连统领都有些惊异。张祺通过飞鸽传书，知道包括洛婉兮在内的几名筑内的高手正在往镇江星夜兼程，但她并不想一味躲藏等待。虽然看似年轻，可多年的舔血生涯，早已让她看惯生死。何况，她也不希望同伴为了保护自己陷入危险。于是，她索性搬离颇为拥挤的客栈，独自来到北固山上，实则是为了诱对方出手。

现在，孤身一人的她，只有手中的佩剑能带来几丝难得的暖意。宝剑的剑脊刻有"雨恨"二字，剑身薄而细长，形似兰叶，柄上镶有一块菱形翠玉，触手温润。张祺感到今天尤为神思不属，竟在想那位优秀的铸剑师不知道是厌烦下雨，还是对一个名字带"雨"

的人念念不忘。

"看来他确实恨得很深吧,毕竟恨比爱长久。"张祺一念及此,突然转身,一时间全身比周围的秋风更为肃杀。

一位眉须皆白、披着灰白色袈裟的老僧,正从山道一侧拾级而上,快步朝亭子走来。之所以第一时间便能看得仔细,是因为他还提着一个青色的旧纸灯笼。约莫还在十丈之外,张祺的戒心已放下不少。第一是因为她察觉到对方虽身形轻便,但全无内力,不像会武。第二是因为武林中人若是夜战厮杀,都以隐藏身形为要务,更不会打着灯笼。第三则是这位僧人面容和蔼,气质祥和,全然没有杀气,怎么看也不是来伤身搏命的。

僧人走到近前,将灯笼倚在亭边石柱,合掌打了个佛礼,不紧不慢道:"阿弥陀佛,秋深露重,檀越何故一人在此?"

张祺淡淡道:"我只是贪夜无眠,攀山赏玩景色而已。既然长老能来,我自然也能来。"

僧人点头道:"檀越言之有理。老僧法号觉弘,常年游方各地。今日既与檀越于此江山胜景相逢,也是大有缘法。"

张祺笑道:"我姓张。长老一口一个'檀越',我却身无长物,无法布施供养,真是惭愧。"

觉弘不以为意道:"檀越不必如此,佛门自天竺以来,法布施便高于财布施,一夕清谈已然足够。当年佛陀游方布道,所求不过果腹,后世寺院纷纷追求奢费华美,已失佛子真意。"

张祺浅笑道:"长老言之有理。这北固楼经历代题咏天下闻名。我今日来细细一看,却见此处杂草丛生、蛛网密织,已显倾颓之象。可见正如佛门所言,'一切有为法,如梦幻泡影'。世间争名夺利、声色犬马,与光阴相比尽皆尘埃而已。"

觉弘拊掌道:"檀越所言固善,但意犹未尽。适才你所引用《金刚经》偈子的末尾一句'应作如是观',莫非还未悟透?"

张祺眼神一凛,道:"请长老指点。"

"《金刚经》'三句义'云:佛说世界,既非世界,故名世界。檀越刚才所说,便是'既非世界'。世间一切有形之物皆是因缘聚合所产生,缘起则生,缘灭则散,循环往复。《道德经》所说'万物并作,吾以观复'也是此意。但并不意味着其中某一段、某一点便缺乏意义。就以北固楼来说,它本是东晋咸康年间,南徐州刺史蔡谟用来'置军实'的仓库,其南邻铁瓮,北扼长江,形势险要,气象万千。梁武帝登临后赞叹说'北望海口,实为壮观'。尽管北固楼未能保住六朝,但其留在千年文脉与百姓口耳中的代代相传却超越光阴。后来宋廷黯弱,偏安江左,北固楼重新变成谋求北伐无果的遣怀之地。虽然经历代重修,已非原楼,但人心传承古今一致。归根结底,它的意义并非是一朝一姓的江山社稷,而是人。"

"人?"

"不错。历代每一个建造、修缮它的人,才是存在于大千世界的意义,也是后世看重它的原因。正如石窟佛像,不过木雕石琢,有何神通可言?真正的大神通,是工匠、民夫们为了完成它所不惜耗费的劳作之功。这样辛勤塑成的有形之物,才会令人崇敬。也就是说,最为紧要的并非事物演化的结果,而是过程本身。不求无缺,但求无愧。我观檀越仙材卓荦,定非等闲之辈。若能依从本心,自能远离颠倒梦想。"

张祺似有所悟,心中思忖道:"你要是知道我的身份,只怕是要做狮子吼了。"她正想劝觉弘早点下山,背后一片"嗖嗖"声响,回身一看,远方几道烟花蹿天而起,半空中炸出五彩之色,顿时炫人眼目。同时,她婀娜的身形轮廓也在山崖上被清晰地勾勒出来。

"小心!"一声暴喝自脑后响起。

张祺闪电般回身,看到觉弘赶上两三步,已挡在她身前。只见他陡然扯下袈裟卷成一根长棍,正向黑暗的无尽虚空刺出,旋即一阵裂帛声响,人也委顿在地。张祺刚想上前,猝然劲风袭面,这才发现一根粗大的雕翎箭通体漆黑,距离眉心不过数寸。她的剑法长于攻、拙于守,轻功虽高但也不够时间施展,后面又是千尺悬崖。情急之下她勉强拔地而起、挥剑截击,箭身蕴含的强横劲道立时将长剑震飞,箭镞稍偏之下擦过左肩,顿时一片嫣红。更可怕的是,感觉到的不是疼痛而是麻痒。张祺视线一阵模糊,知道箭上必然喂毒,这下难逃一劫了。

在昏过去之前,她就着尚未消逝的烟花,看到一个有几分熟悉的身影从悬崖方向翻上,飞掠过躯体。

翌日午后。

张祺在口渴中醒来,眼睛还未睁开,右手第一反应便是伸向腰畔,却摸了个空。她想要坐起,却感到周身无力,只得慢慢倚在床头。

"别乱动,你的剑在那边。"熟悉的声音响起,透着些许安然。

"魏拂柳?"

华山派弟子魏拂柳将手中冒着热气的药碗稳稳放在床头,坐在一旁的圈椅上,含笑道:"你运气不错。能在'大漠箭神'卜英的箭下幸存,已足以傲世了。幸好他用的毒,性虽猛却不难解。"

张祺轻咳两声,道:"原来是卜英的连珠箭,难怪听不到第二声弦响。莫非你除掉他了?"

魏拂柳摇手道:"卜英号称'西出玉门,箭下亡魂',我能让他受伤遁走已属侥幸,哪有这么容易除掉?"

"是谁雇他来的?"

"吹叶小筑还在查。"

"你怎么会及时赶到的?"

"自然是因为你们统领传信的。你也不必奇怪,若不是我离得近,想必他也不会求我这个外人。我和师兄弟本来在合肥办事,接到信后弃舟骑马,一日夜疾行三百余里才堪堪赶到。想当年曹操的虎豹骑追击刘备于当阳,大约不过如此了。"

张祺默默端起药碗喝了一口,涩声道:"那个老和尚怎么样了?"

魏拂柳道:"放心,他是脏腑被震伤,没有中箭。觉弘大师这次算是飞来横祸,你知道他为什么会入夜上山?"

"不知道。"

"因为他看你半夜独立,又隐含杀心,以为是晚上到北固亭自戕的人。据说镇江府一带投江自绝者多数会到北固山上,觉弘为了劝人回首,两个月来已经上山数十次了。"

张祺这才慢慢回忆起当初觉弘的异样神色和语气,不觉莞尔道:"我真搞不懂他到底会不会武功。"

"他确实不会,只不过自幼修行传自天竺的瑜伽术,周身灵便程度远胜常人,数十年禅功的'凝定'之力也非同小可。而且人的四肢五体本就不能以常理度之,你可曾听说过娘亲为救幼儿,能拉住受惊的奔马?"

张祺点点头,道:"他没什么大碍就好。这次……多谢你了。"

一时之间,两人无话,药庐前厅传来的买卖对话声时隐时现。"对了,"魏拂柳似是想起了什么,说道,"你可能误会了。你昨夜遇险的北固亭,并非是真正的北固楼原址。"

张祺展眉道:"怎么可能,那辛稼轩的词明明……"

"正是《南乡子·登京口北固亭有怀》增加了这种误解。辛弃疾当年去的是南宋陈天麟重修的新北固亭,至于为什么写'满眼风光北固楼',一来是押韵,二来是用典。世人都以为这首词仅有下阕才用典繁复,但上阕中的'北固楼'看似写实,其实仍是用典。辛弃疾对亭写楼,不是不知道此处非北固楼原址,而是暗用梁武帝登北固楼的典故,比拟南宋长期无力北伐的沉痛。这也从侧面说明,'北固楼'早已超越了实在之物。"

张祺毫无顾忌地翻了个白眼,用被子蒙住略有缭乱的长发,闷声道:"好了,魏大侠别掉书袋了。快出去,我要休息了。"

魏拂柳连忙道:"冤枉啊,这是觉弘大师让我转达的。"

一声娇吟无比清晰地从被子里传出:"人家才不会这么无聊。"

魏拂柳无奈地站起身来,喃喃道:"看来我应该随他去参禅的。"

"哼!"

47. 飞翼刀

嘉靖十五年八月，二更，武昌城升平客店。

三十多岁，一袭青衣，身材高大的姚佐卿从五条街外的"俊彦楼"走了约小半个时辰，终于来到了客店的侧门。今天城中不少武林人士和帮派首领为他孤身剿灭城外的"恶蛟寨"水匪庆功，连一些商贾与衙门小吏也出面捧场，着实热闹了一番，直到夜深才渐渐散场。

过了三十岁，姚佐卿虽然仍旧饮酒，却不喜欢经历大醉的感觉。所以今日在席间表面看来觥筹交错，其实大部分酒已被他假意几次"方便"之时吐了出来。最后明明只有三四分醉意，却装作七八分，要不然此刻恐怕都走不出酒楼大门。

升平客店是武昌城中的老字号，姚佐卿向来在两湖一带独来独往，近年来没有购置房产，却长年租了客店西跨院的两间屋子住宿，对外说是便于有人扫洒收拾。此刻，客店中人早已尽皆睡下。姚佐卿左手提剑，右手从腰间摸出一两银子递给帮他开门的值夜伙计老常，头发半白的后者连忙双手接过，千恩万谢一番。不一会儿，姚佐卿走到屋子门口，陡然停住脚步，刚才脸上的慵懒之气一扫而空，浑身肌肉紧绷，右手已搭在剑柄之上。就在迈上台阶还有两三步时，屋内的烛火竟然亮了，还依稀有人影晃动。此情此景，着实不是寻常之事。姚佐卿冷哼一声，有些狐疑，想起一位前辈多年前的一句半开玩笑的话语："如果有敌人暗算你，就绝对不会为你点灯。"他想了想，信步上前一下子推开了门。

门开时激起的旋风扑向屋内，正在桌边倒茶的女子额前的秀发被吹得一阵抖动。她微微一顿，倒茶的动作却没有停下。姚佐卿本来至少准备了五种身法的后手,结果对方八风不动反倒无法施展。他面沉如水,握剑的手已经微松,道:"你是谁?"

姿容俏丽,约莫二十五岁,身着深红色背子的女子浅笑柔声道:"姚大侠莫要见怪,我是云梦帮副帮主崇秋涯的侍女,唤作'敏敏'。刚才席间主人见姚大侠酒酣汗下,想必身子很是乏了,又知道您是独自居住,特命我早些前来照顾。这茶中我加了岭南的上好蜂蜜,解酒最有奇效,大侠快些坐下尝尝。"

月黑风高,暗香浮动,美人在侧,而且身份地位皆远不如己。若是换了别的男人,即使不色授魂与,也难免浮想联翩。而姚佐卿只是挑了一下眉毛,淡淡道:"难为崇副帮主一片心意,那我就却之不恭了。"说罢走到桌前便要拿起茶杯,女子仍旧含笑伫立。

说时迟那时快,他右手忽呈鹰爪状,以擒拿法扣向女子左手脉门;等后者身形微动躲闪之际猝然变招,以虎爪抓向女子左肩穴道;紧接着沾衣之际变屈为伸,第三次变招横切对方脖颈。这一套连环三招名曰"请君入瓮",是姚佐卿自创的成名杀招,以他的功力咫尺之间全力出手,江湖上能完全躲过的人只怕千中无一。然而,再看女子已如游鱼般眨眼间滑到床前,身法之诡谲,令未触到一分一毫的姚佐卿暗自心惊。

女子亦蹙了蹙眉,刚才的柔顺立时转为英气,道:"姚兄好功夫,你是怎么看破的?"

姚佐卿正色道:"你官话说得虽好,但仍带有江南口音。我与崇秋涯相交非只一日,知道他因为母亲是江南人,所以绝不用出身江南的女子为婢。另外,这间屋子我尚未进来便感到一股刺骨杀气,但并不是来自你身上。如我所料不错,你的兵刃就藏在这里吧,而且必是神兵利器!"

女子轻笑间腾身而起,在青色的幔帐顶上取下一件细长物件。姚佐卿定睛一看,是一柄细长的柳叶单刀。奇特之处是刀柄乃为一块玲珑剔透的碧玉雕琢而成,烛火之下闪耀着冷冷光华,煞是好看。

他心内一震,拿剑的手不觉微松,道:"这是飞翼刀?你是'捕凰'?"女子从怀中取出一块铁质腰牌,道:"没错,我正是邵敏。"

姚佐卿曾听闻数年前公门中出现了一位身配峨眉派名刀"飞翼"的女名捕邵敏,是刑部前总捕头,绰号"捕凤"关老爷子的得意弟子,因此被江湖中人尊称为"捕凰"。她出道时间虽不长,却已破了几件大案,轰动不小。今日来此,恐怕也绝不简单。

姚佐卿放下剑,慢慢坐下:"邵捕头到访,不会是怨我抢了你剿灭恶蛟寨的功劳吧?"

邵敏也放下刀,重新倒了一杯茶,自己端起一饮而尽,道:"当然不是,姚兄为民除害,在下佩服。此番前来,是有一件七年前的陈年旧案想请教。"

姚佐卿也端起刚才那杯茶喝了,顿感甘甜可口,可惜已无心品评,道:"不知是哪一件案子?"

邵敏眼如秋水,道:"就是七年前襄阳越海镖局三人身亡、六人受伤的案子,多人作证说当时使用那件威力巨大的唐门暗器、杀伤多人的人,正是你的唯一青梅竹马的师妹——宋羽淇。"

姚佐卿面色如常,心内一紧,嘴上道:"这件案子当年我也被捕快问过多次,师妹一时不慎铸成大错,事后逃得无影无踪,我也面上无光。师父他只有这个女儿,除了我之外也再没有别的弟子,后来怒急攻心大病一场,三年后就病故了。多年来,我走南闯北也曾打听过师妹的消息,可惜一无所获。莫非邵捕头有什么眉目了?"

邵敏仔细看了看他,忽道:"姚大侠,据说你就是武昌人,为何多年来住在客店之中?"姚佐卿叹道:"我父母早逝,家父的旧宅早已变卖作为师父养病和后来丧葬之用,加上我孑然一身,所以住在店里反倒方便。"邵敏望着自己杯中的残茶,缓缓道:"原来如此,可我怎么查到武昌城中距此不远有一处老宅荒废已久,似乎是你母亲的祖宅?"

言语一出,屋内烛火登时一晃,随后又是一晃。

过了一会儿,姚佐卿长吁了一口气,靠在椅背之上,闭上双眼。

若是旁人看来,两人刚才只是沉默片刻,其实已不亚于一场生死相搏。

"你知道了?"

"嗯,刚才你几次想拔剑对吧?"

"是啊。可是别说我没有把握胜你,纵然能胜,亦不能出剑。当年之事,我已然错了,现在岂能一错再错。"

邵敏目光闪动,露出赞许之色,道:"姚兄有侠义之心,也有智者之谋。本朝自正统三年设置湖广巡抚以来,随后又设置总督湖广等省军务和地方总兵官,所任总督、巡抚和总兵也多驻武昌。后朝廷改武昌路为武昌府,辖江夏、武昌九县一州,且江夏县也是武昌府的附廓县。所以今时今日武昌城内衙门云集,总督衙门、三司衙门以下,还有武昌府级、江夏县级官署,人称'湖广会城',公文之人多不胜数。若是朝廷钦犯躲藏,当然会尽量远离此地。想不到你反其道而行之,冒险将宋羽淇藏匿在此多年。"

姚佐卿摆手道:"惭愧。邵捕头,你先来见我,到底有何打算?"

邵敏道:"我希望明天早晨你跟我去劝她自告,这样不仅对她好,你的窝藏之罪,我也可既往不咎。"

姚佐卿面色发白,黯然道:"想不到邵捕头如此体恤,可惜你要是把她逮捕入狱,单赦我有何用?"

邵敏伸手把玩着茶杯,道:"你对她用情如此之深,想必已暗结连理?"

姚佐卿神色一黯,道:"没有。""为何?""我们虽是江湖儿女,较少礼教之念。但大丈夫岂能趁人之危?"

邵敏端详着他,幽幽叹了口气道:"既然我行藏已露,今夜得去老宅确保宋姑娘不曾离开,你可愿同往?"姚佐卿听罢略微沉吟后点了点头,将剑放到一盘架子上,转身道:"那我们走吧。"邵敏看他空手出门,心中若有所思,随即跟上。

二人一路避开街道,穿墙越脊,片刻后便来到一家高楼飞檐之上,举目望去,老宅已相距不远。姚佐卿突然站定,邵敏也停下脚步,默默看着他。此时弯月挂于树梢,秋风乍起,枝叶纷飞,月光洒下无数金丝般的氤氲柔光缠绕在万物之上。姚佐卿望着不远处的宅院,道:"邵捕头,你可愿听我讲一个故事?"

"好,你说。"

"我和羽淇自幼相识,朝夕相处,很早便对她暗生情愫。然而我也清楚,随着她越发娉婷,追求的人自是不少。其中堪为人杰的有蜀中唐门的弟子唐潜斌、越海镖局的少镖头欧若良等,亦不乏诗书簪缨之族。而羽淇对外虽然亲近,却只是当作手足兄长,有时还会让我评价他们孰优孰劣。因此我将心意深藏于心,未曾表露。"

邵敏静静地听着。

"或许是羽淇更喜欢欧若良,或许是她不愿卷入唐门复杂的门派纷争,总之她下定了决心。我虽心中酸楚,但也深知论家室财富,越海镖局都是上佳之选。唐潜斌当时年轻孤傲,经此事黯然神伤,后来我才知道,他在返回蜀中之前,亲手将自己制造的一件精妙暗器赠予了羽淇,名曰'星陨如雨'。"

邵敏轻声道:"唐潜斌不愧是唐门年轻一代的翘楚,我查证此案时,通过卷宗和证言,依旧能感觉到此暗器的霸道。"

"是啊,我也听说过。羽淇嫁过去不到一年,就发现欧若良只是金玉其外,他嗜酒、好赌、贪花,有时为了掩人耳目,甚至易容出去纵情声色。然而时间一长,难免还是露出破绽。于是他原形毕露,开始对羽淇恶语相向,乃至于推搡威胁。羽淇自小性情刚烈,二人终究闹出大事。"

"这个故事看似在这世间千篇一律,可也正是最悲哀之处。"

"那天晚上也是秋天,下着森森冷雨。两人在房里彻底闹翻,大打出手,羽淇武功不敌,跳窗而走,欧若良恼羞成怒,大声呼喝众镖头擒下她。千钧一发之际,羽淇心情激荡下拿出了'星陨如雨',本意是想吓退他们。可是那些人不知唐门暗器深浅,不退反进,于是一阵银色锐芒呼啸而出,紧接着便是一片惨呼,包括欧若良在内的三人当场身死,雨水混合着血水四散飞溅。"

"之后她便来找你了？"

"是啊，她那时心丧若死、失魂落魄，不敢去找师父，跳到河中求死又被人所救，最后倒在我的面前。我思忖再三，还是决定助她藏在老宅，每隔一段时间便想办法囤积一些饮食，直到今天。而我选择这家客店长住，也是因为距离较近，走动方便。"

邵敏沉声道："看来你似乎还是不够看重她，否则云贵苗疆、大漠西洋，何处不可去？又何必非要受困于此呢？"

姚佐卿拳头有些紧攥："这些我早提过，可她执意不肯，说是不愿让我抛弃故土、有家难回，她说如果这么做，总有一天会怨恨她，与其这样，不如就留在这里看命数如何便是。"

邵敏看着漆黑的院落，喃喃道："你们啊，真是一对冤家，可惜你已经没有机会了，走吧。"

姚佐卿腾身振衣之际，忽道："邵捕头，你能让我护送她回京城吗？"邵敏涩声道："也罢，这事就依你好了。"

"多谢。"

就在姚佐卿落地之时，突然拧腰错马、沉肩坠肘，左手一拳击向邵敏腰腹之间，后者人在半空无从借力，勉强避开时听得一声脆响，飞翼刀已然被拔出鞘。姚佐卿双目通红，神色大异，挥刀一阵抢攻。邵敏左躲右闪，怒道："从故意不带兵器到询问护送回京，果然是好算计！姓姚的，你是当真视《大明律》如无物了？"

姚佐卿出刀越来越快，相比于剑法，他的刀法弱了不少，因此不肯轻易放弃优势，道："邵捕头恕罪，待我擒下你，困住一昼夜即可。你刚才说我没有机会，不，我还有机会！无论如何，我不能眼睁睁看着她被处斩！我这就带着羽淇远赴海外成家立业，以后你的恩德，我们自然会每日焚香祷告。"

邵敏第一次呼吸有些急促，全凭身法闪躲，正焦灼间，忽然旁边的屋门响动。二人都是当世高手，姚佐卿只是余光扫了一下，邵敏向左疾闪，他连忙跟上，却见一道碧光扬起不足一尺，快如闪电在他肩头轻划一下，便似长鲸吸水般收回。转瞬间邵敏已退出丈余,一头青丝散落随风飘动,摄人心魄。姚佐卿顿感右边身子一麻,踉跄后退三步,宝刀应声落地。当他不可置信地看着面前景象时,但见邵敏右手握着的正是一根弧形的玉簪,边缘薄如利刃。而一身白衣、欺霜胜雪的宋羽淇正目光灼灼地快步走来。

邵敏慢慢打理好头发,道:"身无彩凤双飞翼,这'飞翼刀'一明一暗,姚兄没想到吧?"

宋羽淇素手轻轻托起男子的胳膊,关切问道:"邵姑娘,他不会有事吧?"

邵敏浅笑道:"放心,没事。羽淇姐,关于姚兄,你说我猜得可对?别忘了你的誓言。"

"誓言?"直到此时,姚佐卿才开始有些如梦初醒。

一个月后,广西深山。

"我真没想到邵捕头是在试探我。"

"嗯。当日她找到我之后,了解到前因后果后,特别是你多年来扶危济困、除暴安良,力求赎罪,就说可以放我一马。但要效仿古代流放之刑,要我立誓二十年不得履足中土。我当即说要不告而别,因为不想再牵累你。这么多年来,你总是没有明确表达过,让我逐渐觉得你只是待我如亲人,心想哪怕死在域外,毕竟可求心安。而邵姑娘却说,她能帮我试探你真正的心意。我问如何试探,想不到她说,'还有什么比为了心爱的女子向刑部名捕出手更清楚的结果呢?'"

"她行事当真不循常规、出人意表。也罢,前面就快到安南了。"

"等到了那边,我就做女红补贴家用。"

"你会女红吗?我还以为你只会舞刀弄枪。"

"哼!别小看人,我这几年一直在屋里练习的。"

止不住的笑声,在连绵不绝的十万大山中悠悠回响。

48. 孟城驿

嘉靖四十二年夏,"大暑"后五日傍晚,常州府,山道。

鞠玟正少年。

少年人总是充满乐观与朝气的,何况她还是位美丽的女子。

然而今日,饶是已经独自在马车上歇了许久,她心中的气仍旧难消。若是有旁人在场,便能看到她两边玉腮依然略微鼓起,煞是惹人怜爱。

让她生气的首先是因为这场雨。下午和师兄卫振镛、师姐许凝眸分开后,骑马才走了两里地,本就晴好的天空风云突变,接着狂风大作,暴雨倾盆,令她始料未及,胯下白马也沾染了不少泥渍。还好距离孟城驿不远,打马片刻即至,然后花费一两纹银雇了一辆马车,不然天黑恐怕也回不去常州。

孟城驿,顾名思义,即孟城外的驿站。

常州府孟城,北临长江,紧挨大运河,是交通便利、商业繁荣的江南集镇。孟城以地处孟河边得名,嘉靖三十七年刚刚筑城完毕,是一座生机勃勃的新城。

虽然耗费一两银子对于普通百姓已是不小的开支,但对于家在淮安做丝绸生意发迹的鞠玟而言实在不值一提。

此时的她心中暗自郁闷:"这雨下得好生恼人,可见什么'数峰清苦,商略黄昏雨',宋人之言尽是废话!"一会儿又觉不大好意思,毕竟姜白石一直是自己最喜欢的词人。少女玲珑心思,一念数转,难以言说。

不过其实导致她生气的最大原因还是刚才的师兄和师姐。她几年前与卫振镛便颇为亲近,虽不至于芳心暗许,但待他与旁人自

孟城驿

是不同。可惜今日相约游乐，许凝眸也一并前来，而且对师兄举止亲昵、眼波流转，让她看在眼里，渐生心焦。本来游玩的心情，也被冲得七七八八，最终草草收尾，结果回程途中又赶上这场大雨。孟城驿距离常州府足有三四十里，看来马车还得走大半个时辰。

于是在暗中抱怨了车内四壁掉漆、布帘褪色、坐垫太硬、味道难闻之后，鞠玫忽然发现有些不对。

赶车的老车夫穿着蓑衣，头戴斗笠，自从马车出发后不但没有回过一次头，更没有发出一声话语，就连催动缰绳的吆喝也没有。不仅如此，作为学武之人，鞠玫看出老人整个身体的状态犹如铁块般凝定不动，那是一种高度紧张的戒备姿势，像是在用后背努力探究客人的情况。

鞠玫不由低头看了看自己，虽然身着湛青色的男子短打装束，但也看不出有什么别的特别之处。难道是车夫看穿了身后是女子，所以欲行不轨？可是看他紧张的样子明显防御甚于攻击，实在说不通。

想到"不轨之事"，鞠玫一下子明白了什么。

"莫非是因为臧鹰？"

臧鹰是一个令人谈之色变的人物。传闻其年纪很轻，容貌俊朗，却在江淮间犯过不少奸淫掳掠的大案，朝廷更发下海捕文书，悬赏缉拿。刚才聚会之时，卫振镛提到有消息称臧鹰流窜于常州附近，让她最近谨慎小心。不仅如此，刚才在孟城驿雇车之前，鞠玫也听见在那里避雨的客商正在攀谈他的事情。

透过发白的布帘，拥有极好目力的鞠玫发现老人双手青筋外露、微微颤抖，像是个练家子，且精神比刚才更为紧张。这令她觉得自己的推断不会偏差，可是刚想开口，又硬生生顿住，自己该如何让素昧平生的人相信呢，无论怎么说都可能会被认为是谎言。

压抑的氛围在雨中疯狂滋长，让人隐隐窒息。

"这位公子……"终于，老人沙哑的嗓音出现。鞠玫深吸一口气，静待下文。对方又沉默良久，才道："看您着急赶路，又是这身

237

打扮,是江湖上的世家子弟出来历练的吧?"

鞠玫陷入了左右为难,她出身商贾之家,当然算不上武林世家。眼前的老人饱经风霜,看来年轻时也是江湖中人,如果自己随口扯谎,一旦对方发现异常,只怕紧绷的心弦登时便断了,甚至会立刻选择出手,到时候若要收拾局面免不了大费周章。

"老丈谬赞了,在下只是寻常人家,学过一点武艺,实在是有辱师门。"

眼看鞠玫想敷衍过去,只见老人勒紧缰绳的右肩如针刺般猛然抽动了一下,她顿时感到不好。

"公子过谦了。适才启程之前,小人瞥了一眼公子马鞍上的短剑,剑柄上镶有五颗宝石,熠熠生辉,岂是普通人家所用的,必是深藏不露的名门。"

"糟了!"

鞠玫内心大感尴尬,没想到对方眼光如此毒辣,也怪自己未曾提防,现在更不好解释,也许还会被认为短剑是劫掠而来,只得轻笑两声,强装无事。可转念一想,更觉气闷,因为本来就无事发生。

马车又走了十五六里,道路渐渐平缓,大雨中委实难行,可鞠玫感到老人明显尽力加快了速度,看来是想早点结束这趟提心吊胆的生意。

"公子,小人看前边拐角有座凉亭,眼看风雨正疾,不如停一会儿再走。"

如果是之前没发现问题,鞠玫大约也会考虑,可此时她察觉到老人的呼吸越发急促。看样子,自己要是一离开马车,对方都有可能恐惧得逃之夭夭,连车都可能扔掉不要。

"不用了,我看天色将晚,还是继续赶路吧。"

说完这句话,鞠玫好像听到前面有一声轻叹,接着又是长久的沉默。有一瞬间,她想了结这一切,立即结账与老人分道扬镳,然而看了看外面的风雨,还是忍了下来。师父曾说她思虑周详,就是有些当断不断,这下又应验了一次。

孟城驿

　　天色昏暗，雨势有所减弱，但四周呼啸的风声不减。老人像是深思熟虑之后再次开口："公子人才出众，家世不凡，难怪出手阔绰。不像小人一辈子没出息，儿子去关外谋生几年未归，只得出来赶车养活媳妇与孙女。一年到头东奔西跑也挣不到多少钱，不是每次都能遇到公子这般好的主顾……"

　　鞠玟感到气血上涌，面红耳赤，对方看来料定了她是臧鹰，已经绞尽脑汁地阐述自己的悲惨生活，希望以此激起恶人的同情。

　　这趟旅程简直是两个人在互相折磨。鞠玟感到内心在哀嚎：早知道就冒雨骑马回去，哪怕受了风寒也比此刻好些。

　　正在她犹豫怎么回答时，突然前方雨幕中马蹄声响，一辆马车由远及近，速度很快，一望而知是一辆空车。

　　"老羊，这么晚才进城？"一声响亮的声音传来，原来对面的中年车夫是老人的熟人。顿时鞠玟感到老人的脊背坐直了些，像是有了某种凭借。

　　"是啊，你这是送完客回家？"

　　"那是，今个买卖还不错。哎，你得再快点，刚才有捕快飞马冲到州府，说是今日眼线在孟城驿发现了臧鹰的行踪，穿着一身青蓝色的衣服。现在常州的三班捕快正在城门口仔细盘查，排了好长的队。你若赶不上就要关城门啦。"一言未毕二车交错，不一会儿中年汉子彻底消失不见了。

　　这句话石破天惊，仿佛将一块巨石同时投进车上二人的心湖中。原来臧鹰今日真的在孟城驿出现过，而且衣服恰好也是青蓝色。这样一来，老人必然在心中更加确定无疑，而且还会认为对方已经发现身份暴露，准备杀人灭口。

　　没有人再说话，风雨终于渐渐终止，围绕在马车周围是死一般的寂静。门帘依旧有节奏地晃动，像是在嘲弄咫尺之间各怀心思的两人。

　　陡然间，车停了，老人重重咳嗽了几声。

　　他的斗笠似乎一路越压越低，此时却被一把扯下。几乎同时，他右手探手入怀,抽出一把亮如秋水的匕首,拧身前扑,左手一招淮南鹰爪门的"拨草寻蛇",将帘子搅得粉碎,右臂早起,直刺车内,尽是惊世骇俗的杀招。

几乎同时,马车下方的翻板突然打开,一道蓝影贴地划出,身段如泥鳅般灵动,从车后倒翻上来。来人面如冠玉,但眼神充满残忍,右手短刀劈波斩浪般也砍向车内。二人这番默契十足,显然久经配合。

可他们还是落了空,车厢空空如也。

老人脸色一变,怪叫道:"不好!"未及反应,面前的年轻男子五官已变得狰狞,随即重重晕倒在车厢里。他足尖一点,跃下马车,连退五步稳住身形。只见鞠玟伫立车顶,正把玩着未抽出的短剑,似笑非笑地看着他。

老人咬牙切齿道:"原来你早有防备,我有何破绽?"

鞠玟正色道:"老实说,你并没有什么破绽,一开始我只是有点奇怪。一个人的身手可以隐藏,内力却很难,我听你呼吸吐纳,武功极高,真的会甘心做一名行脚车夫吗?但江湖之大,无奇不有,这也算不得什么。可惜,我在车上逐渐觉得哪里不对,随即明白是马车太沉了,大大超过你我二人。再加上经过颠簸路段时的声响,我便知道车下必有夹层。"

老人紧紧攥住匕首道:"你到底是什么人,怎么会有这种本事?"

"家师刑部邵敏,你多半听过。"

"'捕凰'邵敏!"老人的语气像是动物看到天敌般紧张。

几十年来,六扇门唯一的女名捕便是峨眉派的邵敏,她出道至今破案无数,使得多少黑道豪雄伏法受诛,早已被江湖中人尊称为"捕凰"。

"正是。家师收徒甚严,仅有三人,我是她最不成器的弟子。本来我还不能确定车厢内的人是谁,可是刚才那位车夫点出了臧鹰今日在孟城驿现身,我才明白你必是他的同党,以赶车掩护其行动。想到这里我就明白,你看出我是江湖中人,迟早会下手除掉。之所以问我是不是世家子弟,就是怕有后患。果然刚才车一停,我就猜到你们会一起出手,所以能抢占先机。"

老人眼中一片绝望,慢慢向后退去,涩声道:"好,青山不改,绿水长流,咱们后会……"话音未落已感到天旋地转,一头栽倒在地。

鞠玟从车顶缓缓落下,笑道:"我既已识破,怎会不留后手?刚才隔着帘子对你的后背下了三次'悲回风',就是只大象也被麻倒了。这下师兄该对我刮目相看了吧。"

半个时辰后。

等到鞠玟送完人犯,信步走出常州府衙的时候,天气早已转好。她如一只白色波斯猫般舒展了下慵懒的腰身,感到晚风轻轻拂面,流云变幻无常,夏夜一派惬意。

49. 妻　手

　　嘉靖四十一年，大寒，傍晚，仪真县，土地庙。

　　土地庙，可谓是中国分布最为广大的神祇庙宇，绝大部分都十分低矮、简陋，但仪真县外的这座估计是当地乡绅花费重金所建。整体建筑坐北朝南，面阔三间，进深二间，远看是一片悬山灰瓦屋顶。正殿之内，身着华服的后土圣母、娲皇娘娘、碧霞元君在一众小仙中间，如众星捧月般端坐在青碧色的莲花宝座上，三神的头髻上面都有四只鎏金孔雀，为近年来流行的发式。

　　可惜杜舜钦已无心欣赏精妙的工艺，此刻他看到自己的鲜血正泼洒在三尊神像上面，然后眼前便是一片漆黑。

　　在最后的刹那，他想通了很多事。

　　比如一向衣着华贵、养尊处优的江南霹雳堂副堂主雷琬琰，为什么今天要穿着贩夫走卒般的粗布衣衫，戴着斗笠，还约在这个相对人烟稀少的地方见面。他这趟原本是来参加围捕出身点苍派外门弟子的胡末，然而现在一切昭然若揭。

　　近一月之内，先是嘉兴府聚柳庄上下男女老幼二十八口悉数被杀，庄内所藏的金银珠宝被掳劫一空。紧接着又是云旗镖局一众镖师及趟子手十七人死于扬州城外密林，护送的红货被劫。两件都为近些年来罕有的大案。虽然现场没有活口，可每次都有多人在附近看见胡末样貌的人出现。这些证人来自各地，既有江湖中人，又有普通百姓，还有官差衙役，绝无联合串供的可能。再加上经过武当、丐帮、点苍等名门正派高手的验看，不少死者身上的刀伤，都是胡末的独门武功"振鹭刀法"所致。一时之间，武林上千夫所指。除了六扇门的公差，江湖白道也纷纷参与围捕。而由于地处南直隶，负责主导、协调江湖白道的正是江南霹雳堂的雷琬琰。

除了地理上的原因，还有一点就是胡末是雷琬琰的多年好友。不过世上的朋友往往比敌人更可怕，就像杜舜钦原来也把雷琬琰当作朋友。结果就是，即使他苦练二十多年的"大韦陀拳"，曾被帮主盛赞为"丐帮八袋弟子第一人"，也没有剩下多少求生的余地。

因为雷琬琰猝然拔刀，第一招就砍伤了他，重伤。

受了这种程度的伤，大部分人只能躺在地上等死。而他硬撑着还了九招。然后他就绝望地发现，雷琬琰的刀法之快，绝不在他的成名剑法之下。

所以他只有死在这里。

雷琬琰看着目眦尽裂的尸体，感到很满意。

今天之内，他已经分别以"振鹭刀法"杀了各大门派前来围捕胡末的三位高手。分别是武当派泠泉长老、南海门高手言晚意以及杜舜钦。

一不做二不休，既然要陷害胡末，就要确保他永世不得超生。

雷琬琰想到接下来的计划，身体突然有些燥热，像是被压灭了大半的火盆，黑暗之下潜藏着点点耀目的火星。

因为她自云南来了。

点苍派掌门之女，江湖上公认"美人如玉"的许凝眸再有三四日便可至南都一带。

雷琬琰容貌英俊，家世地位更不必说，年近三十岁还不娶妻，只为了通过婚配获得强大的势力支持，从而成为霹雳堂的总堂主，而许凝眸正是他最大的目标。毕竟即使是为了权力，能得一个绝色娇妻也是锦上添花。然而当年他就发现，许凝眸看似超然，心却系在胡末身上。这种妒意，或许也是促使他下定决心的原因。等到这三人的尸体被发现，胡末将更加百口莫辩。

他一边想着，一边环顾四周，戴上斗笠，小心地检查了庙内视线所及之处,然后如一阵青烟般离开。

五日后,黄昏,黄天荡。

腊月的江畔,依旧寒气逼人。一眼望不到头的木栈道连接着一座白色的六角石亭,延伸在江面的支流上,匾额上书写的"望江亭"三个遒劲大字早已蒙尘。

亭子里,许凝眸对着江面凝眸。

她白衣若雪,腰间长剑的剑鞘与剑柄皆为天蓝色,冬日的晴空下人显得格外清丽。雷琬琰穿着一身青色直裰倚在亭中,腰间挂着飞鲂剑,剑柄上贴有一层金箔,阳光下煞是惹眼。

"雷兄,算起来几位前辈也该到了吧?"

"嗯。这次胡末的禽兽之行人神共愤,南海派名宿连星帆和丐帮九袋长老侯衍都传信说片刻即到。不知贵派第一供奉舒兰径舒前辈怎么未见踪影?"

许凝眸伸出玉指遥指:"你看,他不是来了?舒师叔心思缜密,说之前三位各派高手被人各个击破,既然胡末潜藏在这一带,就要先把周遭环境探查清楚。"

雷琬琰仔细看去,只见一人须发皆白,背负长剑,正沿栈道信步走来,在芦苇丛中的身影隐隐可见,道:"舒前辈好风采。"

许凝眸蹙眉道:"雷兄,当日我们几位朋友同游宛洛,仗义行侠,胡末也在此列。你当真觉得他为了钱财,会如此行事吗?"

雷琬琰道:"人心如同滔滔江水,此一时彼一时,常常会变的。"

许凝眸收回目光,道:"这话不错。雷兄,其实昨日我已到了仪真县,专门去看了前几日被杀的三具遗体。"

雷琬琰心中一动,嘴上淡淡道:"想不到你的胆子倒大,未免太好奇了。"

许凝眸道:"我看完杜舜钦杜大侠的遗体后才真正好奇起来。"

"哦?"

"杜大侠与其他两人一样,都是仓促之间不过数招就被格杀,然而我发现他右手五指的指骨全是折断的。"

雷琬琰大为惊讶,他杀杜舜钦纯用快刀,根本没有内力相拼。

"两人拼杀,拳掌相击,骨头折了不足为奇。"

许凝眸的眼神忽而锐利:"平常情况自然如此,但杜大侠的五指是被他自己的劲力向内回冲震断的。雷兄,一个高手为什么要在必死之际,特地震断自己的手指?"

雷琬琰感到脊背开始渗出冷汗:"这……"

许凝眸步步紧逼:"会不会是因为他明白凶手并不是胡末,而是要栽赃陷害,所以在临死之际才留下这种不合理的破绽?"

雷琬琰沉思不语,他万万没有想到杜舜钦能以身体留下线索。他顿了顿,笑道:"多半是杜大侠与胡末对了一掌,劲力回震的缘故,凝眸你又不是公门中人,想必看得不尽不实。"

忽然亭外有声传来:"雷副堂主此言差矣,我这师侄虽不是公门中人,可大明朝能胜过她的捕快只怕也不多。"话音未落,两道人影似缓实急,已经立于亭中。雷琬琰定睛看去,除了刚才的舒兰径,还有一人鹤发童颜,鹑衣百结,前腰插着一根桃木棒,正紧紧盯着自己,赫然是丐帮九袋长老侯衍。

"舒前辈,此言何意?"许凝眸问道,"我除了家传武功,还拜过一位名师,即是江湖人称'捕凰'的邵敏。家师收徒甚严,仅有三人,并吩咐出师之前不许以传人之名自居,所以外人知之甚少。"

雷琬琰脸色发青,邵敏缉凶查案的本事,犹在"捕魁"聂长恨之上,纵横江湖多年,从未听闻过失手,万万没想到许凝眸是她的传人。

"诸位来势汹汹,莫非是冲我而来?"

许凝眸双眼亮如秋水:"若是胡末被人陷害,那凶手除了要易容形貌、仿造兵器,最为紧要之处是能善使他的刀法。胡末自创的'振鹭刀法'与点苍派武功大异其趣,当世了解之人屈指可数。我想来想去,只有当年我们在三秦游历时,彼此常常切磋指教,胡末于刀法精妙之处更未藏私。稍微查了一下,当日人在江南的,除了他自己之外就只有你。"

雷琬琰冷笑道："一派胡言,这是莫须有!"

舒兰径环臂道："还有一点,十天之前,十数位江湖同道在扬州城外的村子附近找到了胡末。双方动手之际,胡末只是一味闪转腾挪、突围遁走,宁可后背中泰山派邱长老一剑'怪石嶙峋',鲜血淋漓,险些横死当场,也没有拔刀伤人,雷堂主不觉得奇怪吗?"

"假仁假义,这就能证明不是他犯案了吗?"

舒兰径道："非也。我奇怪的是,胡末在这种情况下还敢不穿火浣衣,莫不是当真是不想活了。"

雷琬琰心内剧震,感觉自己又算漏了一处。

"火浣衣?"

许凝眸继续道："云旗镖局护送的红货中,最珍贵的就属火浣衣,是南海火浣兽的皮毛反复鞣制而成,刀枪不入、水火不侵,可护前胸后背各大要害,对于武林中人是一件至宝。火浣兽在《山海经》等古籍多有记载,最详尽的是东汉的《海内十洲记》。其书曰'炎洲……有火林山,山中有火光兽,大如鼠,毛长三四寸,或赤或白。山可三百里许,晦夜即见此山林,乃是此兽光照,状如火光相似。取其兽毛,时人号为火浣布,此是也'。"

雷琬琰冷冷道："他若是穿此衣,万一被人发现岂非不打自招,自然不敢。"

侯衍的声音有些低哑："当日我也参与了那场围捕,亲眼所见胡末即使在生死一线、间不容发之际仍不愿伤人。除非他疯了,否则若是凶手,断然不会如此。"

雷琬琰手抚剑柄,道："说来说去,不过是些臆断,凭什么怀疑我呢?"

许凝眸凝视着他,缓缓道："我认为胡末被人陷害不是出于私心,而是认定他根本不是贪财之人,而且也不好享乐,为什么要伤天害理?于是请人调查了一下。两年以来,有个大胡子流连于苏杭一带的赌坊青楼,共欠了近十万两银子。然而几天之前,有一个穿黑斗篷的人,雇了一队车马带了几箱银子去还账。后来有人偷偷跟着他,终于发现是江南霹雳堂的雷迁。而雷迁正是你最信任的同族兄弟,没错吧?"

舒兰径叹道:"看来雷副堂主是输红了眼,堂内的亏空也快要掩盖不住,所以才想出这种罪大恶极的办法。"

侯衍沉声道:"只怪我们动手太晚了,不过雷迁已被丐帮擒住。雷琬琰,如果你还坚称无辜,何不先束手就擒,跟我们去霹雳堂总堂对质?"

雷琬琰脸上惨白,他感到自己的身份、地位、尊严在转瞬之间逝去。

他默默解下飞觞剑,像是认命般神色沮丧,三人见状踏前一步。说时迟那时快,雷琬琰右手猛然发劲,将长剑连鞘掷向侯衍。这一下全力施为,携有风雷之音,侯衍大喝一声,右手甩出腰间短棒,两样兵器对撞一齐落到地上,毕竟阻了一阻。同时雷琬琰双足发力,拔地而起,向江心小洲飞纵而出。舒兰径冷哼一声,对许凝眸道:"你别动!"一言未毕已然跃起。不料刹那间四枚青竹镖从雷琬琰靴底激射而出,又让舒兰径的身形为之一晃。眨眼间,雷琬琰已掠出四五丈远。

"做任何事,都要留一手",始终是雷琬琰的准绳。论武功,他还不敢与亭内两位宗师相提并论;可论轻功,他自信是在场人中最高的。

"只要能逃出生天……"

眼看要踏上小洲,他刚想到这里,陡然之间眼前一声巨响,水花冲天,迷离之际只见一个人影从水中跳了出来。他不及多想,双掌齐出,只见那人全身穿着如鲸鲨般光滑的黑色皮装,只露口鼻,头上还有一根弯曲的管子,迎面打出一掌。雷琬琰甫一接触便感内力极强,又是蓄势待发,直将他震得向后倒飞。正当他头晕眼花之际,忽感后背剧痛,随即失去了所有知觉。

过了一会儿,望江亭内。

刚才水中的人将身上古里古怪的皮装脱下,身上和头发竟几乎没湿。舒兰径拱手道:"连兄,你们南海派果真是神乎其技。我本来以为你躲在水里只是以苇管呼吸,想不到有如此妙法。"

连星帆摆手道:"这是南海采珠人的谋生之法,经历代改进至今。他们以此法寻珠蚌,又被官府和商贾盘剥,受尽屈辱冷眼,比之一般百姓远为艰难。我也是时常接济,慢慢有了几位朋友,才学会了此法。"

许凝眸行礼道:"劳烦连前辈辛苦实在惶恐,我也是想做到万无一失。之前与两位长辈约定,在亭内的站位故意空出一面,此'围师必阙'之法,结果雷琬琰果真孤注一掷了。"

舒兰径看着倒在地上一动不动的躯体,皱眉道:"侯兄,你别是出手太重,把他打死了。"

侯衍拾起短棒,道:"放心。我拳劲刚一沾衣,如中金铁,就知道他里面必然穿了火浣衣,死不了的。他杀我弟子,我就同样用'大韦陀拳'让他吃点苦头。"

舒兰径长舒了一口气,道:"那就好。对了,凝眸,胡末的伤好多了,他请你去相见。"

许凝眸侧过了脸。

有多久没见了呢?一年抑或两年?

她故意不刻意去数,平日的浅笑嫣然间看不出一丝执念。云南是佛地,可即使面对再多的经卷,心湖也总像洱海般漾出阵阵不可控制的涟漪。

这样的见面,代价不是太大了吗?

夕阳渐弱,黄天荡又恢复成了江边普通一处支汊湖荡,仿佛那些人与人的纷争从来不曾出现。

无论是刚才发生的事情,还是数百年前虎贲猛将艨艟挥剑,红颜绣甲擂鼓鏖兵的岁月。

【附记】

明代宋应星《天工开物》记载了南海中国人的潜水方式,其文曰:"(采珠人)以锡造弯环空管,其本缺处对掩没人口鼻,令舒透呼吸于中,别以熟皮包络耳项之际。"